《山西抗日根据地红色文化经典文献大系》
编纂委员会 编

山西抗日根据地红色新闻经典文献

晋察冀根据地卷（六）

张汉静 主编

山西出版传媒集团 山西人民出版社

山西抗日根据地红色新闻经典文献

晋察冀根据地卷（六）

———— 吴泊瑶　编撰 ————

《晋察冀日报》

一九四二

YI JIU SI ER

一九四二

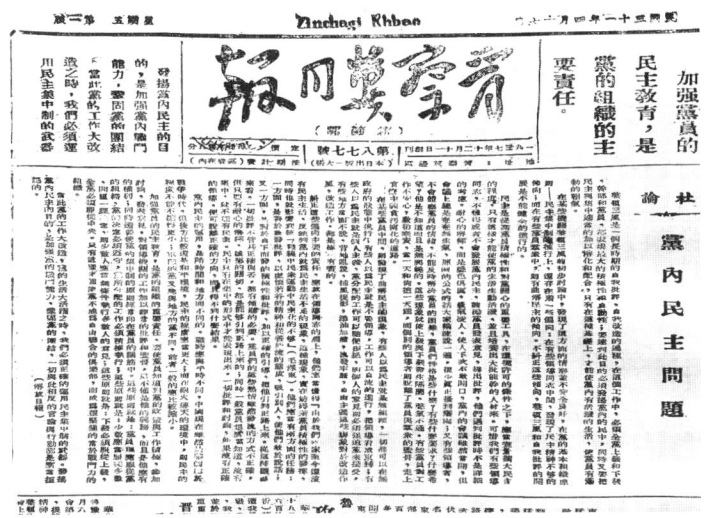

党内民主问题

整顿三风是一个长时期的自我批评、自我改造的过程，在这个工作中，必须全党上级和下级、干部和党员，都表现最大的积极性和自动性；要达到此目的必须发扬党内的民主，同时又要把民主与集中适当的加以溶化和配合，只有在这种基础上，才能使党内有活泼的生活，使党员有蓬勃的朝气。

在某些机关整顿三风的初步讨论中，发现了这方面的情形并不完全良好，在党的基本组织原则——民主集中制的推行上，还存在着一些偏向：在有些领导同志中间，发现了民主精神不够的倾向；而在有些党员群众中，则有曲解民主的倾向。不纠正这些倾向，整顿三风和自我批评的开展是不能健全的进行的。

　　民主是提高党员积极性和对党关心的重要工具，在环境许可的条件之下，应当尽量扩大民主的程度，只有这样才能使党的生活生动活泼，并且培养出大批能干的人材来。可惜我们有些领导同志不懂得或者不会发展党内民主，鼓励党员发表意见，提出批评，他们遇到批评时不是详细的考虑、耐心的解释，而是声色俱厉，盛气凌人，使人下次不敢开口，党内的会议虽然常开，但会议上总是奄奄无生气，照例的公式的话大家轮流说一遍，很少真正搔到痒处；又有些领导者，不会体察党员的情绪，不能及时解决党员的困难，党员们性格是些什么，有些什么要求、什么希望，他是不知道而且是无兴趣的。这些现象就使上级与下级发生隔阂，声气不通。有些党员对工作不安心，敷衍塞责，当一天和尚撞一天钟，而个别的领导者则脱离了党员与群众的监督，走上官僚主义贪污腐化的道路。

　　在某些党员中间，则发现了曲解民主的现象，有些人以为民主就是无组织，一切都可以在无政府的状态中进行；有些人以为民主就是不要领导，工作可以自流的进行，把领导看成束缚；有些人以为民主就是个人主义，党分配的工作可以随便拒绝，而个人的意见则必须强迫党来接受，有些地方当面不说，背地乱说，捕风捉影，添油加醋，浅发牢骚，自由主义这些现象对于改造作风、改造工作，都是极为有害的。

　　纠正这些偏向主要的责任，应放在领导同志的肩上，他们应当懂得"由于我们的国家至今还没有民主生活，反映到党内就为民主生活不足的现象，这种现象，实在妨碍着党员积极性的发挥，同时也就影响到统一战线中民众运动中民主化的不够"（毛泽东）。他们应当有两方面的任务：一方面，是善于□发批评，以虚怀若谷的精神和从善如流的态度，吸引别人，使他们敢于说话；又一方面，是对于自下而发的积极性和批评，加以正确的引导，把他们引到正路上来。从这种观点来看，一切批评不管其正确与否，都有倾听的必要。党员们的这些热情虽然发泄的方式不正确，但只要有耐心的解释、诚恳的关切，都是能够引到正路上来的；同时，一般党员也应当知道，没有集中，就不能有民主。民主只有在集中的形式中才能表现出来。一切批评和讨论，如果没有正确的领导，便可脱离正确的方向，而且得不到什么结果。

党内民主的运用，是随时间和地方而不同的，战时应与平时不同，中国现在虽然是整个处于战争时代，但后方比较还是和平环境，民主的程度应当更大；而在炮火连天的环境中，则民主的程度不能不缩得更小；军队的党又应与地方的党不同，前者一般的应比较缩小。

加强党员的民主教育，是党的组织的重要责任，要使党员知道对党的政策与工作积极，参加讨论，发表意见，对领导机关的工作加以经常的批评和监督，这不仅是他的义务，而且是他应有的权利；同时，还要使党的集中制的原则经常印在党员的脑筋中。这些原则就是：党员理应服从党的组织，党的决定必须遵守，党所分配的工作必须积极执行。这些原则就是：少数应当服从多数，问题一经决定，则少数人应当无条件执行多数人的意见。这些原则就是：下级必须服从上级，全党必须服从中央。只有这样，才能使党不成为自由联合的俱乐部，而成为很坚强的富于战斗力的组织。

当此党的工作大改造、党的生活大活跃之时，我们必须正确的运用民主集中制的武器。发扬党内民主的目的，是加强党的战斗能力，巩固党的团结，一切与此相反的言论与行动都是应当拒绝的。

（《解放日报》）

（原载一九四二年四月十七日《晋察冀日报》第一版社论）

破晓前的黑暗

黎明快到来了,可是朦胧的夜色还是笼罩着大地,这种破晓前的情景,正可替目前时局写照。

苏联红军经过胜利的冬季攻势,已经获得了战争的主动权,这是整个世界反法西斯阵线的一个极大收获,也是世界反法西斯战争成败要紧的一个极重要关键。在苏德战场上,纳粹寇军遭受了重大的损失,丧失了许多优秀的军团,德国的军心民心已开始有动摇的征象,士兵逃跑投降事件不断发生,人民厌战反战情绪迅速增长,而在德军占领区内,反德运动亦日益扩大,战争延续下去,苏联红军的战斗将日益得到纳粹铁蹄下广大人民的拥护而形成内外夹攻的形势;再加以英美等与国的配合作战,使我们相信,击败希特勒并不是渺茫辽远的事情，而是一年之内可能实现的目标；可是在另一方面，我们必须指出，德国法西斯还未被击溃，希特勒在冬季失利采取守势之际，会尽力补充他的军实，从德国的广大的欧洲被占领国家，搜刮了大量人力物力，并尽力动员所有军事工业，日夜不断的装制新式武器；现在春季已届，德寇孤注一掷，再次对苏大规模攻势的严重危险仍然存在，希特勒在近东力图压迫土耳其投降，在远东推动日寇协作攻苏，这种严重形势是不容忽视的。

假若在欧陆方面，苏联已经给纳粹以痛创，已经胜利的打击纳粹的预定的战略计划的话，那末在远东方面，日本并没有支付很大的代价，而实现了席卷大部份南洋的目的，在苏联红军获得主动权之时，日寇在南太平洋上的胜利对于保持整个轴心的声势起了不小的作用。今天日寇侵略印澳的凶焰未减，而北向犯苏的新冒险行动正在跳跃着。

整个国际形势，已处于胜利前夜的艰巨的斗争面前。

我们中国坚持抗战将近五年，现在我们的抗战已和世界反法西斯战争打成一片，一年内击败希特勒，两年内击败日寇，这是世界反法西斯阵线的胜利前途，也就是中国抗战胜利的前途；但是，正因为在世界舞台上，法西斯侵略者还未被击溃，特别在远东方面，日寇仍然占着优势，猖獗未已；所以，目前摆在我们面前的还有一段异常艰苦的途程，西南国际路线的被切断，新式武器和工业资料的缺乏，战时物价的继续高涨，国民生计的维艰，这一些都给我们以新的困难，特别在华北敌后，日寇对我抗日根据地的"扫荡"更残酷与频繁，为以前所未有，现在日寇正在准备新冒险之际，不但不会放松，而且必然要加紧对我根据地的残酷进攻，不仅在军事上必然会对我实行反复"扫荡"，而且在经济上亦将更残酷的实行严密封锁，澈底毁灭，以图摧毁我抗战的物质基础。在这种情形之下，我抗日根据地的面积和人口可能缩少，税收来源会更形减少，军队给养亦将更加困难。我们必须正视这一事实，在精神上有充分的准备，同时采取各种具体办法（如精兵简政），来克服这些困难。

最后胜利并不在远，不认识这一点绝不能保持战斗的信心；严重的困难正摆在我们面前，要正视这些困难，努力克服这些困难，总能使争取最后胜利一语不致成为空谈。

黎明快要到来了，但是还有破晓前的黑暗；胜利临近了，但是还有着胜利前夜的困难。只有冲破黑暗，克服困难，才能达到胜利的光明之境。

(《解放日报》)

(原载一九四二年四月十八日《晋察冀日报》第一版社论)

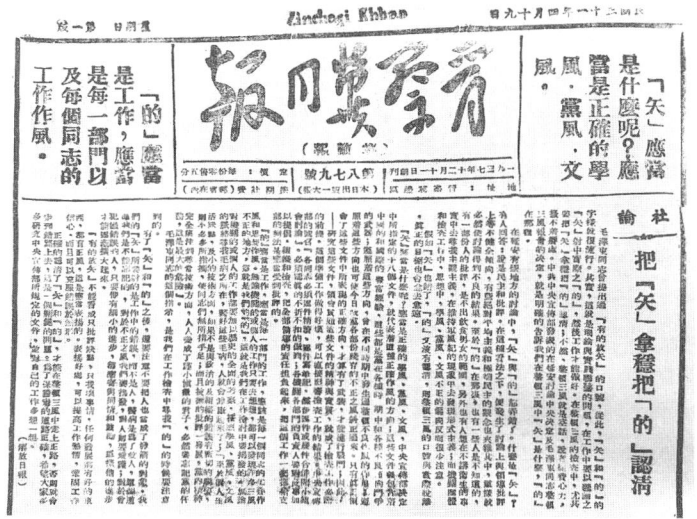

把"矢"拿稳 把"的"认清

  毛泽东同志曾提出过"有的放矢"的口号,从此,"矢"和"的"的字样就很流行。其实,这就是理论与实践联系的问题,在工作中要以理论之"矢"射中实际之"的",然后工作才能做好。在整顿三风的检查中,尤其要把"矢"拿稳、把"的"认清,不然,整顿三风就是空话,说者徒费心力,搔不着痒处。中共中央宣传部发表的在延安讨论中央决定及毛泽东同志整顿三风报告的决定,就是明确的告诉我们在整顿三风中"矢"是什么,"的"在那里。

  在延安有些地方的讨论中,"矢"与"的"都弄错了。什么是"矢"?有人回答说是民主和批评。在这种看法之下,便发生了讨论上与领导批评上等不健全倾向,有些绝对平均主义和极端民主的观念也夹杂其中，这样就必然使讨论得到不良的结果。至于"的"在那里，也有一些人是不知道的，有一部份人的批评是不出饮食男女的范围，另外也有人想在不讲卫生的事实中去寻找主观主义，在维持军风纪的现象中去发现形式主义；而机关团体和检查工作中、思想中、学风、党风、文风不正的偏向反而很少注意。

假如"矢"也错了，"的"又没有认清，则整顿三风的口号与实际脱离，真正的目标也会愈去愈远。

"矢"应当是什么呢？应当是正确的学风、党风、文风，中央宣传部决定中所指定的十八个文件，就代表着这种正确作风的方向；这些文件都包含着中国的和国际的丰富经验，这些都是党在各种时期中和各种不良倾向斗争的武器；遵照着这些方向，曾在不同时期中发生过整顿不良作风的作用；遵照着这些方向也可使今日我党各部份残存的不正之风纠正过来。只有真正领会了这些文件中所表现的正确方向，才算有了武装，才能进行战斗；因此，——研究这些文件，领会贯通这些文件的精神与实质，就成了检查工作必需的前提。这个准备工作做得好坏，可以直接影响检查工作的结果、中央宣传部的号召"各同志必须逐件精读、逐件写笔记，然后逐件或几件合并开小组会讨论"。必须认真的不折不扣的做到；各机关各部门的负责人要对此事加以提倡。组织和检查，把全部领导的责任担负起来，把这个工作一把推给支部的办法是应当受到批评的。

"的"应当是工作，应当是每一部门的工作，应该是每一个同志的工作作风和思想作风。无论机关的或个人的工作只要去想想，都可以发现许多三风不正的地方，这就是我们的"的"，这就是我们在工作检讨中要揭发的，无论对机关的或个人的工作都要加以历史的全面的考察，按照学风、党风、文风的脉络寻找毛病之所在，医好这些毛病，人就会健康起来了；"至于个人生活缺点及小的技术方面，如果不是与政治的及组织的错误有密切的联系，则不必多所指摘，使同志们无所措手足；而且技术的批评一发展，党内精神完全集注到建常技术方面,人人变成了谨小慎微的君子,必然要忘记党的任务,这是最大的危险"。

毛泽东同志的这个指示,是我们在工作检查中寻找"的"的时候要注意到的。

有了"矢"和"的"之后,还要注意不要把人也当成了发箭的对象。我们的"矢"所要射的是工作中的错误,而不是人,医病是为了救人,这个道理我们是不能忘记的,对于不正之风我们要揭发,对人则要爱护;对于曾犯过错误的人,只要他有细小的进步,都应寄与同情和鼓励,这样他的进步才能逐渐扩大起来。

"有的放矢"不能看成只批评缺点,只找坏事情,任何发展都有好的东西,都有正风,这是应当表扬的。表扬好处,可以提高工作热情,巩固工作信心,而且可以克服错误于无形。

正确的认清了"矢"和"的",才能在整顿三风中走上正路,否则就会走到错路上去,这是一个关键的问题。为了保证走的道路正确,希望大家多多研究中央宣传部所规定的文件,并对自己的工作多想一想。

(《解放日报》)

(原载一九四二年四月十九日《晋察冀日报》第一版社论)

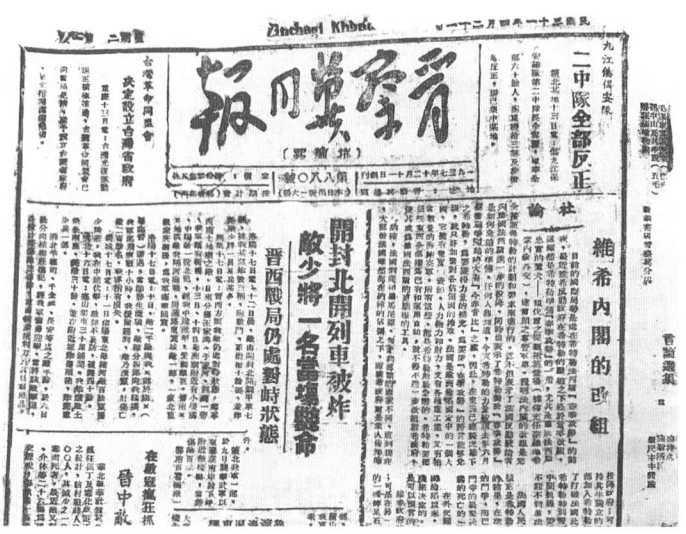

维希内阁的改组

目前的国际局势是处在希特勒法西斯"春季攻势"的前夜,最近维希反动政府在希特勒的压迫之下终于仓卒改组,这虽然是希特勒准备"春季攻势"的一着,尤其是德国法西斯忠实的鹰犬——赖伐□之从新袍笏登场(据传充任副总理兼掌内政外交),达尔朗之专管军事,证明法内阁的改组是完全按照希特勒的计划和要求来进行的。这不但表示了法国反动统治者向德国法西斯进一步的投降,同时也表示了希特勒对于"春季攻势"是如何急迫的准备。任何人都知道,今天希特勒的力量较诸去年六月苏德战争开始时大有"今非昔比"之感,因此,在东线已经骑虎难下之希特勒,为要获得力量的补充,为要使"春季攻势"

的夸言能够兑现，就只好加紧对各占领国的榨取。法国是欧洲沦陷国家中的一个大国，它拥有丰富的资源、人力物力和财力，又有各种重工业，又有相当数量的海陆空军。所有这些，都是希特勒所最急需的。希特勒要把这些东西全部攫为己有和运用自如，就不得不进一步改组维希政府，使其成为德国法西斯的更驯服的工具。

的确，法国到底和罗马尼亚、匈牙利这类的国家不同，直到现在，大部份法国虽然都在纳粹的占领之下，而维希政府则是众人皆知的投降政府；可是由于各种原因（主要是人民的反抗），法国仍能够保持其半独立的性质。因此，法国的军事力量特别是海军，至今尚未全部加入希特勒的侵略战争中。这次希特勒压迫维希政府改组，正是为了打破法国此种半独立性，把法国的一切力量都投入侵略战争。今天希特勒特别需要法国的海军，因为要扩大海上活动，企图阻断英美苏中间航线，要从海上威胁土耳其和达达内尔海峡及打算侵入黑海，都不能不利用法国的海军。

法国人民的反德运动始终是纳粹的"后顾之忧"，维希政府的改组正是希特勒镇压这种运动，力图巩固后方的具体措施。可是这一措施的结果，在法国内部必然将引起反希特勒主义和反卖国贼的更加激烈的斗争，而巴黎公社最优秀的子孙——法国的无产阶级，始终是这个斗争的最坚决最勇敢的先锋。这个斗争的日益开展，是加速希特勒主义的死亡的一个重要因素。

在外交关系方面，维希政府的改组也将引起美法关系之变化。法国沦陷以来，美国对法国的态度是始终看法国对德国的投降程度之深浅来决定的。在目前情况之下，美国对自由法兰西政府将加紧援助，是可以预言的。

维希政府的改组，一方面传希特勒在法国有一个完全驯服的工具；可是在另一方面，则引起法兰西人民的反抗怒潮，形成希特勒后方的一块绊足石。

（《解放日报》）

（原载一九四二年四月二十一日《晋察冀日报》第一版社论）

敌寇必败之局与"四次治运"

敌寇四次"治强运动"开始至今已二十天过了,敌伪"当局"越是焦急地叫喊,而敌占区的广大人民越加"态度冷淡",这是毫无足怪的,因为敌寇"治安强化运动"的最本质的目的是奴役华北人民,掠夺华北的人力、财力与物力,这是与华北人民的生存水火不相容的。

太平洋战争爆发以后,敌寇为就会其扩大侵略战争的需要,更加着重于对我沦陷区人力物力财力的榨取与掠夺,特别在华北,敌寇亟图掠取全部人力与资财,变华北为其后防"兵站基地",随着战争的长期化,这种榨取与掠夺也就成为敌寇长期不变而且日益加紧的政策。但是,由于敌寇必败的局势引起了敌伪军与伪组织人员普遍的动摇不安，敌伪军反战厌战反正逃亡事件到处发生，敌占区广大人民对祖国抗战胜利的信心日高，抗日情绪迅速高涨，敌寇剥削统治的基础更加动摇，在政治上处于极不利的地位，这就影响于敌寇加紧榨取与掠夺的政策，遇到重大的阻碍，难于顺利进行，收效不大及更加引起不安与反抗。因此，敌寇急欲利用它目前在太平洋上暂时胜利的时机，从政治上进行新的欺骗武断宣传，展开其所谓"思想战"，以实现其大规模疯狂榨取与挤压的"经济战"的目的，以支持其冒险的侵略战争。

敌寇目前所发动的"第四次治强运动"就是在这个新的企图下开始的，"四次治强"的全部内容就是以"思想战"与"经济战"为中心，以图苟延其残喘，挽救其必败之局，但是敌寇过去进行了三次的"治强运动"，在我党政军民一致的打击之下，均告失败，这第四次的"治强运动"，只要我坚持对敌最尖锐的斗争，予以针锋相对的猛烈打击，也必定要归于惨败，无论敌寇如何诡诈的欺骗宣传，总不能掩盖其强盗侵略的本质，无法挽回其必败之局。

无数具体事实都在证明着：敌寇冒险侵略战争必败之局是注定了的。这决不是在"四次治运"中一个"思想战"所能挽救。

从军事上看：首先，敌寇人力兵源不足与枯竭的现象日益严重，总计敌国内动员兵力至多不过四百万，已达其全人口百分之五点七，加上殖民地与占领区的强迫征调一百万，合计不过五百万，为镇压国内及殖民地需八个师团，约一十万人，侵华四周年时，总结敌军伤亡已达二百万以上，两次犯苏，死伤五万人，太平洋作战死伤尚未计算；而敌寇国内人口既少，死亡率却激剧增高。一九三七年死亡总数达一百廿万八千人，此后每年增多，征兵已感严重困难。如富山县山北殷英村一村仅四一〇户，出征者即占全户数三分之一，其中战死者，一九三九年已达七七人，占出征人数二分之一强，目前已征至十四五岁之小孩，今后将无法继续增兵。去年一月廿三日，敌国召开临时阁议时，敌情报局总裁也不得不供认："……观今日之趋势，将来日本人口发展之前途实可悲观。"在扩大战争中长期兵力的消耗,敌寇决不能支持。其次,敌伪军反战自杀投诚反正的浪潮,自太平洋战争爆发之后更见高涨,仅就一月份统计,华北敌军有组织的哗变投诚者即有五次,敌官兵自杀者有卅二起,凡一百十八人,伪军全国全军反正事件更是连续不断的发生。加以最近在西南太平洋方面,敌寇进展已经逐渐迟滞了,进攻缅甸的敌之兵力相当薄弱,占领地守备兵力也不够分配,无法统治,新几内亚的某些敌占区已不得不被迫放弃,目前战线日益延长,敌寇交通线渐感不安,美国潜艇在日本东京湾都活跃起来了。而,敌寇在战争中严重的损失与消耗更是无力补充的,南进中敌方军舰已损失八十六艘,相当其海军力量三分之一,运输舰等损失在一百艘以上,日本每造一主力舰需时四年,且钢铁缺乏,品质低劣,其他如飞机、大炮等的损失更无法统计,这些都是日寇无力补充的。可是同盟国方面反攻的力量却正逐渐增强,美国积极增援澳洲,军事生产一日千里,美国的战斗力尚未发挥出来,英美战略指挥部业已统一,在澳洲区等许多地方,同盟军已逐渐获得主动权,特别是同盟国的空军现正完全采取积极的攻势,最近在菲律宾,在东京、名古屋、横滨、神户,同盟空军大举轰炸,敌寇损失惨重,今后敌寇所受的打击将更日益严重。苏德战场上红军的继续伟大胜利,使希特勒愈接近总崩溃的地步,日寇的末日随之也将更迫近,如果敌再冒险北进,更要遇到真正足以毁灭它自己的强敌。现在敌寇正寻找一切借口以图对苏挑拨,这正是它自寻死路的努力!

从政治上看,则敌寇非正义的侵略战争愈加扩大,占领的地区愈加广阔,它所遭遇的各个被侵略的国家与民族的反抗也更加厉害,目前在北太平洋尚有强大的美国,在西面有四万万人抗战的中国,在南面有英美荷澳同盟军与一万万以上的反侵略的南洋人民,在日寇脚下还有日益增涨的日本、朝鲜……的广大人民的反战运动,这些都是敌寇无法战胜的。尤其可笑的是敌寇狂喊"解决中日事变"四年无成,现在竟被迫"放弃中日事变的不祥名词"，这完全暴露了敌寇政治上的失败。再则，随着战争的发展，法西斯阵线内部的矛盾也增加了，德日在太平洋上新的矛盾又发生了，不久以前，德日谈判中德寇要分收荷印原料被日寇拒绝了，现在希特勒□使荷兰的法西斯份子提出"使荷印归到母国去"的口号与日寇对抗。轴心阵线到处表现着裂痕。况且敌国内部以宇垣为首的现状维持派，不满意东条的蛮干政策，还在酝酿倒阁运动，希望近卫再起，一遇有利机会，他们就要起来反对东条。日本统治阶级内部的矛盾迄未缓和。至于敌寇与各地傀儡政权之间也同样存在着复杂的矛盾，各傀儡组织彼此争权夺利，相互的矛盾冲突也纠缠不清，敌伪统治的基础是非常动摇不稳的！

　　从经济上，更可以看到敌寇之必败。本来日寇在战争所必需的任何一种主要资源中，无不是贫乏的，依靠外来供给要在百分之七十以上。目前战争消耗浩大，其国内贮藏已趋穷竭，无法支持，敌军务课长佐藤自供："如果消耗的曲线与作战期间攫取的新生命的曲线不能抵销，则继续战争是不可能的。"日寇在南洋所获得的资源与日寇之消耗决不能相抵，南洋资源由于敌占领前的破坏、同盟军的焦土政策、开发的困难，无法利用，敌海军发言人平井大佐曾自供："一部份日人误信马来亚与新加坡无限宝藏可使日战无敌，系错误之观念，必须立刻纠正。"敌华北经济局长高濑也供认："大东亚共荣圈中无包藏的重要物资，若非加以人工，不能立刻拿来充作国防或吾人衣食住之需……要使东亚共荣圈经济走上轨道，还须数年的时光。"现时敌寇本国及其占领区经济上普遍发生了恐慌危机，如粮荒、铁荒、煤荒、油荒等，凡军事工业必需原料及主要的生活资料，无不恐慌。就粮食而言，去年入秋以后，日本国内依靠外来之输入为十分之七，且难于购得，敌内阁竟劝告国民无须饱食，举行"节米运动"，抢米风潮普遍全国，就在目前的华北敌占区粮食恐慌亦极严重；就钢铁而言，日本钢铁的自给率是百分之十七点八，依靠外来者达百分之八十二点二，目前除满洲及华北可掠取少数钢铁外，南洋各地铁矿难于利用，而战争需要的钢铁供给量极巨，因此铁荒已成敌寇之一致命伤。至于敌寇因煤荒与□力缺乏几致百业俱废，因油荒而提出"一滴煤油一滴血"的口号，都说明敌经济恐慌之严重。敌之财政金融，更是困难万状，敌国民总收入，每年仅二百万万，去年军事支出等全部预算达一百三十八万万以上，占国民总收入百分之五十四强，今年更加增高。敌寇的军需膨胀，超过了人民的负担能力，公债发行超过了人民的储蓄总额，战时生产力的降低，达到人民经济生活所必需的最低水准以下，造成了严重的恶性通货膨胀。就在华北目前适傀儡政权的财政金融也到了不可收拾的地步，二十万万以上的伪钞加上巨额的公债，各种勒索的手段的无奇不有，正是说明它的财政经济山穷水尽的窘态。

　　这一切都说明着：不管敌人目前还能嚣张一时，不管华北敌伪如何叫喊"治安强化"，但归根到底，这些都治不了它的死症，敌寇汉奸统治终归是要崩溃的，"必然失败"是它们被注定了的命运。渡过目前的黑暗与困难，明天的胜利总是属于我们的！敌伪"四次治运"所能够收到的结果只能是被奴役榨取的敌占区人民更大的不满与反抗，更加促进敌寇的必败的因素，决不能挽救它的失败！

　　　　　　　　　　（原载一九四二年四月二十二日《晋察冀日报》第一版社论）

讨论整顿三风的具体化

  根据中宣部四月三日的决定和十六日的通知，从后天起，各机关学校正式开始研究中央所指定的关于整顿三风的文件，研究这些文件的时间，机关为三个月，学校为两个月，然后开始检查工作。在这个时间内，要求得真正了解这些文件，使我们能够运用这些文件，作为我们改正思想方法和转变工作的武器，这便是我们目前的任务。

  要真正领会中央所指定的文件的精神和实质，首先必须精读和探讨文件的本身；可是同时又须把这些文件和我们各部门的实际工作联贯起来，才能使我们亲切的感觉到这些文件确是对症下药，才能深刻了解什么是不正确的思想方法和工作作风，和怎样去纠正它；也只有如此，才能使整顿三风的讨论在各方面具体化起来。

"有的放矢"就是要体会中央所指定的精神和实质，用来检查和改进我们的工作。当我们每一次精读一个文件之后，细心反省一下自己的工作，便会发现以前所忽视的弱点。发现了弱点，便要研究怎样克服它，这又不得不使我们再次把文件细细听一下，如此反复精研，才能使我们从实际工作和生活中掌握这些文件，作为自己的武器。

无论在那一部门的工作里面，只要我们留心观察，都可找到一些三风不正的生动例子，而这些例子便是使我们讨论三风能够具体化的极好资料。

譬如在党、政、军机关里面，上级发出指示和命令，是否每一次都能切合全面的实际状况？如其不然，只凭主观的愿望发号施令，不管在下面行得通否，这不是主观主义的表现吗？在另一方面，下级向上级报告，不调查具体情况明白的叙述，以供上级决定的参考，而是空话连篇，不着边际，这也不是主观主义的表现吗？

再举一个例子。以财政经济工作而言，如果我们不切实调查某一地区的所处的具体地位（如巩固的根据地和不大巩固的根据地不同）、工农商业状况、各阶层人民的生产能力以及物资等等，如只凭抽象的原□（如自给自足、合理担负等），决定种种措施，这些不是主观主义吗？在我们边区办一个规模不大的手工业工厂，而采取了近代大工业的会计制度与成本计算制度，浪费人力，无补实际，这样不估计就地经济落后的条件与事业的性质，而盲目地采用大城市里面的一套办法，这不是教条主义和主观主义又是什么东西呢？

又如在民众工作方面，如果我们不考察我们的对象，研究各阶层人民的生活状况、风俗习惯和迫切要求，不使用他们所能了解的言语去进行宣传鼓动，而只是对他们讲一套和他们生活无甚联系的大道理，结果必然会"言者谆谆，听者藐藐"，这又不是受了主观主义和党八股的遗毒之害吗？

中央整顿三风的指示，应当使我们站在各种不同岗位上的同志敏锐地发现自己工作的弱点和错误，并且认识清楚这些弱点和错误和他发生的思想根源和不良作风。我们深入的研究、热烈地讨论中央所指定的文件，是为了使这些文件的精神贯彻于我们各部门的实际工作里面，以中央的文件为"矢"，以我们的实际工作为"的"，来研究那一种是正确的思想方法和工作作风，那一种是不正确的思想方法和工作作风，这样才能使理论和实际紧密联系，才能使整顿三风的运动在各方面充裕和具体化。

（原载一九四二年四月二十三日《晋察冀日报》第一版社论）

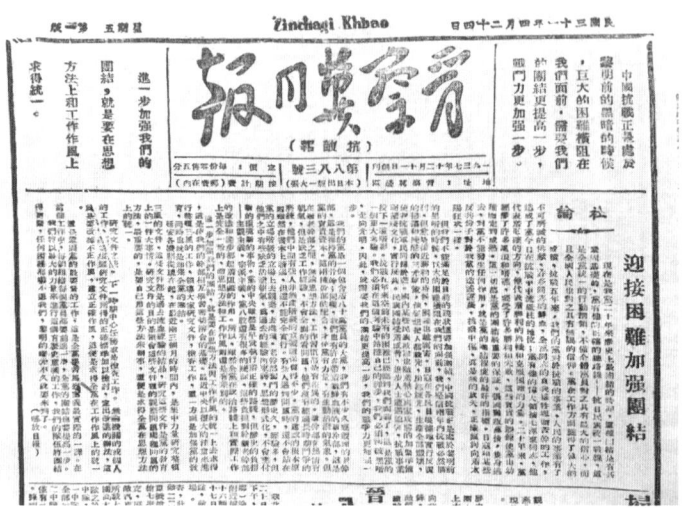

迎接困难　加强团结

现在是我党二十年来历史上最团结的时间，这种团结是有其巩固基础的，党有他的正确的总路线——抗日民族统一战线，这是全党统一的行动纲领，不仅全体党员对之具有最大的信心，而且全国人民也对之具有无限的信仰。党在工作方面获得了伟大的成绩，抗战五年来，我们的党对于抗战的事业、人民的事业有了不可磨灭的供献，许多同志的鲜血，全党同志的自我牺牲埋头苦干的工作，造成了党今日在抗战中中流砥柱的地位；党有他的伟大领袖毛泽东同志，他代表着正确的方向，他代表着胜利的旗帜和克服困难的力量。二十年来，党经历了许多风浪和暗礁，经受了许多胜利和失败，这些宝贵的锻炼使党由幼稚而走到成熟。这一切都是党的团结最重要的保证。张国□叛党后，只身逃去，对党不能发生任何作用，就是党的团结程度的最好的指标。日寇和某些反共份子对于我党的造谣诬蔑、挑拨中伤，真是无的放矢，正像疯狗向着太阳狂吠一样。

但我们不能满足于目前的现状，还要加强团结，中国抗战正是处于黎明前的黑暗的时候，巨大的困难横阻在我们的面前，我们坚信两年内抗战必然胜利，但愈是接近胜利的时候，困难也越厉害。日寇在各抗日根据地实行反复的"扫荡"和残酷的三光政策，他妄想把人都杀完，房都烧光，生产全部毁坏，使我抗战军民同归于尽。国内某些民族败类也随着轴心国家攻胜的加紧准备而摧残文化，实行反共。民族团结受着威胁，进步人士遭遇迫害，抗战事业投下一道暗影。抗战五年来空前未有的困难已经临到我们面前了，这是党的一个重大考验。我们必须在这个考验中站稳自己的脚步，我们必须冲破黑暗，走向光明。因此，就需要我们的团结更提高一步，我们的战争力更加强一步。

我们的党是一个包含着八十万党员的大党，我们有不少久经锻炼的老干部，这是撑持党的骨干；同样，我们也有许多带着新鲜血液的新干部，这是党的宝贵资本。这两种干部的配合，才使党有力量，有生动活泼的气象。但在新老干部之间，无论思想方法、工作习惯都是有差异的。新干部有热情有朝气，但是缺乏工作经验，不会全面的看问题，他们没有经过长时期斗争的磨练，他们中间有些人非无产阶级的意识还保留得不少。党的建设的根本原则虽然在书本上读过，但还不能完全实行。有些人遇到问题时，还不会站在党的立场阶级的立场上去观察、去处理。老干部奋斗的历史久、经验多，但他们之中有些缺乏活泼朝气，为过去的经验所束缚，思想形式化，不会应付新的环境新的事物。党的中央虽然是早就执行着正确的路线，但历史的负担——主观主义、宗派主义、党八股还有很多的残余，这些负担对于新老干部的改造和进步都起着阻碍的作用。所以，虽然全党在政治路线上和实际工作上是完全一致的,而思想方法和工作作风则还是有差别的。

进一步加强我们的团结,就是要在思想方法与工作作风的统一上去求得,这是使我们的干部相互学习、密切溶合的基础。最近中央以很大的注意来进行整顿三风的工作,领导大家研究文件、检查工作,这一方面是加强党的教育,同时也就是加强全党的团结。

延安各机关从现在起,在最近两三个月的时间内,是集中力量研究整顿三风的文件,这些文件都是过去流血经验的结晶,研究这些文件是党的教育上的一件大事情。研究文件的目的是领会这些文件里的观察问题处理问题的方法,最重要的,是要自己用这些方法来办事,这便是求得全党在思想方法上的统一。

研究文件之后,下一时期中心任务就是检查工作。无论机关的或个人的工作,都要根据研究文件所得的正确标准加以检讨,定出改进的办法,这就是要改掉不正作风,建立正确作风,这便是求得全党在工作作风上的统一。

这是巩固党的最要紧的工作,这是全党学习马列主义最实际的一课。在这个工作中,每个组织每个党员都要前进一步,全党的团结也要提高一步。

我们将以最大的力量来进行这个有历史意义的工作,我们的队伍将团结得更紧,任何困难都吓不退我们,黎明的曙光不久就要来到了。

(《解放日报》)

(原载一九四二年四月二十四日《晋察冀日报》第一版社论)

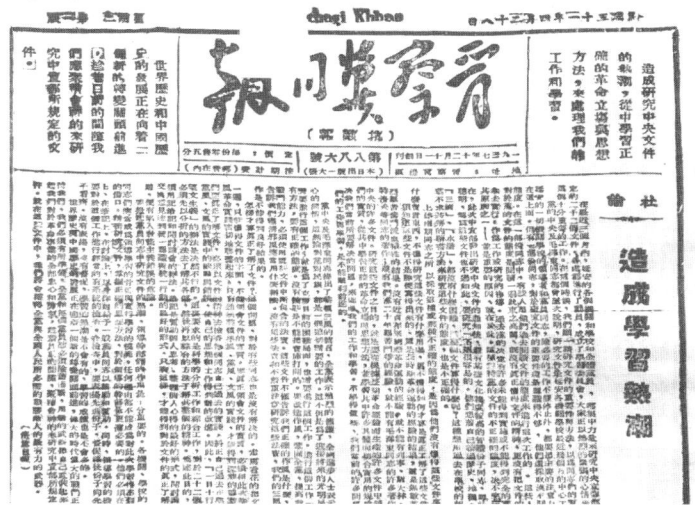

造成学习热潮

在最近三个月内，延安的各个机关和学校和全体党员，都集中力量来研究中央宣传部所规定的二十二个文件，各处都进行了动员，成立了学习委员会，大家正以热烈的紧张的心情来开始这个十分重要的工作。在这个时候，我们愿一谈研究文件的重要性与方法，以为同志们的帮助。

党的中央及毛泽东同志都曾屡次说明，研究文件是延安各机关学校最近几个月的中心工作。延安的一切机关学校的领导者和党员同志，除必要的工作不能停止外，都要把主要的注意力贯注在这上面。但有一部份同志，对于研究文件的重要性还是认识得不够，他们还采取漠不关心的态度。在这一部份同志中，有些人用他们过去阅读文件的态度来进行这次工作的。这些人过去对于党的文件的态度是阅读一遍就束之高阁，既没有真正懂得文件的精神，更没有把文件的内容拿去实行，作为工作或研究的指导。过去党的决定有许多未能得到实施或不能得到完全的实行，其原因之一并是重要的原因，就在于此。这种对待党的文件的不正确的态度，决不应让其存在。此次中宣部发出研究中央文件的通知后，还有某些文化程度较高的智识份子同志，则好自作聪明，认为这些文件也不过如此，要研究一下这很容易的。他们想着自己读过历史、地理，看过《三国》《水浒》，都没有什么困难，这几个文件算得什么呢？这种想用过去在学校的粗枝大叶不求甚解的读书方法来研究这些文件的态度，也是不正确的。

上述两类同志之所以采取这种或那种不正确的态度，是因为他们没有懂得这些文件里面有什么宝贵东西，不懂得研究这些文件有什么用处，更不懂得如何才算是真正了解了这些文件。

须知道这些文件不是随便写得出来的，这是长时期革命运动的经验的结果，这是无数革命先烈艰苦奋斗流血牺牲的结果。没有近百年来国际革命运动的经验，就不能有列宁、斯大林、季米特洛夫等同志的著作；没有我们党二十年艰苦斗争的经验，就不能有毛泽东同志的许多著作和党中央的许多文件。研究这些文件之目的，就是要从根据长期革命经验而生产的许多文件中领会它们的实质，从其中学习正确的革命立场与思想方法，并学习其中许多具体而切合实用的规定来解决我们当前所要解决的问题，来处理我们的工作和学习。不学得这些，我们当前的许多问题、我们的工作与学习，是不能顺利前进的。

党中央及毛泽东同志提出了整顿三风的号召，全党表示热烈的拥护，全国进步人士表示了衷心的同情，这无论对党对民族，都是一个迫切需要的工作。这不但是为了迎接将来的光明局面，需要进行这个工作；就是为了克服目前的困难局面，也需要进行这个工作。进行这个工作一定要有方法，要有正确的态度。没有钥匙是不能把宝库打开的。要改造作风，巩固全党，提高我们的战斗能力，必须使用这些文件中所包含的法宝。这些文件不仅告诉我们正确的作风是什么，而且告诉我们肃清邪风应当用什么办法。没有这些法宝和不着重注意研究这些法宝，我们的三风、工作是不能得到良好结果的。

怎样才算真正了解了文件？这个问题，对于有些同志也是没有解决的。走马看花的把文件读一遍，只能懂得文件的字面，不能领会文件的实质。要真正领会文件的实质，必须和此次整顿三风革命实践密切地联系起来。只有通过整顿学风、党风、文风的实践，才能得到深刻的认识。我们要真正了解文件，必须以文件的精神去检查每个同志自己过去的实践，纠正自己过去在学风、党风、文风的实践中的缺点与错误，使自己的思想和工作得到新的改进。因此，"一目十行""望文生义"的办法是决然不行的。这里要求的是科学的分析工作和综合工作，对于二十二个文件必须先以分析的方法去了解其各部，然后再以综合的方法了解其整个的精神。为达此目的，还必须用记笔记和开讨论会的办法。笔记是帮助个人思考、整理个人心得的最好的形式，开讨论会是交换意见达到统一认识与统一行动的最好的形式，只有这样，才能得到对十文件的真正了解；否则，便有陷入教条主义错误的危险。

要掀起党员同志中研究文件的热潮，领导干部们的作用是十分重要的。各机关、学校的领导同志们应当成为领导学习的骨干与实行学习的模范，任何理由都不能成为对此次学习得不到成绩的借口。精密研究文件，掌握正确的思想方法，对于领导的干部是更有必要的。他们必须在阅读上、在笔记上、在讨论上，以身作则，给予一般党员同志以鼓励和帮助。同时，领导学习的机关又要对于这个工作进行经常的有系统的检查。在检查中，要表扬先进份子，督促落后份子向先进份子看齐。没有表扬、没有督促，学习的热潮是不会有的，学习的成绩也是不会多的。

世界历史与中国历史的发展正在向着一个新的转变关头前进,伟大的时代伟大的战斗正在等待我们,我们必须有所准备,全党和每个党员都必须除旧布新,用新的武器把自己武装起来,鼓起我们对于革命事业的全部忠心和勇气,趁着目前的间隙,聚精会神的来研究中宣部所规定的文件。就在这些文件中,我们将会获得全党与全国人民所必需的战胜敌人的最有力的武器。

(《解放日报》)

(原载一九四二年四月二十八日《晋察冀日报》第一版社论)

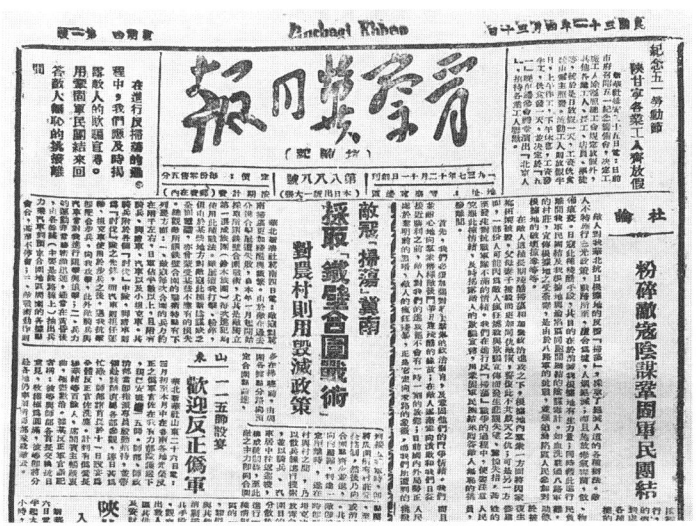

粉碎敌寇阴谋　巩固军民团结

敌人对我华北抗日根据地的反复"扫荡",采取了绝灭人道的各种办法。敌人不特施行三光政策,兽蹄所至,庐舍为墟,人烟绝灭;而且施放毒气毒菌,散布瘟疫。日寇此种残酷手段,其目的在于消灭我根据地有生力量;同时借此进行离间我军民团结及我根据地与沦陷区同胞间团结的阴谋毒计。如血洗驻过八路军的村庄,宣传根据地之受荼毒,是由于八路军的抗战,并强迫沦陷区人民参加对根据地的破坏掠夺等等。

在敌人这种长期残酷"扫荡"和加紧政治进攻之下,根据地内群众一方面将因家乡田地被毁、父母妻子被杀而更加同仇敌忾,誓复此不共戴天之仇;可是另一方面,一部份人可能因为敌人疯狂烧杀与欺骗宣传而发生悲观失望、惊惶失措，甚至发生对抗战军队不满的情绪。我们在进行反"扫荡"战争的过程中，便要注意克服此种情绪，及时揭露敌人的欺骗宣传，用巩固军民团结来回答敌人无耻的挑拨离间。

首先，我们必须加强对广大群众的政治教育及巩固他们的斗争情绪。我们并耐心地向群众解释敌后斗争日益残酷的缘故；在敌人逐渐走向溃败和我们日益接近胜利之前，敌人对我们的进攻绝不会有一时一刻的放松；目前国内外局势正处于黎明前的黑暗，敌人的疯狂残暴，正是它走向末路的象征，而我们所遭到的困难亦正是胜利前的困难。我们要用具体的、活生生的事实来暴露敌人的非人暴行，向群众证明要避免敌寇的烧杀，不是向敌人屈膝，而是要发扬过去英勇斗争的传统精神来积极打击敌人；我们要号召群众，组织"复仇队"，配合正规军，到处予敌人以打击；以胜利的战斗例子来鼓动群众的勇气和信心。我们还要采取各种方法，如组织武装宣传队等等，来使敌占区人民知道抗日根据地军民不屈不挠的斗争，使敌占区同胞和我们团结一致，并肩奋斗。

要发动群众斗争的积极性，坚持敌后抗战，还必须尽心尽力培养根据地人力、物力，给老百姓以实际帮助。为了达到这一目的，除了贯彻精兵简政，减少人民负担以外，还必须采取各种具体办法来帮助群众对付敌寇的"扫荡"和克服困难。例如在我们的部队转移地点之时，必须尽一切可能及时告知当地民众并帮助他们作必要的和有效的布置，以免他们在部队离开后受日寇的蹂躏；又如对于被日寇摧残的区域，我们的政府和军队必须进行慰问，救济和扶助当地民众恢复生计和地区秩序的工作。敌人烧毁了老百姓的房屋，我们的部队要帮助老百姓修建房屋；敌人抓捕壮丁，我们的部队则保护和解救他们；敌人抢夺和毁杀老百姓的农具耕牛，我们则设法帮助老百姓重新获得这些生产工具；敌人虐杀我被难人民，我们则应抚辑流亡安顿移民；敌人散布毒气病菌，我们则动员所有医务人员进行防毒防疫及治疗。

还有目前春耕正在进行之际，我们的部队不但要和民兵一起武装保卫春耕，而且要使用我们的劳动力帮助老百姓耕作。

只有在战斗中多想办法，帮助老百姓解决困难，认真地保护群众利益和减轻人民负担，□能使政府、军队得到人民的热烈拥护，继续坚持敌后抗战而使敌人挑拨离间之阴谋毒计归于破产。

（《解放日报》）

（原载一九四二年四月三十日《晋察冀日报》第一版社论）

今年完全击败希特勒

在去年冬季中,迭遭失败的纳粹匪徒们曾大声叫嚣所谓"春季攻势",法西斯侵略者曾经把自己的前途寄托于明媚的春光。现在春季不但已经到来,而且快要消逝了,可是希特勒"春季攻势"的叫嚣还依然没有实现,战争的主动权还是掌握在苏联的红军手中。从希特勒日前的演说中,谁都可以看出他对于东战场的局势的焦虑。他虽然企图在残春未完以前,倾其全力再度向东线发动攻势,可是他再也不敢对德国人民保证这一攻势能够如期实现和获得胜利了,只是允诺了一九四一年冬天不再蹈去年冰天的覆辙。

不管纳粹"春季攻势"的叫嚣如何,明媚的春光不是为杀人匪徒们而降临的。现在的问题已经不是纳粹发动春季攻势与否，而是苏联红军反攻纳粹"春季攻势"的问题了；并且亦不在今年冰季纳粹□不会再重蹈覆辙，而在一九四二年内纳粹将被完全粉碎。斯大林同志早已在去年十月革命纪念时指明了一年内击败希特勒的前途。现在"五一"节中，一九四二年是完全击溃希特勒主义的一年，更成为苏联军民的一致的行动口号。这一口号并不只是主观的愿望，而且是有着充分的根据的。

在苏联方面，红军战士在十个月的英勇血战中，已经成熟了击破纳粹机械化部队的诀巧，庞大的后备军已经在新的战争经验的基础之上训练就绪，源源不绝的开赴前线。苏联工人和工程师以最高度的爱国热忱，精心筹划与制造武器，供给前方。苏联集体农民加倍加紧春耕，充实红军的军粮。每一个红军战士和苏联公民都自觉地保卫社会主义的祖国，为消灭法西斯侵略、为解放全人类而战斗。全苏联人民和各民族团结得像一个人一样。因此，在战争的过程中，苏联的巨大的人力和无限的物力日益发挥其威力。

在纳粹德国方面，除了损失惨重、后备军与资源日感不足以外，军心和民心已开始发生显著的变化。据苏联分析德军家书的结果，百分之七十以上都不愿战争继续下去。最近开赴前线的德军在通过波兰境内时，竟有一营实行叛变，希特勒对德国会的演讲，要求赋予他以对任何德国人可以有生杀予夺的特权，这不但证明德国人民反对侵略战争，反对希特勒的运动的日益高涨，并且反映德国统治者内部龃龉的加甚，使希特勒非用更残酷的手段镇压不可。特别值得注意的，是欧洲被占领国家内反德运动的风起云涌。在法国，纳粹最忠实走狗赖伐尔的上台和德将伦德斯特的调任驻法德军司令，这不仅是为了加紧掠夺法国的人力、物力，以供战争的需要，而且也是为加强压制法国人民日益剧烈的反抗。在南斯拉夫，如火如荼的游击战争不断威胁德军的交通线，使德军大受牵制，屡遭打击。而捷克、挪威等国人民，亦步着南斯拉夫的后尘，开始广泛的反德游击战争。总之，在整个欧洲大陆上，反希特勒主义的人民革命运动正在以飞快的速度日益成熟着。苏联红军给纳粹的再一个打击，更将助长这个革命运动成熟的速度。

今天，在希特勒的前面是苏联红军坚不可破的铜墙铁壁，在它的脚底下是欧洲人民及德国人民争取解放运动行将爆发的火山，在它的后面还有英美建立第二条战线的威胁，四面楚歌正是今天希特勒处境之写照。

正是这种窘迫的困境，使得纳粹们的"春季攻势"一再展□，使得希特勒自己对于"春季攻势"也失去了胜利的信心。可是骑虎难下，困兽犹斗，失去理性的纳粹匪徒必然将企图再一次地拼其全力作死命的挣扎；然而，可以预言的，这个疯狂野兽的挣扎将遭遇红军的铁拳的更严重的打击，不仅使他遍体鳞伤、头破血流，而且使他一命呜呼。

一九四二年将是人类历史上伟大的一年，将是完全毁灭纳粹暴徒与希特勒主义的一年，而希特勒的失败将是日本法西斯强盗溃灭的先导，战斗□一切反法西斯的人民光明和胜利已在不远了。

（《解放日报》）

（原载一九四二年五月七日《晋察冀日报》第一版社论）

一定要学习廿二个文件

为了澈底整顿三风、中央规定了必须学习的二十二个文件，绝大多数干部党员对这些文件是重视的，是积极学习并力求实际应用的。目前已开始在延安造成学习的热潮，我们坚信，在中央领导下，整顿三风运动一定可以作的好。

但是，这并不是说对于这些文件的学习党内并没有偏向和逆流；相反的，现在有各种各样的错误态度和怪论。

有人说，这些文件还不是老一套，有什么了不起，我不看它也一样参加讨论，一样发言，照旧可以学习和工作——这实际是拒绝研究考虑这些文件，拒绝执行中央的决定与指示，是"天下第一"，也是自暴自弃。他不知道这些文件并不是那么容易可以造出来的，这是一百年国际革命运动与二十年中国革命运动的流血经验的结晶，只有极端幼稚的人才说出这样幼稚的话来。

有人说，这些文件都很好、很重要，但我太忙了，没有时间仔细加以研究，不过大致还可以掌握它的精神——这实际是对这些文件和整顿三风运动采取的消极态度；他不晓得整顿三风就是当前党内的中心工作和改造整个工作的决定关键，而二十二个文件则是整顿三风和改造工作的锐利武器。可是不管你是如何绝顶的聪明、如何有实际工作的经验，不精细研究这些文件，就不可能真正领会它的精神，更不必说如何掌握它、运用它了。

有的人一方面承认整顿三风是必要的，应该确实整顿一番；另一方面则认为他们及其工作部门是既没有主观主义，又没有宗派主义和党八股的。其实，我们可以毫不夸大的说，把中央这样重要的决定与指示认为与自己的思想行动无关，认为全党整顿三风而自己可以除外，并且回避揭发与纠正自己的错误与缺点，正是一种很典型的主观主义和宗派主义。

有人说，这些文件既反对自由主义，又反对平均主义……而且非"精读、作笔记，反省自己的工作及思想、反省自己的全部历史"不可，这简直是惩我的。可是，既然感觉到这二十二个文件是惩你的，为什么不认真反省一番呢？究竟二十二个文件对还是你对？马、恩、列、斯及我党中央都主张要建设一个集中的统一的党，要保证党的意志与行动的统一，而你却在党内大闹其独立性，大闹其个人主义、自由主义……马、恩、列、斯反对平均主义，而你却以马列主义的资格主张平均主义。你对呢，还是马、恩、列、斯对？中央决定如此，而你的主张与行动如彼，究竟按你的作法对工作对革命对党有益呢，还是按中央的有益？"科学的态度是实事求是，不是自以为是"，为何不实事求是的反省一下呢？一切自以为是的固执错误的人，结果往往是不堪设想的。布哈林、托洛斯基、陈独秀、张国焘之流，都是自以为是和自以为了不起的固执错误的能才，其结果如何呢？历史已经判处了他们的政治死刑。

有的人干脆说道：什么三风不正，整顿三风，我是一风也不整。这就是说，一个党员竟明火执仗的对党的决定与指示表示抗拒，这样态度对党对同志个人都是有害无益的。一个人身体害了病，就得求医住院，患隐疾，吃奎宁，患盲肠炎的不惜破肚子割治；□什么患了最重要的思想病，一种足以造成大祸、惹得众人愤怒厌恶的思想病，反倒讳疾忌医，把错误爱如生命，这是聪明呢还是愚蠢？姑无论党的纪律如何了。

还有一种看来没有什么，而实际却是很坏的态度，即是以教条主义的态度来对待这些富有现实意义的具体决定与文件，只死记与背诵其字句，而不认真领会其立场、观点与方法，不实际运用来反省自己的工作及思想，反省自己的全部历史。其结果，在拥护□扬的形式下，绞杀了二十二个文件的精神与实质。

有的同志曾经犯过或者还在患着三风不正的错误，却没有勇气痛改前非，反而惧怕这些文件的认真研究会加深他内心的矛盾和不安，会使大家觉悟起来，去针砭自己的疮口或伤痕；然而真理所在，又不便公开拒绝，于是竟采取阳奉阴违的两面态度，另一方面，还有些同志抱着旧社会的"各人"自扫门前雪的"独善其身"的态度，这同样也是不对的。

因为谁都应该晓得，主观主义、宗派主义和党八股，按其实质说来，是反马列主义反无产阶级的，是反动的机会主义的，它们是党的血液中的毒素，是党身上的毒菌，它们曾给过党以危害，并且现在还未完全肃清的事实，证明这些歪风不但当它在党内占了统治地位时是比党外最凶恶的敌人对党的伤害还要厉害百倍，而且是他们或多或少的残存，对于党也同样是一种危害。联共党的历史已经先我们而证明出来："如果不与自己队伍中的机会主义作不调和的斗争，就不能保存自己队伍的统一和纪律，就不能实现其为无产阶级革命的组织者和领导者的作用。"（《联共党史》结束语）一切干部党员，应该明确的了解，对任何机会主义的纵容与消极态度，都是对于党对于革命事业的残酷，都是在客观上给予敌人以莫大的帮助。

对于这些歪风，不应采取放任态度，就和对于伤寒、鼠疫不应采取放任纵容态度一样。为了党、为了爱护犯错误的同志，各人都应如此。因为只有"治病"才能"救人"。

党员对于自己的错误态度应该如何呢？列宁说得好："政党对于自己错误所抱的态度，就是最重要的和最可靠的尺度之一，以考察这个党是否郑重和它是否在事实上执行自己对于本阶级和劳动群众的义务。迄今以前，一切革命党之所以陷于沦亡，就是由于他们自傲……并害怕说出自己的弱点，而我们是不会灭亡的。因为我们不怕说出自己的弱点。"对于党员个人也是一样，一切不愿自己死亡的人，应该和"发扬与巩固成绩和正确的方面"一样勇敢的揭发与纠正自己的缺点与错误，这是改造自己思想、改造自己工作的前提。讳疾忌医，采取消极或两面态度的结果，只有危害党危害自己而已。

上述这些对于整顿三风工作及对二十二个文件消极、忽视或抵制的态度，正反映着目前党内思想上的某种程度的纷纭混杂，正证明三风有加以整顿之必要。我们必须克服各种偏向与困难，开展对于整顿三风文件的研究，以掌握此锐利的思想武器。三风一定要整，二十二个文件一定要细读，否则党的思想行动不可能统一，革命事业不会获得胜利。全党应该齐一步调，精细的研究这二十二个文件，一切与此相反的精神与企图，必须加以揭发与纠正，为澈底整顿三风肃清道路。我们完全相信：在全党绝对大多数的非常积极的拥护与爱护之下，整顿三风中的偏向一定会纠正，整顿三风的任务一定会完成的。

（《解放日报》）

（原载一九四二年五月八日《晋察冀日报》第一版社论）

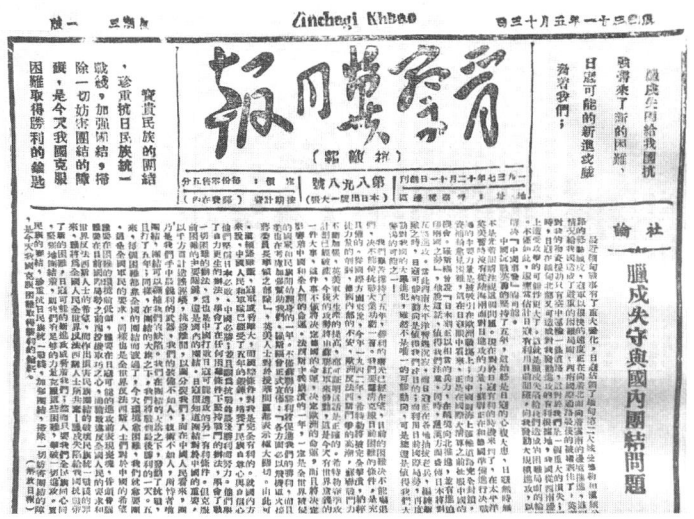

腊戍失守与国内团结问题

最近缅甸战事有了重大变化，日寇占领了缅甸第二大城曼德勒和滇缅公路的终点腊戍，寇军以很快的速度正在向着北面向着云南的边境推进，这个情况给我国造成了严重的困难局面，西南国际通路最后的被堵塞住了，英美对我的物资援助只有空中运输一条道路，这对于我们是一个重大的损失；同时，日寇在缅甸北部又可造成对我发动进攻的有利根据地，我国从西南边境上遭受攻击的可能性更大了。这就是腊戍失陷给我们造成的困难局面的轮廓。不仅如此，还应当估计日寇有利用目前间隙向我发动大规模进攻，以求解决"中国事变"的可能。

中国抗战英勇的坚持了五年，这始终是日寇的心腹大患，日寇无时无刻不是光着眼睛注视这个问题。现在对于日寇有利的时机来到了，在太平洋上英美暂时没有从陆海两面对日进攻的力量；苏联正在和德国准备进行决战，他的主要力量是被吸引在欧洲战场上；而中国则海上运输道路完全封锁，物资补给愈见困难，这在日寇眼中看来，正是在国际大清算之前征服中国的好机会。罗斯福曾说"日本刻正以相当的兵力，在缅境向北推进，并有进迫中印两国之势"，他说这话，值得我们注意。同时，□汉方面盛传日本将对华五路进攻。当此西南太平洋暂趋沉寂，而日寇正在各地抽拔老兵，编练新部队之时，日寇可能的动向是值得我们注目的；而利用目前国际局势，再度发动对我国的大举进犯，虽然不是唯一的可能动向，可是总还是值得我们大加警惕的可能之一！

我们艰苦撑持了五年，胜利的曙光已经在望，目前的困难决不能吓退我们，决不能使抗战大业功亏一篑。我们要认清克服目前困难的条件是充分具备的。从国际方面来说，今年一九四二年，希特勒将被完全击溃，纳粹匪徒力量的削弱、德国内部的不安、欧洲反法西斯斗争的高潮、苏联战斗力的不断加强、英美军火生产的提高，都可证明这话是正确的。希特勒"春季攻势"计划已经破产，今后的攻势将由苏联红军来发动，这是今天有世界意义的第一件大事，这件事不仅将决定德国的命运，决定欧洲的命运，而且将决定地影响着中国和全人类的命运。法西斯主义崩溃的一年，一定是全世界被侵略的国家和民族开始翻身的一年。不仅苏联的胜利将促进我们的胜利，而且英美也在考虑加强帮助我们。罗斯福曾正式宣布"各方面必以飞机军火接济□□□□□率领之部队"，英美人士对于援华问题都表示极大关切。由此可见，滇缅路虽断、寇军威胁虽大，而国际条件对我是完全有利的。就国内方面来说，中国人民和军队已经受了五年的锻炼，培养了民族自尊心与自信心，他们坚信日本必败，中国必胜，并且愿为抗战的最后胜利而努力。他们学会了自力更生的办法，学会了在任何困难条件下坚持战斗的办法，学会了战胜一切困难的办法，这也是中国打败日寇可能进攻的另一有利条件。但克服目前困难的主要关键，还是国内的团结。日寇很知道团结对于中国的重要，所以千方百计造谣诬蔑，挑拨离间，以图分裂我们；而在中国人民看来，团结乃是我们手中最锐利的武器。我们的装备不如人、技术不如人，所恃者唯有团结，团结可以弥补我们的缺陷。我们在团结的大旗之下，发动了抗战，并且打了五年；同样，在团结的大旗之下，我们将战到最后胜利的一天。五年来，每个困难都靠全国的团结而渡过了，今天环境愈困难，我们就愈要团结，这是全国军民的要求，同样也是全世界反法西斯人士们对于中国的希望。谁要在困难的环境前低头，谁要在日寇可能的进攻前表现丧魂、昏头昏脑，谁要在目前国际局势之前抱投机取巧之心，而胆敢违反全国人民的要求和全世界反法西斯人士的希望，而作出损害民族团结的破坏民族统一战线的罪行来，谁将为全国人民全世界反法西斯人士所共弃！腊戌失陷给我国抗战带来了新的困难，日寇可能的新进攻威胁着我们；然而，只要我们全民族同心同德，坚强地团结着，则我们有足够的力量克服这些困难，击破一切进攻。宝贵民族的团结，珍重抗日民族统一战线，加强团结，扫除一切妨害团结的障碍，是今天我国克服困难取得胜利的钥匙。

（《解放日报》）

（原载一九四二年五月十三日《晋察冀日报》第一版社论）

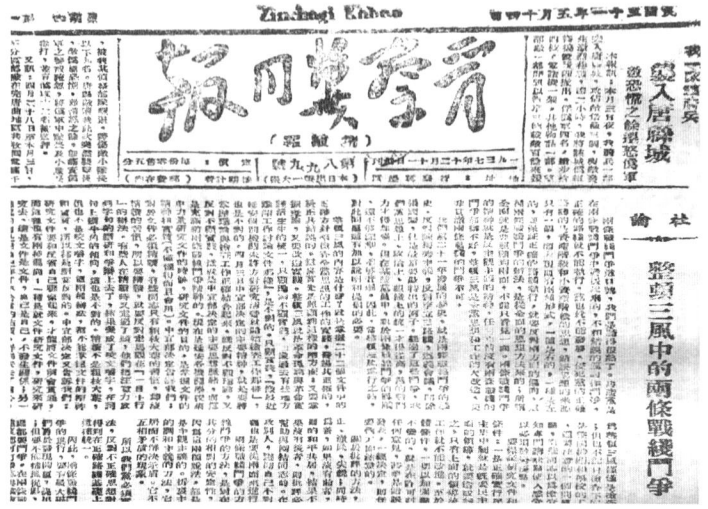

整顿三风中的两条战线斗争

两条战线斗争这口号，我们是听得很熟了。共产党是在两条战线斗争中发展起来的，不和错误的偏向作斗争，正确的路线就不能执行，党也就不能发展，侵犯党的正确路线的是资产阶级和小资产阶级的思想，错误思想的来源只有一个，而实现则有两种形式，一种是右的，一种是左的，要保证正确的路线执行，就要反对两方面的偏向。这种两条战线斗争的办法，是从全面的思想方法来的；所谓全面就是要照顾到两面，不能只看见一面。两条战线斗争的精神就是反主观主义的精神，任何事情没有两条战线的斗争都办不好，整顿三风是全党思想和工作的大改造，更非贯彻两条战线的斗争不可。

我们党二十一年发展的历史，就是两条战线斗争的历史。反对陈独秀主义、反对李立三路线、遵义会议、开除张国焘，就是最重要最特出的例子。经过了这些斗争，我们党思想上、政治上、组织上的统一才得提高，党的战斗力才得加强。但在某些党员中，对于两条战线斗争的认识还不够深刻、不够普遍。因此，当整顿三风进行之时，对此问题还有加以说明和提倡的必要。

　　整顿三风的内容是什么？就是掌握二十二个文件中的正确方针来检查全党思想的工作的实践，发扬其正确的，纠正其错误的。这里首先是照顾到这样的两方面：又要掌握理论，又要改造实践。整顿三风就是革命理论与革命实践活生生的统一。只顾理论不顾实践，"像过去有些地方离开工作讨论文件那样"，是不对的。只顾实践，"像最近延安个别机关未将方针研究清楚就开始检查工作那样"，也是不对的。四月三日中宣部决定的主要精神，就是要将掌握理论与检查工作正确结合起来，既反对不顾理论，又反对不顾实践，这就是中宣部决定的主要思想脉绪，而这是充满着两条战线斗争精神的。现在是延安各机关学校集中力量研究文件的时候，研究文件的目的，是掌握文件的精神和实质（不仅懂得，而且会用）。中宣部决定告诉我们，对于文件必须精读，有些同志只有粗枝大叶的习惯，却没精读的习惯，所以要精读就要反对走马观花"一目十行"的办法；有些人在精读时又走过了头，他们把注意力放到字句的钻研和争辩上去了，结果变成了咬文嚼字，在词句上钻牛角的倾向，这也是不对的。精读不是粗枝大叶，但也不是咬文嚼字，这两种办法，都不能掌握文件的精神和实质，所以都是应当反对的。中宣部决定又告诉我们，研究文件要和反省自己联系起来，才能将文件领会贯通，而这里也有两种偏向：一种是就文件研究文件，研究来研究去，还是文件是文件，自己是自己，不发生关系；另一种偏向则是对自己作了不恰当的估价，弄到失去了信心，这也是不对的。

整顿三风的第一步是研究文件,第二步是检查工作,在检查时也要反对两种偏向;不能把眼睛只望着上面,为整顿三风仅仅是检查领导者,与被领导者没有什么关系;但也不能只检查下面同志而不检查领导者,检查的范围是整个机关和学校的工作。同时,还有每个同志在检查中还要注意的一个问题,就是不仅纠正缺点,而且要发扬优点,有些同志以为检查就是揭露缺点,优点可以不说,不知专门讲缺点使人感觉一无是处,只能破坏工作信心,所以必须发现优点。

要保证研究文件和检查工作进行得好,还需要有两个条件:一是正确实行民主集中制,一是有正确的批评。民主集中制就是既要民主又要集中,只有下面的民主没有上面的领导,就要造成无政府状态,什么事情也办不好。反之,只有上面的领导没有下面的民主,则缺点无从揭发,工作就不能改进。至于民主程度的伸缩,则要看斗争的具体条件,一切以加强团结提高战斗力为标准;但有一点是不变的,就是在许可讨论的过程中,在问题未决定以前,任何意见甚至是错误的意见,都可在一定的时机与地点发表,一经决定,则任何人必须无条件服从,这里也是需要两方面注意的。

关于批评的方法,中宣部决定指示我们:一方面要严正、澈底、尖锐,同时又要诚恳、坦白、实事求是,与人为善,如果没有前者,则错误不能澈底揭露,会变为无原则的和平共居,结果不能帮助同志,也不能团结同志。如果没有后者,则批评必至过火,必至有损于党,也是不能帮助与团结同志的。在对人和对己问题上,也是一样。专攻别人,避开自己不对;明哲保身,有话不说也不对。这里也是要从两面来进行斗争的。

两条战线斗争的方法,不是折衷主义的方法,两条战线斗争的方法,是对在时间中运动着的事物规定一个适如其分的相对的安定性,它反对过右的与过左的两种说法;因为这两种说法,都是与事物的客观实在性质相违的,都是主观主义的。折衷主义则是庸俗的封建阶级与资产阶级的调和主义的方法，它调和矛盾的两个侧面，求得和平共居而不解决矛盾。它不能规定事物的性质，而只举出事物互相矛盾的现象。

所以我们党必须实行马克思主义的两条战线斗争的方法，反对不正确思想对于党的正确路线的侵犯，使党能够得到在正确路线基础上之统一。而折衷主义则决不能得到这种统一。

因此，两条战线斗争是不能给人乱戴帽子的。这个斗争的进行，要有最大限度的实事求是的精神，要提倡同志们勇于发现问题，提出问题，勇于怀疑和勇于批评的精神；但要不能捕风捉影、牵强附会，弄得到处都是偏向、到处都要斗争。在两条战线斗争上，任何轻率的不负责任的态度都可打击党与群众活跃的积极的精神，对党都是不利的。

正确的两条战线斗争，是党的生活中一天不可缺少的东西。在整顿三风进行中，必须加以提倡，并且正确实行以，以保证我党伟大改造运动的成功。

（《解放日报》）

（原载一九四二年五月十四日《晋察冀日报》第一版社论）

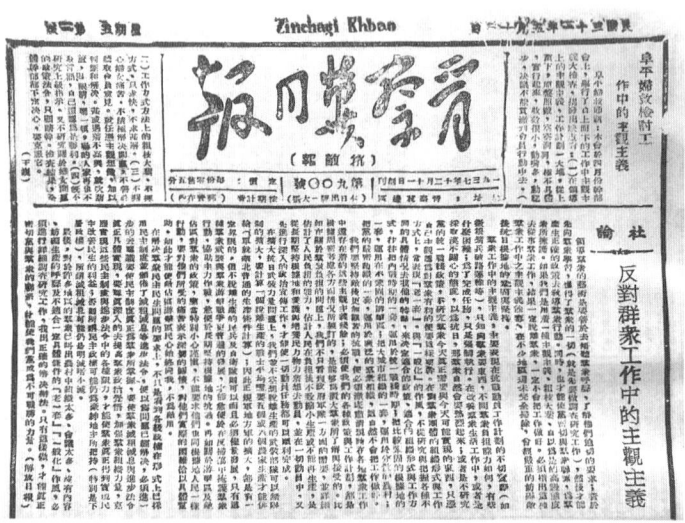

反对群众工作中的主观主义

　　领导群众的艺术是要善于去倾听群众呼声，了解他们迫切的要求；善于先向群众学习，懂得了群众的一切（就是先要做调查研究工作），然后才能产生正确的政策去教导群众行动。同时，也才能使党密切与群众联系，为群众所拥护。如果我们是用着一种主观主义、粗枝大叶、自以为是的高谩态度去从事群众工作，结果一定脱离群众，一定不会把工作做好。必须指出这种群众工作中之主观主义余毒，在不少地区还未完全扫除，曾经严重的妨碍敌后抗日根据地的巩固与坚持。

　　群众工作中的主观主义，主要表现在抗战动员工作计划的不切实际（如征粮、扩兵、破路、运输等），只知向群众要东西，不问群众负担能力如何、有些什么困难；为了完成任务，只是强制执行。在改善群众生活工作中，或者是采取漠不关心的态度，以为抗日那群众自然会要热烈起来；或者是不研究党的统一战线政策，不研究群众今天真正需要与今天可能实现的东西，只凭自己主观认为对群众有利的便要这样硬干。在对群众团体的组织形式与工作方式上，常表现"老一套"与"一般化"的作风，不从研究与把握各种不同的具体情况去找他的特点，来决定适合的政策、适合的组织形式与工作方式，往往把内战时期的一套运用于统一战线时期，把比较巩固的根据地的一套运用在不巩固的游击区，把大城市组织的一套运用于分散的农村，把党的严密组织的一套运用于广泛的群众组织，这自然不会把工作做好。

我们要坚持敌后更加艰苦的抗战，便必须澈底肃清现时在各地群众工作中还存在着的这些主观主义残余；必须使我们的各种政策与工作计划，都是根据周密考虑各方面情况所制订的，是能够为广大群众所了解与接受的。比如在关于群众负担的问题上，我们不只看到政府军队一方面的需要，并详细估计了人民负担的能力，估计人民在负担后不致缩小生产或不能再生产，是从长期坚持根据地和爱护与培养民力物力着想去动员，并在一切动员中，又先进行深入的政治宣传工作，才能使一切动员任务都可以顺利完成。

在扩大抗日武装力量问题上，我们并不空想脱离生产的武装部队可以无限制的扩大，要计算一个脱离生产的战士平均需要五个或六个农家生产才能供给（单就华北普通的生产条件计算）；因此，正规军地方军的扩大，都是有一定界限的，但不脱离生产的民兵及自卫队则可以而且必须尽量发展，只有这种群众武装与群众游击战争更普遍的发展，才能愈便于在反"扫荡"中掩护群众行动，协助主力作战，愈便于长期坚持根据地的抗战。再如关于游击区及敌占区对群众的政策，应当特别小心谨慎，不能要求他们也同根据地人民一样行动，要对他们所受的痛苦表示深切的关怀，对他们实际的困难给以具体帮助,如此才能使敌占区游击区民心始终向我,不为敌用。

在解决群众民主民生问题的要求上,不只是看到各级政权在形式上已采用民主制度并颁布了减租减息等进步法令,便以为问题已经解决,必须进一步的去认识要使民主制度真正为群众所掌握,要使群众减租减息与进步法令真正具体实现,要认真深入的去提高群众政治觉悟,加强群众组织力量,克服实现这些民主制度与进步法令中的各种阻力,才能使群众真正得到实现民主改善民生的利益;否则,所谓民主政权可能仍为豪绅地主所把持(特别是下层政权),所谓减租减息可能仍是明减暗不减。

最后,对于许多地区的群众已叫出农村中组织太多、会议太多、没有内容、妨碍生产的呼声及不适合一定具体条件的"老一套""一般化"作风,必须朝廷详细调查研究工作,找出正确的解决办法。只有这样做,才能真正密切党与群众的联系,才能使我们党成为不可战胜的力量。

(《解放日报》)

(原载一九四二年五月十五日《晋察冀日报》第一版社论)

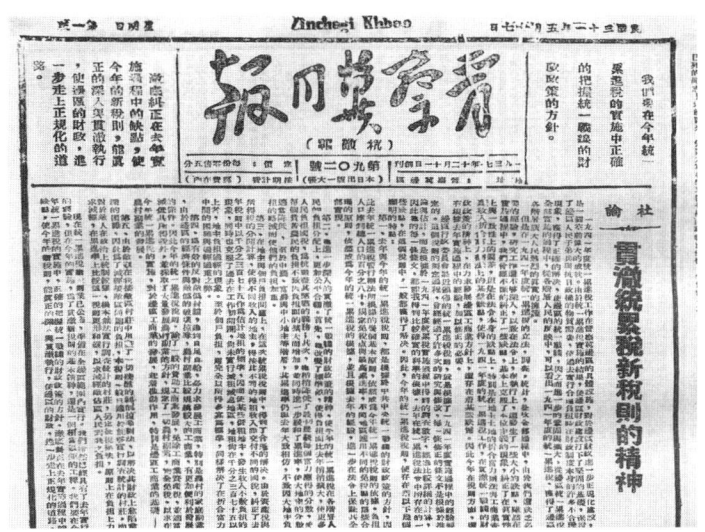

贯澈统累税新税则的精神

　　一九四一年度统一累进税工作在晋察冀边区的具体设施，对于边区财政进一步正规化建设，是一个空前伟大的成就。由于统一累进税实施的结果，使边区财政建设打下了坚固的基础，保证了边区人民子弟兵与抗日政权的物质需要，使过去实行合理负担时在财政制度本身的许多不合理现象，获得了正确的解决，使边区的统一战线因之而进一步的巩固与扩大，从边区统一累进税全部实施的过程中，从各阶层人民的反映中，可以看出一九四一年度的统一累进税获得了边区各阶层广大人民热烈的真实的拥护。

　　但是在一九四一年度统一累进税的立法、调查、统计、征收全部过程中，由于我们还缺乏必要的经验，研究工作还不够深入，以致在法令上、在执行上，还发生了一些大小的缺点，虽然在实施过程中，我们曾经不断的纠正了一些缺点，基本上克服了本位主义的现象，纠正了在真实性上与一致性上的偏差，但是在法令本身的缺点上，特别是在地主土地的折合富力办法与工商业资产收入折合富力办法上的某些缺点，使得一九四一年度的统一累进税工作在贯澈统一战线的财政政策的精神上、在力求发展边区工商业方针上，还存在着某些缺憾。因此，今年在税则方面，还有根据去年实施过程中的经验加以修正的必要。

边区行政委员会最近颁布的统一累进税税则，就是根据了一九四一年度实施过程中的经验制定的。这个税则的制定过程，曾经经过了许多次的研究与修改，每一条修正的条文不是根据于推论与估计，而是根据于一九四一年度统累税实施过程中得到的调查数字，经过比较详细的计算，因此他的每一条条文，都能找得到比较确实的科学的根据，去年在统一累进税法令中所存在的一些缺点，在这个税则中，一般都获得了解决。因此，今年的统一累进税税则，便存在着以下几个显明的特点：

第一，去年与今年的统一累进税税则，都是根据于中共中央统一战线的财政政策的方针，因此去年统一累进税暂行办法所根据的几个基本原则，依然成为今年统一累进税税则的依据。负担人口达到总人口的百分之八十，规定免税点与最高累进率，不同地区适用不同的免税点的这些合理的原则，依然成为今年的统一累进税的根据，并且根据去年的经验，进一步在法令上保证其全部实现。

第二，他进一步深入的贯澈了统一战线的财政政策的精神，使今年的统一累进税在各阶层人民的负担分配上更加公平合理。首先，他改变了标准亩，使得负担面比去年稍稍扩大，使更多人民负担国税，为抗战尽其应尽的义务；其次，他稍稍降低了最初几级每个富力应得的分数，使每个贫苦农民的负担不致因负担面的扩大而增加，并同时进一步缓和了累进率，使大地主的分数适当降低，至于中农、富农与中小地主等阶层，其累进率仍与去年大致相仿，不致因大地主负担的略减而使他们的负担加重。

第三，在地主与佃户负担问题上，在这次统累税税则中，得到了合理的解决。由于资产税与所得税的分开计算，使得不同收入的地主，得按其不同的地租收入而交付不同的国税，纠正了去年税则中以千分之三百七十五作为估计地租的标准，因而使某些低租地主，发生收入不敷负担的现象，同时也克服了过去在工作初开辟，尚未实行减租减息地区，地租尚在千分之三百七十五以上者，地主负担过轻的现象。至于佃户负担，则完全以所得多寡为标准，同样解决了在折合富力中间的困难与过轻过重之弊。

第四，为有效的反对敌伪封锁，达到自足自给，必力求发展工商业，特别是农村的家庭副业，由于边区的经济条件与敌伪的破坏掠夺，农村副业比较规模较大的工商业，有更加便利于发展的条件。因此，今年的统一累进税税则，除了一般的赞助工商业发展，免除工商业资产税，并适当减低其所得税外，并采取了大量发展农村副业的方针，规定了一切农村副业完全免税，以求在今年统一累进税的实施，对于边区工商业的发展，起着推动作用，特别是边区工商业的基础——农村副业的发展。

第五，由于敌寇在我接敌区村庄中用尽了一切残酷的剥削掠夺办法，以解决其财政上愈陷愈深的困难，因此为了减轻接敌区同胞的负担，本税则一般只适用于能够实行调查统计的村庄，而对于敌人在政治上统制较强，根本无法实行调查统计的村庄，另定征税办法，原则上在负担上力求减轻，在累进率上比较这一税则更形和缓，以求减轻敌占区人民对我之负担。

现在统一累进税总法则业已公布，准备在全边区范围内实行。我们虽然已经具有了去年实行的经验，但在今年的实施，为了贯澈新税则的基本精神，还是一个相当艰巨的工程。我们要在今年统一累进税的实施中，正确的把握统一战线的财政政策的方针，澈底纠正在去年实施过程中的缺点，使今年的新税则能真正的深入与贯澈执行，使边区的财政进一步走上正规化的道路。

（原载一九四二年五月十七日《晋察冀日报》第一版社论）

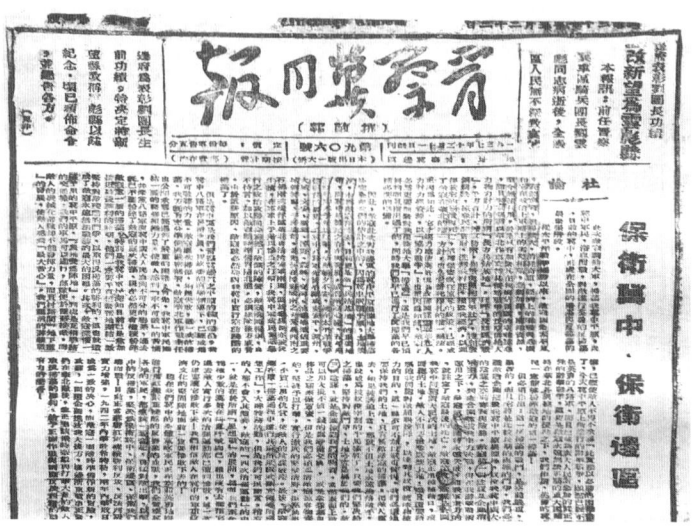

保卫冀中、保卫边区

此次敌寇调动大军，"扫荡"我冀中平原，我冀中军民浴血酣战，对敌进行英勇的反"扫荡"，目前的冀中，正处在全面的"扫荡"与反"扫荡"的最紧张阶段。

从太平洋战争爆发以来，敌寇因先天不足，资源穷窘，战场扩大，消耗奇重，经济上的困难与危机和它在政治上军略上的劣势相随，急剧加深，南洋资源至今无法利用，于是只有加紧其在我国占领区的空前掠夺，而且特别强调以华北作为支持其侵略战争的长期供给人力物力财力的所谓"后方兵站基地"，狂呼"长期经济战"，千方百计榨取勒索，强征与抓捕青年壮丁，搜刮废铜烂铁，掠夺民间资财，洗劫我村庄，摧毁我经济，以图挽救它的崩溃与死亡。

这种强盗疯狂掠夺的政策,已经成了敌寇在华北的唯一方针,也是它拼死挣扎的唯一办法。正因为如此,它才竭力唆使汉奸傀儡政权图谋骗取华北人力财力与资源,以"协力战争";也正因为如此,敌寇才必然更要加紧对我根据地大举"扫荡",这是我们早已预料到而且指出过了的,同时我们也早已进行了反"扫荡"的各种必要的准备。

因此,敌寇北次对我边区的冀中平原根据地大肆"扫荡"是完全在我们的估计之中的,因为冀中广阔平原,土地饶沃,本为敌寇所垂涎,目前更是敌"兵站基地"的重要地带,而冀中根据地之存在与发展,威胁敌寇心脏,五年来无时无刻不予敌以打击,令敌朝夕不安,就在太平洋战争爆发后的最近,我冀中八路军先后不断攻克安平、深州、大城、文安、新镇、博野、蠡县、交河、泊镇等敌占重要城镇据点,予敌奇创,并先后在博野城南之大营□西南之石佛两次残俘伪华北自治治安军两团,伪旅参谋长亦被我生擒,在军事上予敌以惨重之打击;我冀中军政民对敌举行之政治攻势同样震撼了敌伪的阵营,敌寇亟图报复,自不待言,加以敌寇随时准备冒险北进,必须排除后方威胁。由于这些原因,敌寇就必然要对我冀中实行空前残酷的"扫荡"了。

但是冀中区是我们晋察冀边区之平原的铁的堡垒,我冀中八路军在吕司令员、程政委的直接领导下,已经成为不可战胜的力量,敌寇屡次"扫荡",均归失败,这一次的"扫荡",我方既有充分准备与严密部署,敌寇华北军作战主任也公开承认已经遇到了严重的困难:首先,我冀中军民团结一致的坚强组织力量,使敌人感到"牢不可破"的苦恼,共产党八路军与冀中广大人民血肉不可分的联系,过去既已不断粉碎了敌寇的屡次"扫荡",现在必然更会继续粉碎敌寇这一新的"扫荡",特别是我冀中军民深知目前已是愈加接近最后胜利的时期,他们一定要千百倍紧密地团结一致坚持对敌残酷的斗争,以取得反"扫荡"的胜利的,这也就造成了敌寇永远无法战胜的最大的困难。其次,敌寇深惧一望千里的冀中平原,"农地变为阵地",到处是互相联络的交通线,我们的车马可以通行,部队便于隐蔽接敌,而敌人的机械化部队却不能发挥力量,而且村路间"地下道"的发展,使敌人感到"最大苦心",我们灵活的游击战术,已经使敌人不得不承认"此实难以必胜的困难战斗"了,今天冀中平原上所进行的游击战争,显然已经不仅仅是英勇的八路军,而且已成为广大人民所参加的真正群众性的游击战争,这更是敌寇永远无法战胜的重大困难。同时,在华北各根据地的援助之下,我们相信,英勇的冀中军民一定能够粉碎敌寇的这一"扫荡"!

但必须指出:这一反"扫荡"的战斗,是空前严重、空前艰苦的,而且它将是比较长期的复杂的斗争。我们必须认识敌寇企图摧毁我冀中平原根据地,奴役我冀中广大同胞的阴谋之空前毒辣与险恶。敌寇第一个阴谋是企图消灭我军主力,到处合围寻找我主力决战,但在我游击战术灵活运用之下,敌寇这一企图将永远失败,而我军主力的健在,就注定了敌寇最后的死亡。敌寇第二个阴谋是企图掠夺我冀中同胞广大肥沃的土地。敌寇正用种种借口,没收我同胞的土地。敌人不但要抢夺这些土地,而且还要借此来诱迫我同胞对敌屈服投降,以达到其奴役统治和掠取人力的目的,这一点不可不加以严重警惕。我们必须知道,要保持我们的土地,只有粉碎敌寇的"扫荡",把敌人驱逐出去,如果被诱迫上当,那就不但土地永远沦落敌手,自身也就成为被奴役宰割的牛马牺牲了。只要我们坚决粉碎敌之"扫荡",坚持对敌斗争,土地终究是属于我们的。敌寇第三个阴谋,就是企图掠尽我们的物资。当然,表面上敌寇也可以用大批不值一钱的伪钞做交换,或是拿些无用的奢侈品之类来做买卖,但是我们必须认清敌寇掠夺物资的目的,坚决予以打击,实行澈底的坚壁清野,拒绝使用伪钞,不买无用的仇货,使敌人的阴谋破产。最后,敌寇还企图在这一"扫荡"过程中进行其麻醉欺骗武断宣传等所谓"思想工作",大肆特务活动,但是我们可以断言,稍有见识的人都不会入其圈套,敌寇的"四次治强运动"的中心之一,就是在于所谓"思想战"的展开,然而我们至今只看到极少数的汉奸在叫嚣呼喊而已，谁也没有去听信它们，过去敌人实行多次的治强运动都已遭到惨败，这一次我们仍就要让它惨败下去！我们相信敌人在冀中的军事政治经济文化的坚固阵地面前一定要惨败下去的。

  现在我们冀中的全体党政军民正在空前英勇地跟敌人进行着这样严重残酷的反"扫荡"的血战，我们全晋察冀边区各地的军民，都应该一致奋起，勇猛对敌出击，以配合冀中的反"扫荡"，坚决为保卫冀中、保卫边区、保卫我们的家乡而战！目前正当苏联红军继续胜利反政，反法西斯阵线实力增强，一九四二年内击败希特勒、两年内击败日寇已成为一致的决心，而敌寇一面随时准备作新的冒险，北进攻苏，一面还企图进攻我大后方，□边浙东战争正紧，我们在华北敌后，他正应该乘时牵制与打击大量的敌人，争取反"扫荡"的胜利，给予正确作战与□□反法西斯的战斗以有力的配合！

（原载一九四二年五月二十二日《晋察冀日报》第一版社论）

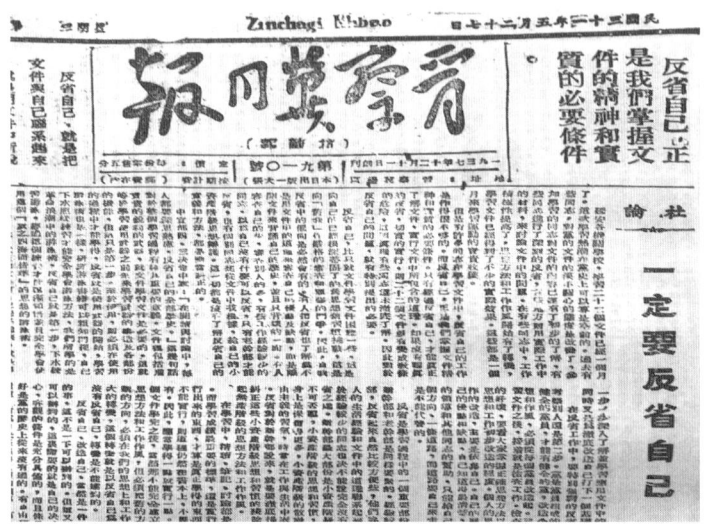

一定要反省自己

延安各机关学校,学习二十二个文件已经一个月了,这次学习热潮在党史上可以算是空前的。过去有些同志,对党的文件的漠不关心的态度是改变了,参加学习的同志对文件的内容已经有了初步的了解,有些同志进行了深刻的反省,有些地方则用实际工作中的材料来讨论文件中的问题。在有些同志中,工作积极性提高了,思想方法和工作作风开始有了转变,学习文件已经得到了不少的实际效果。这些都是一个月来学习运动的宝贵收获。

但是有许多同志在学习文件中反省自己的工作是作得很不够的。而反省自己,正是我们掌握文件精神和实质的必要条件。只有经过反省自己,才能真正了解文件,实行文件中所包含的道理。如果没有认真的反省、切实的实行，则二十二个文件就有变成教条的危险，这个真理有些同志还未澈底了解。因此，对于反省自己的问题，就有特别提出的必要。

反省自己，比只就文件学习文件困难一些，这是向自己的已经根深蒂固了的旧思想旧习惯挑战，这是向"旧我"作严格的审查和顽强的斗争。因此，自我反省中的偏向是必然会有的。有人把反省也了解为不是用文件中的道理来审查自己的优点及缺点，而是离开文件来背诵自己的历史，并且只背坏的一面。有人审查自己的少，审查别人的多；有些工作经验较少的同志，以为自己没有什么可以反省，只有老干部才能反省；也有个别同志想从文件中找根据，给自己的小资产阶级思想辩护。这一切都是没有了解反省自己的意义和方法，都是应当纠正的。

中宣部《四三决定》中说："在阅读与讨论中，每人都要深思熟虑，反省自己的全部历史。"这几句话对于整个学习过程有极其重要的意义。文件里包括着宝贵的锐利的武器，就文件学习文件是必要的。这就等于学习使用武器之前先来学习武器的制造及各部份的机能，但这只是第一步。至于使用，则必须在使用的过程中才能学得，反省就是使用武器的开始，学习游泳术也是一样，研究游泳书籍可以粗知门径，自己下水照样练习才能完全学会游泳方法。我们所学的是革命浪潮中的游泳术，反省自己就是第一步，下水练习游泳，经过这个练习才能逐渐领悟并且完全学会使用这个"放之四海而皆准"的思想的游泳术。

反省自己，就是把文件与自己联系起来，就是用文件中所说的道理来审查自己的历史、思想和工作，就是把文件中的道理当做尺码来量一量自己，当做天秤来称一称自己，从这里可以审查出自己的思想和作风那些是好的，那些是不好的，好的要发扬，不好的要改正，这样可以得出自己努力的方向。这一方面是一步一步深入了解并学习应用文件中的道理，同时又是为澈底改造自己打下一个基础。

在反省工作中，要特别强调的反省自己。考察别人还是第二步。党是党员组成的，有了健全的党员，才能有健全的党，改造全党的思想和作风，必须从每个党员改造起。三个月学习文件之后，接着就是检查工作。检查工作做的好坏，要看大家掌握正确思想方法以及个人思想和工作初步改造的程度。个人的思想和工作的改造，主要是依靠自己。自己的历史、自己的优点和缺点，自己知道得最清楚，党中央的领导和其他同志的帮助，只能给自己指出一个方向、一条道路，而道路要自己来走，别人是不能代替的。

反省是学习过程中的一个重要部份，对于新干部和老干部是同样要紧的。经验较多的干部，反省起来自然比较方便些，他们容易把个人的生活经验和文件中的道理联系起来。但对于经验较少的同志，也决不能说完全没有可资反省之处。新干部最大部份是小资产阶级出身，不可否认，小资产阶级的思想和习惯，在他们身上是保留得更多，小资产阶级的散漫性和自由主义的习气，时常在工作与生活中表现出来。反省对于新干部说来，就是要澈底揭发并且纠正这些小资产阶级思想和习惯的残余，建立起无产阶级的思想方法和工作作风。

在学习中，精读、笔记、讨论都是重要的。而学习成绩最重要的标准，还是实行能够实行出来的东西，才算是真正学得的东西。学而不能实行，则道理仍然在书本上，不归自己所有。因此，应当学得一点就实行一点。二十二个文件学完之后，当然那不能完全建立起新的思想方法和工作作风，但必须把旧的方向改为新的方向，必须在我们的思想上和工作上有重大的转变，这个转变就是以反省自己为起点。没有反省自己，转变是不能达到的。

反省自己，改造自己，当然是一件不容易的事，这不是一下可以办到的。但这又是一定可以办到的，这里需要的就是自己的决心和耐心，客观的条件是充分具备的，而且条件的良好是党的历史上从来没有过的。有自由研究的环境、有党中央坚强的正确的领导、有一切必需的文件和材料，现在需要的就是我们自己的努力。假如我们能够有决心来革除不好的思想和习惯，同时又有耐心一点一滴来建设新的思想和习惯，加上长期不停的努力，除旧布新，每个人都是可能的。

（《解放日报》社论）

（原载一九四二年五月二十七日《晋察冀日报》第一版社论）

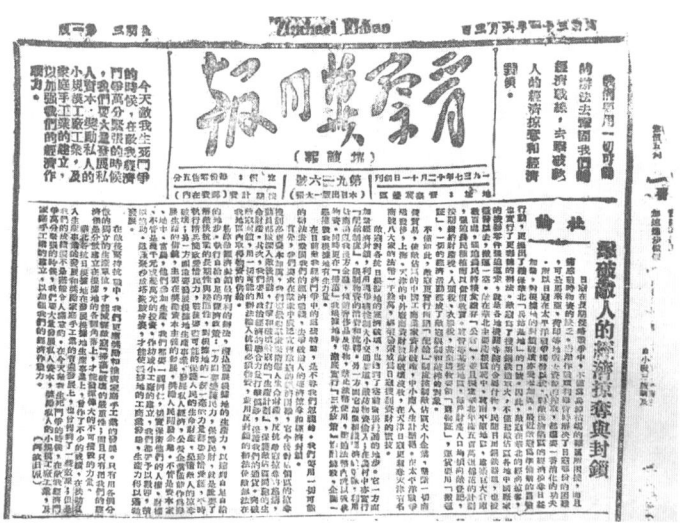

击破敌人的经济掠夺与封锁

　　日寇在长期侵略战争中，不仅为兵源枯竭的难运所困挠，而且痛感战时物资的缺乏。南洋作战□利虽暂时解决了日寇部份的困难，可是马来亚、荷印等地广大资源的榨取，都还要一番消化的功夫。所以日寇在太平洋战争爆发以后，对敌后沦陷区的经济掠夺日益加紧，对根据地的封锁破坏亦变本加厉。最近敌寇为准备新的冒险行动，更提出了确保华北"兵站基地"的口号。因此，敌寇在华北的经济掠夺，也实行了更毒辣的办法。敌寇为了搜集铜铁造军火，不仅把敌占区各地中国厂家的机器零件强迫运走，就是各地机关寺院的金属什物、民间日用铜铁器皿，也被征拨以去，搬运一空。敌在华北主要产粮区冀中、冀南平原地区，建筑巨大仓库数百处，强迫农民将粮食续存"公仓"，并且拟定华北年产五百万担棉花的计划，强迫农民种植而以低价收买。冀晋等某些地区，每户财产人口均须向敌登记，按期缴纳财产税、人头税、衣服税，甚至购物要领"购物证"，运货要用"搬运证"，一切的经济活动都成了敌寇限制和敲诈的对象。

不仅如此，敌寇更实行所谓"配给"制度控制敌占区大小企业，垄断一切商营贸易，使敌占区的中国工商业家资财破产，中小商人生计断绝。在太平洋战争爆发后，上海、天津的中外厂商资财被敌破坏没收，在天津日寇更劫夺天津有名商号八大家的法币一千余万，绑架勒索成为日寇搜刮资财的惯技。

敌寇对各抗日根据地的经济破坏，也达到了空前紧张残酷的地步。它一方面加紧经济封锁，利用碉堡线控制大小交通要道，严防物资偷入；在农村中亦实行"配给制度"，限制物资的消费和流转。另一方面它加紧组织经济□□队，利用奸商捣乱我后方金融，倾销奢侈品及毒物，禁止法币使用，压迫法币内流以吸我物资。同时更在"扫荡"我根据地时，澈底实行"三光政策"惨酷烧杀，企图一举摧毁我根据地有生力量。

在日前敌我经济斗争中的这些特点，是不容我们忽视的。我们要用一切可能的办法去巩固我们的经济战线，去击破敌人的经济掠夺和经济封锁。

首先，我们要求在群众中广泛宣传敌寇的经济困难，它今后对占领区的掠夺搜刮必更变本加厉，我们要掀起群众保卫个人生命财产、反抗敌寇掠夺的怒涛，动员部队深入敌后活动，打击和破坏敌寇的"生产计划"，保护敌占区同胞的生命财产。其次，我们要用政治经济的联合力量打击伪钞，保护我们的通货。突破敌寇封锁，用一切可能的办法输入抗战必须物资，并用反封锁的办法使敌无法在我地区内取得物资的供给。

粉碎敌经济封锁最有利的办法，还是发展根据地的生产力，以达到自足自给的地步。执行自给自足的经济政策：一方面要爱护民力，保护民财，就是说要了解敌后抗战的长期性与残酷性，对根据地的一丝一毫的力量都要珍惜爱护，平时执行精兵简政，爱惜民力，战后要尽可能的保护人民的生命财产，免遭敌人的掠夺破坏；另一方面还要发展根据地生产事业，发展私人经济，公营企业仅能作为发展生产的借镜，主要在奖励资本主义的发展，奖励人民开发企业，不管是资本家、地主、富农，他们参加生产，我们都要一视同仁，切实保卫他们的人权、财权，不管是几千元或几万元的投资，作坊或小工厂的建立，我们都要予以欢迎，积极协助。这样聚沙成塔、聚腋成裘，才能使根据地的工商业发达，生产力得以蓬勃发展。

在敌后坚持抗战中，我们更应奖励和推广家庭手工业的发展。只有用各个分散的独立的生产单位，才能减轻敌寇"扫荡"破坏的严重性；而且只有把我们的经济堡垒分散建立在根据地的各个角落上，才能发挥伟大的不可摧毁的力量。

华北各抗日根据地在发展根据地生产事业上，曾作了不少的成绩，在扶助私人生产事业的发展和奖励家庭手工业的普遍发展上，也曾得到了一些效果；但是我们的成绩还不是尽能令人满意的。在今天敌我生死斗争的时候，在敌我经济斗争万分紧张的时候，我们要大量发展私人资本，奖励私人的小规模工厂工业及家庭手工业的建立，以加强我们的经济作战力。

（《解放日报》）

（原载一九四二年六月三日《晋察冀日报》第一版社论）

加强对于学习的领导

延安一个月来的学习运动,证明党中央和毛泽东同志所号召的整风学习是完全合乎党员群众与党外友人们的迫切需要的。学习的热潮是发展起来了。党内和党外的同志们表现了空前未有的积极性,很多人在学习过程中已经开始改造着自己,同时学习中也发现了一些倾向。有些地方学习的方法还不完全正确,有些地方则对于学习抓得不紧。一个月来的基本总结,就是学习运动正由形式的阶段向着深入阶段前进!在这种时候,领导有特别重要的作用。领导的加强,就是使学习运动发展得更深入、更正确的必要前提。

有些地方对于学习的领导是不够的,这些地方学习未能得到应有的成绩，其主要原因就在这里：有些同志没有充分认识整风学习的重要性，没有认识这是对我们党对中国革命有极大意义的工作，这是肃清党员的小资产阶级思想，养成他们的无产阶级思想，这是加强党的思想的统一和组织的统一，这是提高党的战斗力，同时亦是推动中国革命的发展。对于这样有伟大历史意义的工作，多费些时间和劳力是应当的，是有代价的。这是目前时期中的主要环节，要抓紧这个主要的环节。在延安这种环境，必须放弃一些次要的工作，没有放弃就不能抓紧，这一切都是加强学习领导的基础，不充分了解这些道理，加强学习领导是不会有的。

领导学习，就是领导党内的思想斗争，领导党内无产阶级思想战胜小资产阶级思想的斗争。我们党的广大的新党员，大部份是小资产阶级、半无产阶级出身，他们所保留的小资产阶级思想意识是很浓厚的；有些老党员虽然经过长期的革命锻炼，但他们也还有不少小资产阶级思想的残余，加上我们所处的环境是小生产者占多数的环境，我们党是处在资产阶级与小资产阶级思想的包围之中。小资产阶级的散漫性、动摇性、个人主义、自由主义不断的袭击着我们，小资产阶级思想对党的破坏性是很大的。它常常影响着我们的党，要求党按照它的面貌来建设党，进行工作，这对于党是一个重大的问题。整顿三风就是运用党内思想斗争的武器，以无产阶级的思想去克服党内的小资产阶级思想，把党的布尔塞维克化提到最高的程度。

无产阶级思想与小资产阶级思想斗争的方式是很多的，整个学习的过程就是这个斗争的过程。二十二个文件是无产阶级思想的结晶，是党员手中的斗争武器，笔记、讨论会、个别谈话、□报等等，都是斗争所采取的方式。学习的每个步骤，都应充满着思想斗争的内容。领导者的任务，就是要掌握这一切方式，帮助学习的同志们运用无产阶级思想的武器，向自己身上的和别人身上的小资产阶级的思想意识实行顽强的进攻。这种坚定的思想斗争应当贯串着整个的学习生活。

必须提倡坚持党和阶级原则立场的精神，对于错误思想进行不调和斗争的精神，反对对于错误的思想、言论、行动采取腐朽的自由主义态度；在党内热烈拥护无产阶级的思想和立场，反对百无产阶级的思想和立场，是每个党员应有的义务。无论在任何场合、任何情况之下，对于错误思想都要组织有力的反战，对于错误的思想不加反驳，就是允许小资产阶级思想向无产阶级和党进攻，就是对党和人民的事业采取不能许可的消极态度。但同时对于犯错误的同志，又不能操之过急，须知这种思想病不是一个早上能治好的。

领导者的主要责任是用各种各样的方法扩大和加强无产阶级的思想阵地，缩小并消灭小资产阶级思想的阵地。在学习的过程中，一方面不放弃什么机会，对于错误思想进行反驳；同时对于正确的同志，则要加以鼓励和发扬，对于力求正确思想而能力不够、方法不对的同志们，则加以安慰和帮助。这样，学习积极、思想正确的同志们，是一定会逐日增加起来的。

加强领导的重要条件之一，就是加强领导者对于学习的同志们联声。二十二个文件的学习，可以帮助同志们获得思想革命的总的方向；但帮助每个同志改造思想，还必须领导者对个别的同志加以详细考察，采取具体的办法，领导学习的过程，同时就应当是了解干部识别干部的过程。帮助每个同志实行具体改造的过程，帮助人进行思想改造、作风改造，是需要细腻功夫的。

学习的目的是为着实践，所以学习的过程一定要和实践的过程结合起来。只有在行的过程中，才能判别知的正伪，才能达到真正的知。离开了行，知就成为空洞的无意义的东西。领导者要帮助同志学习，而且要把同志们所学的东西从实践中表现出来。我们要求的是言行一致、表里合一，我们所反对的是说一套做又是一套。学习好坏的真正标准，就是所学的东西的实行程度，就是自己本来面貌改变的程度，要使现在常常表现的片面的主观主义的思想方法改变为全面的唯物辩证法的思想方法，自由、散漫的小资产阶级习气改变为尊重集体、服从纪律的无产阶级习气,要使同志们一步一步脱去小资产阶级的根性,浸透无产阶级的情绪。这就是领导学习的主要的责任。

领导党内思想斗争,不是一件容易的事,领导者自己先要掌握住思想的武器,然后才能有效的帮助别人。因此,领导的同志必须成为学习的模范、反省的模范、实行的模范,必须成为改造思想、改造作风的模范。只有做大家的模范,才能领导大家;只有以身作则的领导,才能使领导获得应有的效果。

(《解放日报》)

(原载一九四二年六月七日《晋察冀日报》第一版社论)

华北各抗日根据地在空前残酷斗争中

自从太平洋战争爆发后,我党中央曾向华北各根据地指出"日本与中国战争已四年有余,现在又与英美荷及南洋等二十余国为敌",无论"从经济的战争资源、政治的正义与非正义及军事的潜在力各方面看来,最后胜利一定属于反侵略国"。这是对华北敌后坚持抗战基本有利的方面。同时,又指出达到这个胜利还要经过一个极艰苦残酷的斗争过程,由于日寇今天在太平洋上还占着有利的军事优势,日寇为了准备进行反苏战争,必更加紧巩固其反苏前线的华北阵地,加紧榨取华北的人力资源,以供应战争。因此,敌人对华北各抗日根据地的□灭"扫荡",也必更加紧。今后两年将是华北最艰苦最困难的两年,但这是达到胜利必经的困难。正如天将破晓前的黑暗。我们一方面要有在敌后坚持抗战争取胜利的信心，另一方面，又要对日益增加的困难有充分的认识，才能在精神上在各方面工作上有很好的准备，去迎接困难与克服困难，而不致临事张惶失措，受到不应有的损失及避免党内党外可能发生的悲观失望心□。

今年五个月来，敌人对我华北各抗日根据地所进行的连续不断的"扫荡"与积极进行第四次"治安强化运动"，斗争之艰苦与残酷实空前未有，完全证明中央指示之正确。今天各抗日根据地的环境，已经发生了一些新的变动，在我们面前提出了许多新的问题，要求我们必须仔细的去研究了解今天情况的特点和正确布置各方面的工作。否则就不能前进，甚至可能受到损失。目前情况的特点，存在着增强我们困难的方面，也同时存在着有利于我们坚持敌后抗战争取胜利的方面。属于增加我们困难方面主要是：（一）敌人的据点与公路网更加稠密，以晋察冀为例，去春还只有八百多据点，现已增至一四六〇个，平均每县有十五个以上据点。在据点周围与公路铁路两旁，有多至七层的封锁沟与墙（主要的道沟宽深各二丈，有一部且引河水入沟，阻我不能通过），使我地区受到很大的分割，交通联系与工作指导上均增加很大的困难。（二）由于敌点线增加，使敌在军事上增加了新的便利，无须用比较过去更大的兵力即可经常进行"分区清剿"与"分割"蚕食"。今后"扫荡"将更频繁与残酷，两个战役间的空隙将更缩短（五个月来各根据地连续"扫荡"与反"扫荡"战争已充分证明），并增加了随时遭敌突然袭击的可能。（三）由于敌人对我根据地经济实行严格的封锁，并在"扫荡"中采取"澈底毁灭我军民生存条件"的"三光政策"，把一些地区完全毁灭成"无人区"，这样残酷的破坏与五年来长期战争的负担，不能不使根据地民力凋敝，财政经济日趋困难，特别是军用器材更感缺乏。（四）由于斗争的残酷，不仅部队伤亡甚大，党政军民各级干部伤亡也极大，特别是党政军领导机关，已成为敌人经常追踪袭击的主要目标，稍一疏忽，就有受敌人合击歼灭的危险。（五）由于某些地区党政民及地方武装的工作还不深入不巩固，群众游击战争的发动还非常不够，因而在今天新的情况下，表现无法应付，特别在根据地突然转为游击区或敌占区时，不善于去具体分析情况，正确掌握政策，即时转变我们的组织形式与工作方式，以致受到不应有的损失。（六）由于战争的长期性与残酷性及敌人各种挑拨离间的欺骗活动，一部份上层份子，可能在困难面前发生动摇分化，再由于我们个别地区的领导者对于群众困难的关心与帮助不够，也可以使一部份落后群众在过度疲劳后产生悲观失望与对我不满情绪。

我们对于上面所指出来的困难应有足够的估计与深刻的认识，夸大困难，在困难前退缩不前，这不是革命者的态度；但掩饰困难与轻视困难也必然会麻痹自己，放松了当前应努力完成的任务。某些地区由于对新的变动情况的研究与了解不够，因而在精神上与工作上缺少准备，当困难突然来到时发生慌乱与不能应付的教训，必须加以研究与接受，使之不再重复。在目前新的残酷的斗争情况下，应特别注意以下几个工作：

首先，是要在军事上对敌人愈频繁的突然的"扫荡"提高空前的警惕性，更机动发挥游击战术，随时注意跳出敌人的包围合击，去消灭敌人与粉碎敌人的"扫荡"，特别要用最大的力量去加强民兵和地方武装的工作，广泛开展群众游击战争，开展破袭运动与爆炸运动，才能打击敌人的"蚕食"与封锁，才能使敌人行动不安，更多的疲惫敌人与减少我的损失，并造成主力打击敌人的有利机会。

其次，要改变一切组织机构，更加适合于今天残酷战争的环境。党政军民的关系要做到一元化。庞大的不便行动的后方机关，必须缩小，同时由于长期分散游击战争的环境，必须在各地适当配备能正确掌握政策独立工作的领导干部。

其三，要切实爱护、节省与培养根据地的人力、物力、财力，实行精兵简政，一切工作应注重质量，坚决肃清浪费铺张、不节省民力的现象，认真整理村财政（这是若干地区财政上浪费最大的地区），减少人民负担，并积极采用各种方法去帮助群众增加生产，改善群众生活。

其四，由于敌占区游击区有相当数量的增加，必须加强注意对这些区域工作的开展，当着某些地区估计可能转变为敌占区或游击区的，应在事先即有准备，更要能够保存斗争力量，并以新的方法与敌人进行斗争。

其五，要加强对敌寇的政治攻势，敌寇五年的侵华战争，并未能灭亡中国，敌军士气已不如从前，太平洋战争爆发后，伪军伪组织内部更形动摇，敌占区人民遭受敌人日愈严重的掠夺（大量搜捕壮丁、实行配给制度、各种负担占整个国民收入的百分之八十左右），抗日情绪日渐增长。敌人今天在华北点线的增多，一方面虽增加其"分割'扫荡'"之便利，另一方面更感到兵力不足、兵力分散、处处孤立在抗日人民大海中的危险，我们应用一切办法，向敌军、伪军、伪政权宣传日必败、中国必胜的前途，以瓦解日军，争取伪军及伪政权转向抗日，并向游击区敌占区居民扩大宣传，以提高他们抗日的情绪。

其六，要百倍加强内部的团结，包括党内的团结、党与群众密切联系及抗日民族统一战线的巩固与扩大，这是克服一切困难，能够坚持敌后抗战的中心关键。党内的团结要从这次整顿三风中，使全党在思想方法工作方法上造成一致作风，加强调查研究工作，切实了解情况，正确掌握政策，坚固团结在党中央正确路线周围，使能在任何困难面前都有办法克服，不发生脱离群众、互相埋怨、悲观失望现象。要密切党与群众的联系，必须十分关心群众的生活及其困难与要求，不仅要根据新民主主义的精神去提高群众政治经济文化地位，以发动群众的抗日积极性，并且要在负担上认真爱护与节省民力，不使老百姓因负担过重而消极，而与我们脱离。要在敌人"扫荡"中与"扫荡"后认真帮助群众转移掩藏，对受损害者实行各种救济工作；在敌占区应采取灵活的办法，以减少群众的损害，党政军各部份只有这样认真关心群众利益，才能与民众打成一片。由于敌人对华北各阶层人民日益加重的压迫与掠夺，我们的抗日民族统一战线社会基础是更加扩大了，我们的政策要时时照顾到一切抗日阶层的利益，使日寇完全在中国人面前孤立起来。今天华北各抗日根据地的局面虽然比过去严重，但只要我们内部团结，政策不犯错误，我们能更进一步的依靠群众，能巩固与扩大抗日民族统一战线，不受敌人挑拨破坏，则一切困难都是可以克服的。

目前整个世界动向又是与反侵略国家有利的，在华北敌后艰苦困难条件下，英勇斗争的全体同志，应遵照中央的号召"咬紧牙关渡过今后两年最困难的斗争"；同时，准备一切条件"加强调查研究加强学习训练干部等"，迎接全世界反法西斯的胜利与新的伟大时代的到来。

（新华社延安七日电，《解放日报》社论）

（原载一九四二年六月十三日《晋察冀日报》第一版社论）

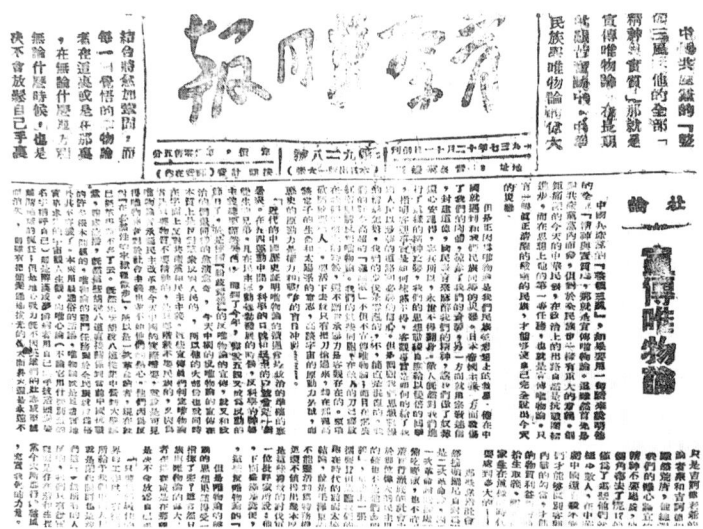

宣传唯物论

中国共产党的"整顿三风",如果要用一句话来说明□的全□"精神与实质",那就是宣传唯物论。这虽然首先是对共产党党内而发,但对于全民族也一样有重大的意义。□巨痛深的今天的中华民族,在政治上的出路自然是抗战团结进步,而在思想上他的第一等任务,也就是宣传唯物论。只有一个真正清醒的严肃的民族,才能够使自己完全脱出今天的灾难。

但是正因为唯物论是我们民族在思想上的救星,他在中国就遇到和我们民族同等的灾难。日本帝国主义一方面杀伤了我们的肉体,掠夺了我们的资源,另一方面就用宗教迷信、封建道德、国民教育来麻醉我们的精神,让我们做了奴隶还心安理得，忘其所以，永世不得翻身。敌人既然对我们进行了这样的精神攻势，我们的思想战线自应给以双倍的回击，指明客观事实是如何抹煞不得，客观事实是如何的给了我们人民以致胜的道路和必胜的信心。但是回顾我们思想战线的情形怎样，我们的步伐是零乱的，不，简直是混乱的。我们的许多高超的"□□家"不但不宣传唯物论，而且在那里红着眼睛反对唯物论。我们的这些同胞，在敌人的刀已经放在我们的头上的时候，还不愿意承认刀是客观存在的。颈项砍断就要死人，要活下去就只有把刀抢过来，却在那里高谈电子的生命和太阳系的意志，高谈宇宙的原动力□□，而历史的原动力是权力和战争的盲目冲动……

近代的中国历史证明唯物论的遭遇当是政治的准确的寒暑表。在五四运动中间，科学的口号和民主的口号曾是一对双生的兄弟，凡在民主运动蓬勃发展的时候，反科学的神□主义总要黯然失色，而到了今年，据说五四又成为反动的节日了，于是种种"纷歧错误"的反唯物论的宣传，就又和政治的倒退同样的愈演愈奇，今天中国的反唯物论的宣传在本质上是反对群众反对人民的，所以他的大部份也就同时在字面上反对共产党和民主主义。这些宣传员们判定唯物论者是只要物质不要精神的，是只要阶级不要民族的，又因为唯物论者承认民主改革是今天中国的实际需要，就说是可见得唯物论者对于社会主义也并不如他们的热心，他们因为反对"在必然性的牢狱里散步"，所以是一次革命论者，现在就已经革得差不多了云。既然这些胡说八道从集中营到大学礼堂，四处流播，既然这些胡说八道直接关系到当前中国抗战的许多根本问题的，唯物论的战斗任务对于全民族就成为格外其不容缓了。本来用最通俗的话讲，唯物论就是足踏实地实事求是的宇宙观、人生观。而唯心论（不论它用什么别致的名字称呼自己）则是醉汉或梦游病者用自己的手拔着头发要离开地球的疯狂；但是地心吸力既不因英雄们的壮志或至诚而消失，则虽有把头发通通拔光的伟大而□大还是永远不能成功。因此古往今来，任何唯心论者的任何活动，也就无不永远遵循着唯物者的轨道。所以从一种感觉来说，唯心论只是吉诃德老爷的一幕□剧，可是要□中国今天的许多唯心论者□和吉诃德相比，那对他的侮辱却未免太大了。吉诃德虽然荒唐，他总还有一颗在一定历史条件下的耿直良心，而我们的唯心论宣传员们，它们神气活现的散说唯物论者不要精神不要民□，他们自己的精神操守和民族立场却失落到那个角落去了□□他们假装痛恨物质利益乃阶级利益；但是仅仅为了这些他们就忘尽了人间应有羞耻事，忘尽了除了他们极少数人，在中华民族的份下还有几万万要生存的民众，幸亏中国还有杀不完的唯物论者，正因为他们是唯物论者，他们才能够区别客观的是非黑白，才能够不作囤积居奇和制造内战的勾当，才能□□正大的真□和民族的命运，牺牲个人的物质利益□□□□阶级利益，才能够委曲求全鞠躬尽瘁、舍生取义、视死如归。要是不然，一个诚然的道德家和爱国家生在这样的时代，听了一群伪善者的无穷的鸦鸣雀啼，该要感到多大的——比在坟墓里大过多少倍的寂寞！

那些靠着社会主义者的人血长肥了的警犬，今天也居然摇头摆尾自封为澈底的"社会主义者"了。他们说唯物论是二次革命论，因为唯物论主张先吃中饭再吃晚饭，而他们一次革命论的妙处却是"□次"就完成了。他们既不许准备吃晚饭，也不许现在吃中饭，他们把压迫屠杀民主主义叫着进行澈底的社会主义，还把这个杰作的发明人谦虚的归之于那位伟大的民主思想家孙中山先生——算起来，这个杰作的确也不是他们发明的，而只是偷了"希特勒的民族社会主义"，□□上一张□货的商标，这难道还有什么值得大吹大擂么？！但是瞧我们的褐色买办们的那副嘴脸呀，他们□□□跑在时代的前面太远了，因此不得不特别作出"哲学"上的结论，说是毛泽东的唯物论原来是机械的唯物论，唯物论不能灵活到为特务机关和政治妓僚服务，这还不够可恶吗？这还不值得出几本厚厚的特辑来讨论一通吗？而且最精彩的是这些勇敢的讨伐军，竟是（缺八字）。交锋的，因为正如一位批评家所说，他们的"擂台"周围是一条深而宽的壕沟，下面盛满着粪便,便是游击家也只好"皱眉兴叹"。这样,这些反唯物论的"社会主义者"就凯旋了。

但是唯物论的声音在中国果然会就此沉默了么?我们民族的思想果然得受一些醉汉、梦游病者、伪善者和□犬们所指挥了么?这当然只是幻想。在长期的艰苦奋斗中,中华民族与唯物论的伟大配合将愈加巩固。而每一个觉悟的唯物论者在这里或是在那里,在无论什么地方和无论什么时候,也是决不会放松自己手里的武器。

只要我们居住的世界是一个真实的世界,我们改造这世界的工作就会有从□□它的本来面目开始,而它的本来面目所给予我们中国人民的印象又是如此强烈、如此深刻,我们就是闭起眼睛也是没法说一句谎话来安慰自己,而我们,我们这些一无所有的人,又为什么要靠说谎话来求安慰呢?相反的,我们只有说实话,只有大喊大叫的去宣传实话,在那里面是存在着和生长着我们的全部希望全部力量。中国共产党今天所进行的整风运动,就正是教导我们修理我们的武器,充实我们的力量。

(《解放日报》社论,新华社延安十日电)

(原载一九四二年六月十七日《晋察冀日报》第一版社论)

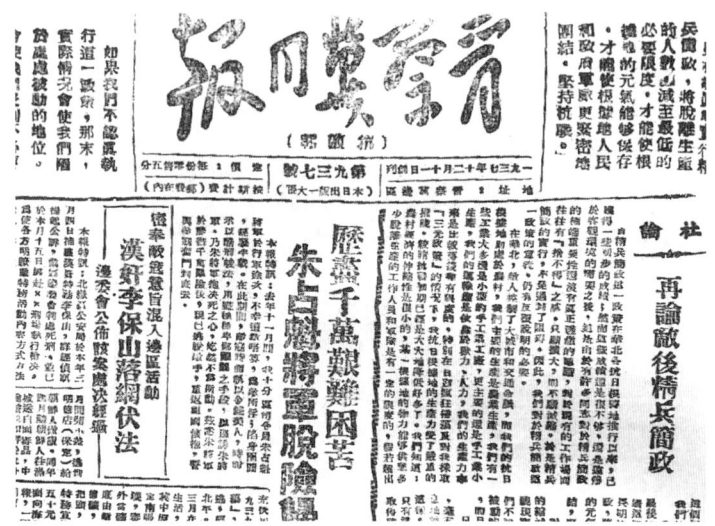

再论敌后精兵简政

  自精兵简政这一政策在华北各抗日根据地推行以来，已获得一些初步的成绩；然而这些成绩还是很不够，还是远□于客观环境的需要之后，这是由于有许多同志对于精兵简政的极端重要性还没有真正透澈的认识，对于现有的工作场面往往有"舍不得"之感，只愿扩大，而不愿减缩。于是精兵简政的实行，不免遇到了阻碍。因此，我们对于精兵简政这一政策的意义，仍有反复说明的必要。

  在华北，敌人控制了大城市和交通命脉，而我们的抗日根据地则处于农村，我们主要的生产是农业生产，我们有一些工业大多还是小型的手工业工厂，更主要的还是手工业小生产，我们的运输还是依靠于兽力、人力，我们的生产力本来是比较落后和有限度的,特别在日寇疯狂"扫荡"及对我采取"三光政策"的情况下,我抗日根据地的生产力受了严重的摧残。较诸抗战初期已经是大大地降低好多了。我们知道,农村经济的伸缩性是很小的,某一根据地的物力能够供应多少脱离生产的工作人员和军队是有一定的限度的,假若超出这个限度,便会妨碍再生产的进行,影响人民的生计,动摇我们持久抗战的基础,这是非常危险的事情。

我们要更深刻地认识敌后抗战的长期性残酷性,在达到最后胜利之前,我们还要走一段空前艰难的途程。我们要渡过这个难关,对于根据地的人力、物力便必须万分珍惜,作长期的打算,节省地和持久地使用。只有认真地实行精兵简政,将脱离生产的人数减至最低的必要限度,才能使根据地的元气能够保存,才能使根据地人民和政府军队更紧密地团结,坚持抗战。

对于现有工作场面,感觉到"舍不得"而不肯加以必要的缩减,这种心理是最要不得的。要打破这种心理,便要正视现实,认识精兵简政是切合目前实际情况的政策。如果我们不认真执行这一政策,那末,实际情况会使我们陷于处处被动的地位。不特我们主观上所要维持的场面结果仍难维持,而且会使我们受到不必要的损失。

只有坚决实行精兵简政,对于非绝对需要的事业和机关,毫不犹豫地停办、裁撤和合并,对于现有的场面,毫不姑息地加以缩减。只有这样,才能使我们处于主动地位;只有这样,才能使我们的必要的事业和机关,得到应有的发展;只有这样,才能使我们在敌后极困难的环境中,坚持抗战并取得胜利!

(《解放日报》)

(原载一九四二年六月二十七日《晋察冀日报》第一版社论)

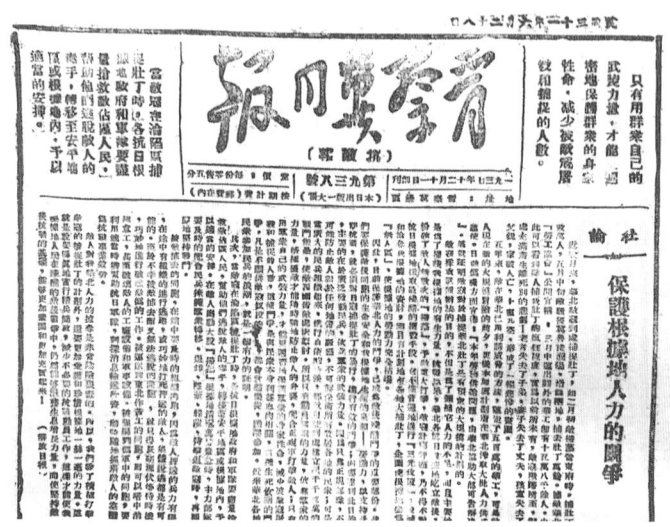

保护根据地人力的斗争

近数月来，华北敌寇到处捕捉壮丁，如二月初敌"扫荡"晋东南时，捕壮丁数万人，五月中旬敌骚扰冀鲁豫濮阳、□饶两地，捕去壮丁万余。据敌华北"劳工协会"公开宣称：三月中运出关外的华工即有十五万八千余人。由此可以看到敌人捕我壮丁的疯狂程度，实为以前所未有，敌寇兽蹄所至，到处充满着生离死别的悲剧！老者失去了子弟，妻子失去了丈夫，孩童失去了父亲，家破人亡，十室九空，形成了一幅悲惨的画图。

五年来，敌在华北已用利诱威胁的方法，运走了五百万的华工，可是敌人现在新的大规模冒险的前夕，更变本加厉计划着在华北榨取大批人力供其驱使。日前伪满方面宣布："本年劳务供给问题，由华北协助大部可告解决。"这就证明敌寇对于捕捉华北壮丁是有预定的大规模的计划的。

敌寇采取这种办法的目的，不但是为了弥补它人力的不足，而且主要地是为了摧残我根据地的有生力量。抗战以来，华北各抗日根据地屹立敌后，粉碎了敌人无数次的"扫荡"，予敌重大打击，敌寇计穷策尽，乃不得不对抗日根据地采取最残酷的摧毁手段。它不仅普遍地进行"三光政策"，毁灭和抢夺我根据地的资财，而且有计划地在各地大捕壮丁，企图使根据地变为"无人区"，使根据地的劳动力完全枯竭。

因此，目前保护华北人力的斗争，已成为敌后残酷斗争的重要部份。我们要保护敌后同胞的生命安全和我根据地生产的泉源——劳动力，以支持长期抗战，就必须对日寇捕捉壮丁的暴行，进行有效的斗争；而要达到此目的，主要的在于广泛发动民兵，依靠群众的武装力量。因为只靠正规部队，不可能防止敌人对于任何地带的骚扰，不可能保卫所有散居各地的民众；可是当广大的民兵组织起来，进行自卫的时候，那就可能到处建立起千千万万的战斗堡垒，使敌四面皆敌，处处掣肘。所以只有动员群众的力量，依靠群众的力量，积极扰敌才能随时随地防止敌人的外袭，配合正规军打击敌人；只有用群众自己的武装力量，才能更周密的保护群众的身家性命，减少被敌寇屠杀和捕捉的人数，这种斗争是与民众本身利益血肉相关，这种生死攸关的斗争，凡是不愿供敌寇奴役的□□，都会欣然乐从，踊跃参加。近来华北各地民众参加民兵的浪潮，就是一个有力的证明。

其次，当敌寇在沦陷区捕捉壮丁时，各抗日根据地政府和军队要商量抢救敌占区人民，帮助他们逃脱敌人的毒手，转移至安平地区或根据地内，予以适当的安插。在敌人出动大股"扫荡"根据地情况万分紧急时，主力部队要及时的配合民兵掩护群众转移、退却、隐蔽、躲藏，待击退敌寇时，再回原地坚持战斗。

被敌捕去的同胞,在途中要及时的组织逃跑,因为敌人押送的兵力有限,在途中有组织的进行逃跑，或巧妙地打死押送的敌人，集体脱逃都是有可能的。至于不幸被敌捕去而又无法逃脱的同胞，就只得长期埋伏等待时机，巧妙地进行破坏敌伪的工作。被运送到东北作苦工的同胞，则可以暗中消极怠工，甚至破坏敌人的工厂设备和军事设备，被强编到伪军中的同胞，要利用适当时机帮助抗日军队，刺探消息输送物资，随时随地抓着敌人的空□为抗战事业效劳。

敌人对我华北人力的掠夺是非常阴险狠毒的。所以，我们除了积极打击敌寇的捕捉壮丁的计划外，还要更加爱护和珍惜根据地一丝一毫的力量。这就是说要认真地实行精兵简政，减少不必要的抗战动员工作，这样才能使我根据地人民在残酷的敌后战争中，仍然能够滋养生息增长力量，而使坚持敌后抗战的基础，能够更加巩固和更加充实起来！

（《解放日报》）

（原载一九四二年六月二十八日《晋察冀日报》第一版社论）

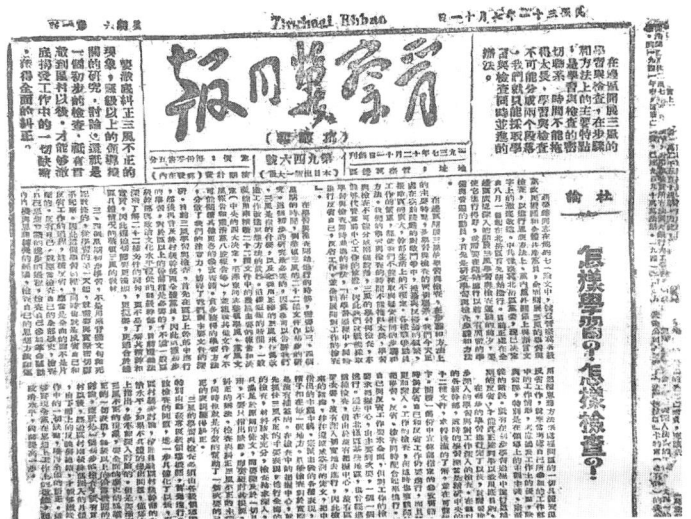

怎样学习？怎样检查？

聂荣臻同志在他的七一论文中，号召晋察冀各级党政民机关和全体共产党员，全面开展三风的学习与检查，以进行思想方法上、党内党外关系上与语言文字上的澈底改造。中共晋察冀北岳区党委，现已决定自八月一日起在北岳区首先开始进行。目前正处在全边区广泛深入的开展三风学习与检查运动的前夕，要使它进行得好，就需要在开始进行以前，有周密的准备与普遍的动员，首先是研究学习与检查步骤和方法。

在边区开展三风的学习与检查，在步骤和方法上的主要特点，是学习与检查的密切联系。我们今天正处在空前残酷的对敌斗争中，"扫荡"与反"扫荡"的频繁、接敌区的广大、干部生活上的不稳定、各种战争动员工作的繁重，都使我们不能采取与延安相同的步骤和方法。我们的学习与检查的时间不能拖得太长，学习与检查不可能分成两个段落，三风的学习与检查不能够代替当前中心工作的□□。因此，我们就只能采取学习与检查同时并进的办法，"在学习过程中，同时进行反省自己，反省工作，并全面展开对工作的检查"。

在学习与检查开始进行的时候，需要以三、四个星期的时间，对整顿三风的二十二种文件作初步的研究。这个初步的研究是必要的，因为他可以告诉我们，三风是指的什么，以及怎样用正确的三风来作为改造工作改造思想方法的武器。这样短短的时间，一般只能用来精读二十二种文件中的几篇主要的报告和决定（中央的四大决定，毛泽东同志整顿学风、党风文风报告和肃清党八股报告等），并组织其他文件，不可能阅读其他更多的参考书籍。贪多务得的学习方法，分散了我们的注意力，妨碍了我们对主要文件的深研。目前三风学习与检查，首先在区以上干部中进行，然后再普及于村级干部与全体党员，因此这种初步的学习，对于区以上的干部都是必要的，不过一般区级干部与政治文化水平较低的县级干部，目前还无法深刻了解二十二种文件的词句，更不易了解其精神和实质，因此还迫切需要更浅显、更扼要、更适合于边区具体情况的整顿三风的教材。

三、四个星期初步学习，不是用来背诵文句和死记教条的，从学习的第一天起，就需要与实际密切联系起来。因此这个学习过程，同时也就是反省自己和反省工作的过程，这种反省，应当是全面的而不是片断的。反省自己，就应当检查自己的全部历史，检查自己思想意识的进步的过程，检查自己参加革命运动的动机与思想转变的经过，检查自己的思想方法和运用这种思想方法来处理问题的一切具体表现。反省工作，就应当考虑自己所参加的工作部门中的工作情形，考虑过去工作上的优点、缺点与错误，特别是在领导上的主观主义、宗派主义的错误。只有在初步学习过程中进行这种深刻的反省，才能真正达到学以致用底目的。

在初步的学习进行完了以后，就需要进一步深入的学习与对工作深入的检查。在县以上的各级干部，这时的学习应当是精研中央的二十二种文件，求得透澈的了解，并在可能情况下，阅读一部份中宣传部指定的参考书籍。这时候反省自己和反省工作仍要进行，而且将会更加深入。工作的检查，在这时也应该开始，把学习、反省、检查同时配合起来进行。反省自己与反省工作要求全面，但对工作的检查却要求把握中心，由主要到次要，一个一个的来进行。过去在北岳区某些地区，也曾经进行了这种检查，但由于没有把握中心，没有区分主要次要，没有深入切实地去进行，因此检查出来的结论，往往还原成空洞的条文，把中央所指出的主观主义、宗派主义的各种表现，当作帽子扣在每一个地方。这种检查对于实际工作是没有补益的。在检查中的把握中心，就是首先抓住三风不正的主要表现，进行全面的历史的检查，材料务求充分，检查务求深入，不要只满足于原则的条文，而要深及于一切具体表现，不要只指出缺点，而要研讨其根源，找出纠正的办法。检查与纠正三风不正的主要表现，同时也就是有效的帮助了一切次要的三风不正的表现获得纠正。

三风的学习与检查必须由各级领导机关，特别由□级专区级领导机关，首先进行。把应该检查的问题，进一步具体化了以后，再提到区村级去讨论，按照目前区村级干部的文化政治水平，如果不具体的提出问题，仅仅在原则上指出，是不能深入讨论的。但是要澈底纠正三风不正的现象，要全面的历史的认识三风不正的一切表现，县级以上的领导机关的研究与讨论，还只是一个初步的检查，只有贯澈到区村以后，经过区村两级干部深入的具体的讨论，由下而上的反映与总结，才能够澈底揭发工作中的一切缺点，获得全面的纠正。这样才能够实现全党在思想上工作上的改造，把全党的政治水平向前提高一步。

（原载一九四二年七月十一日《晋察冀日报》第一版社论）

战后新世界的瞻望

"今年打败希特勒,明年打败日本",这是今天全世界反法西斯反侵略国家的共同战斗的目标。在此胜利已经在望之际,大家正在热烈讨论着一个问题,那就是战后的世界将是怎样的世界?关于这个问题,中共中央"七七"宣言曾明确的指出,战后的世界,将是"自由的、民主的、和平的世界"。为要解释这一个问题,就必须提到这次世界战争的性质,参加这次战争的成份以及对这次战争的前途有决定作用的其他因素。

现在进行着的世界反法西斯战争,和一九一四——一九一八年的第一次世界大战是截然不同的。在第一次世界大战中,无论协约国方面也罢,同盟国方面也罢,双方都是为着自己的帝国主义利益而战，所以它是非正义的掠夺的战争。而目前的世界大战，则一方面是德意日法西斯对世界进行最野蛮的侵略的，以奴役全世界人民毁灭全人类文明为目的的非正义战争；另方面是社会主义国家苏联，英、美等民主国家，抗战已达五载的中国以及一切受法西斯侵略者蹂躏威胁的国家所进行的反侵略的保卫民族独立、保卫民主、保卫全人类的正义战争。在这一战争的□旗下，包含的国土共有一万万平方公里，人口共有十五万万；而法西斯侵略国的营垒包含的国土只有五百万平方公里，人口只有二万万七千万，而且在这二万万七千万的人口当中，厌战或反战的情绪正日益高涨着。这样我们看见现在全世界绝大多数的国家和民族，团结一致，反对法西斯强盗的神圣解放的战争，像这样伟大的正义战争，真是历史上从来没有过的。正如我们党的领袖毛泽东同志于一九三八年五月间在其名著《论持久战》上所预言："二十年前的第一次帝国主义大战，在过去历史是空前的，但还不是全历史上的空前战争，更不是绝后的战争，只有目前开始了的战争带着历史的空前性，并且接近于最后战争。就是说接近于人类的永久和平。"同时他又说："这次战争将比二十年前的战争更大、更残酷，一切民族将无可避免的卷入进去，战争时间将拖得很长，将是一切老账的总结算，人类将受很大的痛苦，但由于苏联的存在与世界人民觉悟程度的提高，这次战争中无疑将出现伟大的革命战争，用以干涉一切反革命战争，而使这次战争带着为永久和平而战的性质。""牺牲虽大，时间虽长，但永久和平与永久光明的新世界，已经鲜明地摆在我们的面前。"毛泽东同志这些预言，由于最近一年来国际形势的急剧向前发展，现在是愈益证明其正确了。因此，经过这样大规模的历史上空前的正义战争以后的世界，无疑将是自由的、民主的、和平的、光明的世界。这是由于战争的性质、全世界人民的觉悟性的提高以及由于苏联英美等反侵略同盟国在战争中的团结合作所决定了的。

第一次世界大战，由于双方都是帝国主义的掠夺□□，所以在战争结束之后，就产生了反动的《凡尔赛条约》。这次反法西斯战争结束以后，可以断定像《凡尔赛条约》之类的东西是绝不会出现的。一九四一年八月十四日的《大西洋宪章》，一九四二年一月一日《二十六国共同宣言》，五月二十六日《苏英同盟条约》，六月十一日《苏美协定》，这些有历史意义的文献，都是全世界反法西斯国家、人民共同奋斗的成果。这些文献明确规定了的战后世界动向的基本方针，和《凡尔赛条约》所规定的战后方针没有丝毫相同之点，《凡尔赛条约》基本内容是什么呢？总括起来有这样三点：一、由战胜国来束缚战败国，特别是束缚德国，使其不能摆脱政治上不平等地位，并且掠夺德国人民。二、战胜国彼此实行妥协分赃，共同瓜分赃物，划定欧洲各国境界、分配殖民地领土和殖民地，委任统治地，以便建立战胜国在全世界的霸权。三、准备经济封锁和反革命的武装来反对社会主义国家——苏联。《凡尔赛条约》之所以不能使欧洲和全世界造成永久和平的局面，而恰恰相反造成了新的战争局面，这主要的就是因为它是民族压迫的帝国主义的工具，丝毫没有代表人民的利益。反观今天《大西洋宪章》《二十六国宣言》《苏英同盟条约》以及《苏美协定》，它们对于战争的基本方针是怎样确定的呢？这里我们且引用其中一些重要的条文：

在《大西洋宪章》上写着："一、两国不自行扩张势力或领域或其他；二、凡未经有关民族自由意志所同意之领土改变，两国不愿其实现；三、尊重各民族自由决定其所赖以生存之政府形式之权利。各民族中此项权利有横遭剥夺者，两国俱欲使其恢复原有主权与自主政府；四、力使世界各国，不论大小、无论胜利或溃败，对于贸易及原料之取得，俱享受平等待遇；五、两国对各国现有之组织亦于尊重；六、待纳粹之专制宣告最终之毁灭后，和平可以重建，使各国才能在其疆土以内安居乐业，并使全世界所有人类悉有自由生活，无所恐惧，亦不虞缺乏之保证；七、所有各民族应可在公海及大洋自由来往，不受阻碍。"

在《苏英同盟条约》上写着："他们愿意与其他具有同样意志之国家团结一致,采纳在战后时期内共同行动,以保持和平及抵抗侵略的提案。""同意在重建和平之后,在密切及友好之合作基础上共同工作,以组织欧洲之安全及经济繁荣,缔约国双方在此等目的之下,将顾及联合国家之利益,而且将遵守两个原则,行动不为本身扩大领土,不干涉他国内政。"

在《二十六国宣言》上写着："同意大西洋宣言之目的与原则,□信为寻求适当生活、自主独立与宗教自由及保全其本国及其他各国之权利与正义起见,完全战胜敌国实有必要。"在《苏美协定》上写着:"……遵守《大西洋宪章》原则,双方共同建立战后之经济关系。"

各国共产党对于这些条约与这些宣言,是竭诚拥护的。这就正因为它们所规定的战后世界动向的基本方针和《凡尔赛条约》根本不同,而且是根本相反的。这些条约与这些宣言,却明白规定战后的世界是自由、民主、和平、光明的世界,而绝不是民族压迫、互相□□、互相仇视的世界。

毫无疑问,要实现这样个民主、自由、和平、光明的世界,最重要的保证就是在于全世界反法西斯国家和人民的团结合作。我们知道,在伟大的反法西斯战争中,各被压迫民族、苏联、英、美等反侵略同盟国为了战胜敌人,团结日益巩固,互信互助,一致抗战,这样就奠定了战后继续合作、建设新世界的稳固基础,战争中的合作,无疑的决定战后合作。

就反侵略阵线中的国家而言,苏联是社会主义的强国,它是最民主最爱好和平的国家,在此次正义的革命的伟大战争中,它站在最前线,担负着最艰巨的任务。它在战时对于击败希特勒既起着重要的和决定的作用,那末它在战后对于建设新世界也将更起同样的作用,这是可以预言的。英美是有深厚的民主传统的国家,在反法西斯战争的过程中,英美广大的人民更积极地起来参加战争,政府在战时亦不能不依靠其人民的积极性,人民积极性是发动机的车轮一样,在战时有力的在旋转着,在战后也还是要继续旋转,成为战后建设新世界的重要因素。具有四万万五千万人口的我中华民族之为民族自由独立的目标而斗争，当然亦将给战后新世界的建立以重大影响。在法西斯侵略国家里面，例如在德国，人民的觉悟程度也大大提高了，他们由于自己的切身惨痛经验，已深深地了解到希特勒主义对于他们没有什么好处，只有苦痛，只有饥饿，只有死亡。因此，他们也正渴望着建立一个民主自由和其他国家和平共处的共和国。

所有这一切都是说明由于反法西斯战争胜利的结果，敌后的世界将是自由的、民主的、和平的、光明的世界。让全世界反法西斯的国家、民族加紧团结、加紧努力，为最后击败法西斯的侵略者和建立这样一个新的世界而奋斗！

（新华社延安十三日电，《解放日报》社论）

（原载一九四二年七月十六日《晋察冀日报》第一版社论）

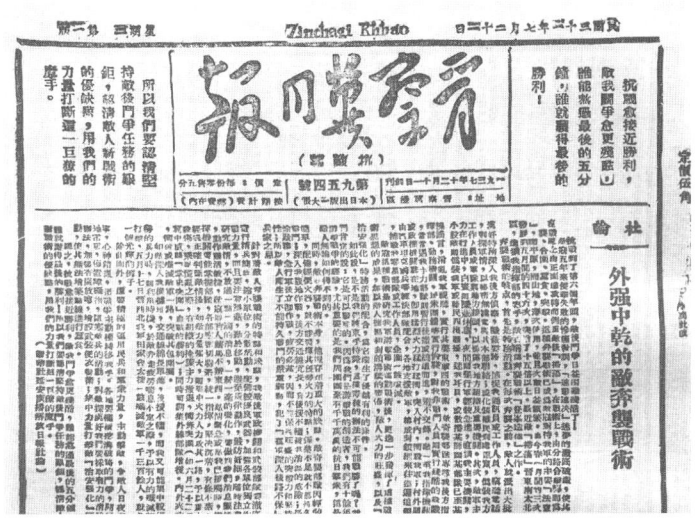

外强中干的敌奔袭战术

抗战到了第六个年头，敌后斗争日益困难残酷了！

敌寇五年来侵华失败的惨痛教训，"速战速决"迷梦的澈底破产，使其在战略上由正面进攻转而侧重敌后"扫荡"，在战术上由分路合击转而为奔袭、合围、"蚕食"、突击。这种奔袭战术已成为敌寇对待我军的主要"法宝"，而平原，而山地，□次使用，并且闪数日益频繁，由今春一月间的三次发展到五月间的四十六次，突增了十五倍以上。最近敌"扫荡"晋东南太北区，进扑我指挥部的□手，敌□称为奔袭战术"登峰造极"之作。

奔袭战术的特点，首先是特务活动。在每次奔袭之前，敌人就派出大批汉奸特务深入我后方侦察，隐蔽要路，捕捉我通讯员或工作人员，窃听电话，刺探军情，以秘密无线电与其本部联络；或化装难民到处乱窜，伪装我方工作人员或军队与地方接头，以暴露我地方组织及重要机关。其次，敌军主力在行进中，白昼则隐蔽休息，夜间则强行军轻装急进，直扑我主要机关，小股敌则伪装我军或难民四出骚扰，迷我耳目，或散播某师团某部队已至某线谣言，淆乱我军视听，实行其声东击西的战术。敌奇袭部队专寻我后方指挥部、勤务机关、民众团体等实行偷袭，对我非战斗人员则实行残酷的杀戮，常常遇我主力部队则暂行后撤或绕道而进，避不交锋。敌一至我指挥机关或政权机关驻在地，即用猛烈火力猛打猛冲，突入村内，冲杀我军；村外则由汽车坦克骑兵等轻快部队配合，各地支援敌军，构成封锁网来往巡逻追击，捕杀我零星部队或工作人员，企图一鼓歼灭。

敌寇这种战术是研究我军游击战术运动战术后，更进一步发挥了这种战术思想的成果，加以敌人据点和封锁沟墙的密布、敌人火力的旺盛，以及"治安强化"特务活动的配合，为它产生了优越有利的条件。

如此说，是不是我们将束手待毙，这种毒辣的办法不可能战胜了呢？我们肯定的说，它是可以战胜的。因为我们是游击战的创造者，我们有十余年游击战争的经验，尤其重要的是我们周围团聚有千千万万的抗日群众，这是敌人无论如何得不到的。

同时，敌伪奔袭战术本身，他还存在着重大的缺点。敌奇袭部队因轻装简单，配备轻便火器，就不能发挥其优势火力的特点；弹药不足就不能持久战斗；深入我腹地作战，后方交通线冗长，有后援不继被我消灭的危险；长途跋涉，急行军后立即作战，疲劳必甚，因而不能保持旺盛的突击力和坚持性。所以，敌人产生了不能持久战斗的严重弱点，犯了"孤军深入，后路不保"兵家之忌。

针对着敌人奔袭战术的特点和缺点，我敌后军政机关和武装部队要澈底实行精兵简政，缩小单位，分散活动，配备较优良武器，加强各单位独立作战力量，而且要注意隐蔽，勤于移动，避免规律动作，严防奸细，随时注意研究敌情，不放过一点一滴的消息、一丝一毫的变化，要做到我们消息灵通，动作灵活敏捷，敌寇则盲人瞎马不辨东西。敌情紧急或敌我已接触时，指挥机关要能掌握部队，各部应密切联系，统一指挥，坚决沉着，有条不紊，经过正确判断敌情后，如敌力量强大，则集中火力人力攻其一路，予以重大杀伤，乘敌慌乱之际，有组织的掩护主力撤退，冲锋突围（如六月二十二日冀中威县"掌史突围"血战的胜利）；同时可调集外线部队增援，内外夹攻，冲破或歼灭敌军一路，突破其包围圈。

如敌深入我根据地，交通线绵长单薄，后援不继，而我又可能集中较优势的兵力时，则利用时机，于敌奔走疲劳喘息不定之际，予以有力的歼灭的打击，五月十七日晋西北我军田家会大捷一鼓歼灭敌军一千三百余人，就是一个光辉的例子。

除此而外，还要积极的运用民兵和群众力量，主动击敌，令敌人日夜不宁，心神错乱，把战争主动权转移我手。各地要继续挖沟破路的斗争，开展地雷战，布置障碍物，阻塞敌兵的活动；对敌探汉奸我们要采取有力的清除办法，加强查岗放哨，增设武装便衣战术；集中力量打击敌"治安强化"运动，使其无法增筑点线进行"蚕食"。

总之，抗战愈接近胜利，敌我斗争愈更残酷，谁能熬过最后的五分钟，谁就获得最后的胜利！所以我们要认清坚持敌后斗争任务的艰巨，认清敌人□战术的优缺点，用我们的力量打断这一巨□的魔手。

（新华社延安广播，《解放日报》社论）

（原载一九四二年七月二十一日《晋察冀日报》第一版社论）

贯澈党的政策

　　五年来，在边区创造与壮大过程中，我们切实执行了中共中央的正确政策，得到了伟大的成就。这是由于我们深入的研究了党中央各种政策的原则精神，进一步把他具体化，使之适合于我区的具体情况，而不是满足于原则的条文。我们党政军民一齐努力，脚踏实地的把政策法令切实实行到区村中去，到每一个人民中间去，而不是满足于法令的颁布与纲领的宣传。具体和贯澈，是我们在执行政策中的主要特点，同时也是我们能够获得现有的建树的主要原因。

　　但是，按照严格的自我批评的精神来检讨我们的工作，必须承认在贯澈党的政策上，还存在着许多缺点，以及个别的严重现象。党的政策与政府法令，由于近几年来工作经验的积累与政策教育的比较深入，大部份县级机关，已经能够正确的掌握。但是区村干部，则除了少数地区以外，还一般的不能透澈的了解政策，尤其不善于掌握政策在各种环境下的具体运用。他们对于政策与法令，往往只能粗枝大叶地了解一些条文与执行办法，而未能充分组织其精神与实质。因而在执行政策的过程中，就会发生各种偏向，甚至个别的与政策相背驰的现象。

由于我区村干部对政策掌握能力还一般的薄弱，因此有时对于一个完整的工作，未能了解与掌握全盘，往往只能抓住其中一部份问题，在向下传达的时候、在实际执行的时候，发生打折扣的现象。

过去有许多良法善政，在区村执行的过程中，虽然大部份说来都是正确的、有成绩的，但同时也存在着一些偏向。例如过去民主大选举中的强迫命令作风与不适当的剥夺某些人的权利，统一累进税工作中的村本位主义与资本主义思想，锄奸工作中的紊乱现象与放任汉奸，对待党外人士的宗派主义残余，志愿的义务兵役制实施过程中的强调志愿、强调义务和报名与入伍的脱节，接敌区对敌斗争中的拼命主义和无原则的退却，群众工作中的只知向群众需索，对群众疾苦关心不够。这些偏向的存在，曾经影响到边区统一战绩的巩固，影响到党与群众的血肉相关的联系，影响到群众对党和政府的正确的认识。边区的各种政策与法令，过去基本上都是正确的，但是在执行中曾经发生的这些现象，我们也不应该对之有丝毫的忽视。

要澈底纠正目前工作中三风不正的现象，必须深入区村工作的检查，澈底揭发与肃清目前在区村工作中的主观主义与宗派主义的残余，而执行政策中的各种偏向，便是当前三风不正的具体的表现。因此，贯澈党的政策就成为各级领导机关在三风的学习与检查中最重要的任务之一，同时也就是深入我们各种工作的最重要的尺度。

贯澈党的政策是一个艰巨的、长期的工作，过去我们曾经在这方面努力，而且得到了很多的成绩。今后在我们对三风的学习与检查中间，必须把整顿三风的精神，深入的贯澈到区村中去，在逐级的领导之下，展开由下而上的全面的学习、检查与总结，并从加强业务学习与改进组织领导双方面着手，使党的政策在执行过程中的偏向得以逐步纠正，党的政策得以全面的贯澈。

（原载一九四二年七月二十二日《晋察冀日报》第一版社论）

建立新中国的客观条件

抗战胜利以后,我们中国人民将建立怎样的新国家?关于这个问题,中共中央的《七七宣言》,明确的指示今后中国应当是"独立的、统一的、和平的、民主的、繁荣的各党各派合作"的新中国。这不仅是合于全中国同胞愿望的奋斗目标,而且实现这样一个新中国是有着充分的根据和条件。

我国幅员广大、物产丰富,可与苏联□国相比拟,我国人口之众占全人类五分之一,我们同胞具有爱好劳动、艰苦奋斗的精神,亦为全世界所钦仰,而民族之统一、文化之悠久,尤为世界之冠。我国的人力、物力及一切自然条件具备着足以建立一个强盛的现代化的国家的充分的条件与根据的。

在历史上，我们的民族亦曾经是过去最先进和强盛的国家。鸦片战争以来，外由帝国主义之侵略，内因封建专制政治之腐败，使中国日处内忧外患之中，陷于半殖民地的地位。近百年来的中国历史中，充满着我国人民为民族解放、民主改革、民生幸福而英勇斗争许多可泣可歌的史迹，我革命先烈在近百年内，曾不畏强暴，不惧险阻，前仆后继，再接再厉，继往奋斗，终于辛亥起义推翻了满清帝制；而一九二五——二七年大革命，"扫荡"了北洋军阀的暴政。在这奋斗的过程中，中国人民不仅亲历□敌艰难，提高了自己的觉悟，丰富了革命经验，吸收了先进各国的革命理论，加强了自己的战斗能力，而且创造了中国历史上所未有的新型的革命政党——中国国民党和中国共产党。新型的群众性的政党的存在，乃是实现现代化国家必不可少的条件。没有先进的政党的指导，要建立一个现代的国家是不可能的。

神圣的抗日战争，使我国人民为独立自由光荣的新中国而斗争的□程，进入一个新的阶段。反抗日本帝国主义侵略的中国人民，近百年中为民族独立解放的斗争的□□的表现，□□日本帝国主义将奠定中华民族独立自由的往前发展的基础。不仅如此，□□促进了我国内部空前未有的团结和统一。由于□□□□的会□，由于抗日民族统一战线的结成，我国今□□□□一□□□□□□府和抗□统帅，我们对于抗战建国已经有了目标□□□□□□□。国民党颁布的抗战建国纲领，已为各党派所一致拥护，共产党更在敌后各抗日根据地内□质推行□一纲领，并根据各根据地具体情形而订成施政纲领。因此，战后新中国的标准已不□□□□□□□是的□□。孙中山先生的三民主义，国民党的抗□□□□□□党的施政纲领，已经划出了这一新中国的轮廓。正因为这样，中共中央的《七七宣言》肯定地认为："中国各抗日党派不但在抗战中应是团结的，而且在抗战后也应是团结的。"抗战中抗日的战斗的团结、胜利后建国的建设的团结，这是新中国建设必成的最主要的条件。

最后，我国的英勇抗战已获得全世界各友邦人士的赞叹，已大大提高了自己的国际地位，英美当局已经宣布战后废除一切不平等条约，并在平等互惠的基础上，重订两国与中国间的关系。击溃了法西斯以后的世界，既是自由、和平、民主的世界，中国自亦不能自外于时代潮流与世界大势。不仅如此，我们在反法西斯战争中的盟邦——苏、英、美各国，对于我们建设独立自由繁盛的新中国，亦将不吝加以援手。

不论从国内和国际的条件来看，只要全国各党派和人民同心协力，加倍努力，在战胜日寇之后，定可以实现独立自由繁荣的新中国，与其他民主国家并驾齐驱，完成世界的新秩序！

（《解放日报》）

（原载一九四二年七月二十三日《晋察冀日报》第一版社论）

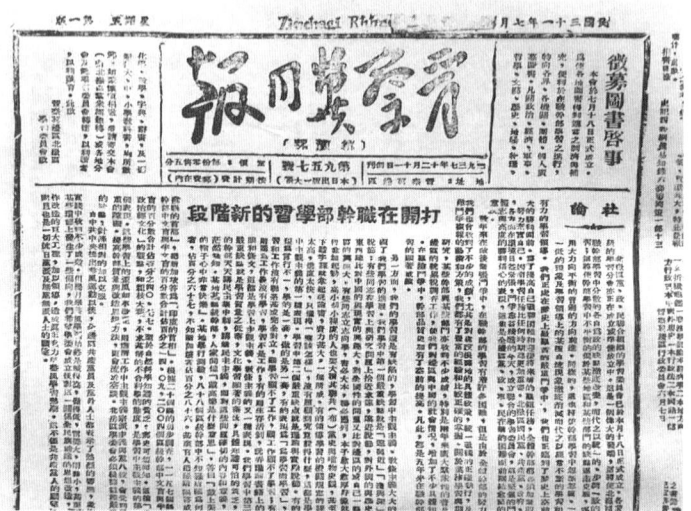

打开在职干部学习的新阶段

北岳区党、政、民联合组织的学习委员会已于本月十八日正式成立,各□各级的学习分会亦正在成立或准备成立中。这是一个伟大的发端,这将使北岳区在职干部学习中分散的各自为政的缺点澈底改变,而代之以统一的、步调一致的学习;这将使干部学习中不平衡的偏于某些地区和某些部门的缺点逐渐克服,逐渐用大力向平衡的普遍的方向前进。同样的,这也将使干部学习中忽断忽续、一高一低的现象及学习领导上的某种自流现象澈底消灭而代之以经常不断的学习和强有力的学习领导。我们正处在历史上最艰苦的严重斗争中,我们也正临到了历史上空前伟大的胜利面前。为了提高自己战胜困难和迎接将来新的艰巨任务，全体干部都必须加紧锻炼，努力充实自己。因而学习任务比任何时期都更加重要。北岳区国民党、共产党、政府、团体各方面在环境日益紧张、斗争愈益残酷的今天，成立联合的学习委员会，这是坚强的斗争意志与高度的胜利信心的表现，这也是全边区党、政、军、民在新的困难面前团结愈坚的反□□。

数年来在敌后紧张斗争中，在职干部的学习有着许多困难，但是由于全体干部的努力，我们也曾收到了不少的成绩，尤其是对建设根据地的具体政策、统一战线的正确执行及对敌斗争复杂的艺术和方策，我们都有了丰富的经验和比较正确的掌握。关于业务学习与调查研究，某些干部与某些部门亦收到不少成绩，特别是两年来广大群众性的普及全边区的统累税调查工作，使我们对边区与中国的社会情况增加了不少具体知识。在艰险斗争中，干部品质更加有了空前的提高。凡此，都是五年来在职干部学习的显著成绩。

另一方面，我们的学习还是有缺陷的，学习中主观主义、教条主义大大的障碍了我们学习的进展。我们学习中第一个严重缺点就是"远与近""浅与深"的脱节：有些同志在学习上与研究问题上舍近求远，远近脱节，对外国的与历史的东西总比对中国的与现实的兴趣大，对全国性的问题又比对边区的或自己一县一区的兴趣大。有些同志立志向学，书必大本、读必马列，本子愈大愈厚好像就看得愈加起劲，高小初小程度的人也要大读其联共（布）党史与唯物史观，甚至放下识字课就拿起□论书，费力甚大，一无所成。有的领导学习的机关规定的课程太高、进度太快，只懂得"应该怎样"，没有照顾到究竟能得什么，这都是学习中主观主义的第一种表现。学习中第二个严重缺点就是理论与实际脱节：有的表现为言行不一，学的是一套，做的是另一套；有的表现为"为学习而学习"，学习和工作没有联系甚或完全对立，顾学习顾不了工作，顾工作顾不了学习；有的则认为工作里没有学习，学习不是工作；有的则生吞活剥，玩弄理论书籍上的字眼和条文，这都是学习上主观主义、教条主义的又一种表现。我们学习中第三个严重缺点就是学习质量之低落，文化学习显著的落后，具体知识可怕的贫乏：有的干部天天讲民主集中制、讲新民主主义，而对这些问题确切的内容和意义则茫然无知，某地某县级干部，人家问他"戴高乐是什么意思"，答曰"戴上美丽的帽子心中非常快乐"。某地举行测验，八十八个区级干部中不知罗斯福为何人者占有百分之六十七，不知新加坡者占百分之八十六。甚至有人把罗斯福答成"苏联的首都"，把新加坡答为"印度的首相"。根据二十个县的初步调查，一一五七个县级干部中文盲与半文盲的百分数合计占百分之一四点〇九，二〇〇四个区级干部中文盲与半文盲的百分数合计占百分之四〇点七七。至于自然科学知识的贫乏，那更可想而知。这种"重政治轻文化"的观点，和粗枝大叶、不求甚解的不合科学的态度，是学习中主观主义的第三个表现。这些学习上的歪风如不改正，则肃清工作中主观主义、宗派主义与党八股，会受到严重的障碍。提高干部质量与改造思想方法，更会流于空谈。北岳区学委会必须根据这种严重的缺点，针锋相对的加以克服。

自中共中央提出整风运动以后，全边区共产党员及党外人士都表示了热烈的响应，并在实践中收到不少成效。但几月来整风学习始终是喊得高做得低、雷声大雨点小，甚至在某些环节上发生了一些偏向，我们希望学委会成立后对这一关系全民族前途的思想改造作改造的巨大工程，加以领导，造成真正有力的整风学习热潮。这不仅是共产党人的愿望，而且也是一切抗日党派及无党无派人士的愿望。

（原载一九四二年七月二十四日《晋察冀日报》第一版社论）

为党的一贯方针而奋斗

我党中央在抗战五周年纪念日的宣言中,明确地指出了战后建设新中国的方针。这个方针在今天郑重地指出,无论从国际形势方面来看或从国内形势方面来看,诚然都有其新的特别重大的意义;可是这个方针,并不是我们党今天第一次确实的新的方针,而是我们党的一贯的方针。这在一九三六年九月十七日,我们党在《关于抗日救亡运动的新形势与民主共和国的决议》上,即已提出"建立民主共和国"的口号,认为"这是团结一切抗日力量来保障中国领土完整和预防中国人民遭受亡国灭种的惨□的最好方法,而且这也是从广大人民的民主要求产生出来的最适当的统一战线的口号"。一九三八年十一月,毛泽东同志在我党六中全会中的报告，对于民主共和国的问题有详细的阐释，全会根据这报告决议说："由于国共长期合作的实现与持久抗战的胜利，将产生一个独立自由幸福的新民主主义新中华民国。"历年来，我们党的一切行动、一切措施、一切政策，都是本着这个基本方针进行的，我们党现在再次指出的这个基本方针，是和孙中山先生的三民主义、国民党的抗战建国纲领基本上是一致的，这一点已为世人所共见，毋庸详述。

也许有人要问，中国共产党既是一个马克思、列宁主义的政党，为什么它的建国方针会和孙中山先生的三民主义、国民党的抗战建国纲领基本上是一致的呢？为什么它不主张建立一个苏维埃或社会主义国家，而却主张建立一个三民主义的共和国呢？关于这个问题，我们党的领袖毛泽东同志在我党六中全会的报告中早已明白的答复过："民族独立、民权自由与民生幸福，正是共产党在民族民主革命阶段所要求实现的总目标，也是全国人民所要求实现的总目标。"他在去年十一月间边区参议会的演说中又简明地说："为什么我们要实行三民主义？因为孙中山先生的三民主义，直到现在还没有在全中国实现。为什么不实行共产主义？共产主义当然是一个更好的制度，这种制度在苏联早已实行了，但在今天的中国，还没有实行的条件。"是的，正因为我们党是马克斯、列宁主义的政党，它在决定自己的革命战略与策略方针的时候，不是单凭自己的主观愿望出发的，而是从客观实际出发，不但□估计国际情况，而且要估计到本国的民族的、政治的、经济的、历史传统的、社会生活的、文化的特点，要估计到国内阶级力量对比的相互关系和人民的政治觉悟。那末，今天中国的社会的点是什么呢？关于这个问题，毛泽东同志说得很明白："中国社会是一个两头小中间大的社会。无产阶级和大地主大资产阶级都只占少数，最广大的人民是中间阶级。"因此，我中华民族的解放伟业，如果不得到各阶层同胞特别是最广大的中间阶层的人民的积极参加，那末，它是无法完成的。同样地，任何政党的政策，如果不依据这些广大人民的意愿，那末，它是不能实现的。今天，全中国同胞所最渴望的，首先便是战胜日寇，获得民族的独立自由，建立统一的中国，以立足于世界强国之林，与各友邦建立平等互惠和平共处的关系。其次，我全国同胞，渴望建立民权主义的政治制度——民主制度。这种民主制度不会是苏联的苏维埃制度，因为苏联是社会主义的国家，而我国则在抗战胜利以后，还是在资产阶级民主革命的阶段中，苏联的政权是工人阶级的政权，而我国的政权则是一切参加抗战建国的阶级的联合政权。我国战后的民主制度，也不会是前一时期中国的苏维埃制度，因为那时候的苏维埃制度，只包括工农和小资产阶级，而今后我国的民主制度，则必须包括一切参加抗战建国的同胞，连资本家地主在内。我全国同胞所渴望的民主制度，将是这样一个制度：国内人民不分阶级、男女、民族、信仰与文化程度，都有平等的政治地位，都享受选举权与被选举权以及其他民主权利。全国设立人民普选的国会与地方议会，这样一个民主制度，正如我党《七七宣言》所说："既不是专制的半封建的中国，也不是苏维埃的或社会主义的中国。"再其次，我全国同胞希望实行民生主义的政策，这种政策必须照顾各阶层人民的利益，不否认私有财产制，这种政策不但要改善工农大众的生活，而且亦保障地主的生活和资本家的合理利润。只有这样的政策，才能 方面激发劳动大众的生产热忱；另方面，使私人企业有自由发展的机会。只有这样的政策，才能使贫穷困苦生产□□的国家，一跃而为富足繁荣生产发达的国家。这正如我党"七七"宣言所说："战后的中国，应当是民生幸福的经济繁荣的中国，既不是只顾一部份人的经济利益而使大多数人受苦的中国，也不是以暴力没收土地、没收工厂的中国。"

有些人以为今日国共两党之团结合作，只是因为大敌当前，不得不本"兄弟团结，外御其侮"之义而暂时维持的，等到大敌被赶出中国以后，就将会恢复过去的分裂的内战的局面。这种说法，是完全没有根据的。中国共产党是为民族为人民谋利益的政党，它始终忠实于自己的纲领和诺言，它不仅在大敌当前之际,诚心诚意地和国民党及其他党派一致团结抗战,而且在大敌被打倒以后,也将诚心诚意地和国民党及其他党派一致团结,共同努力,为建立一个"独立的、统一的、和平的、民主的、繁荣的、各党各派合作的"新中国而奋斗!

(《解放日报》社论)

(原载一九四二年七月二十五日《晋察冀日报》第一版社论)

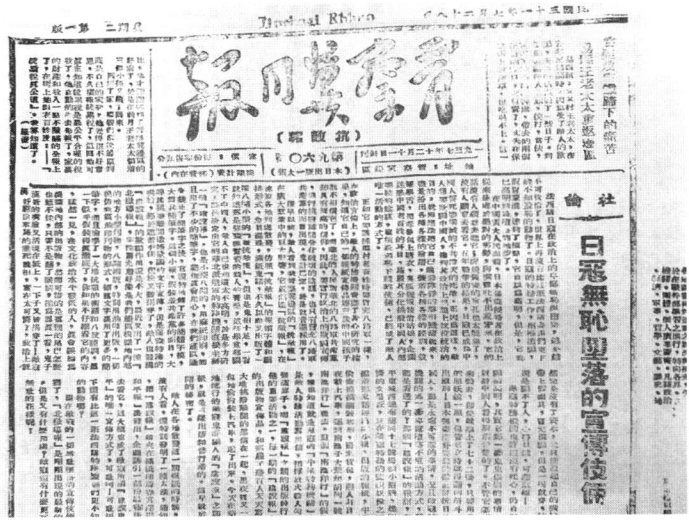

日寇无耻堕落的宣传伎俩

法西斯日寇在政治上的卑鄙无耻与堕落，越来越不可收拾了，世界上再没有比这班法西斯盗匪们更下贱不知羞耻的动物了。日寇的特务工作，招摇撞骗、假冒蒙混，达到了极点，它自以为高明，但是，它却已高明到最堕落的地步了。

在中国广大人民面前，日本强盗侵略者在政治上从来是处于绝对的劣势，狗嘴里吐不出象牙来，它的话没有人愿意去听它；虎狼强盗的脸孔也太丑恶了，没有人愿意去看它。五年战争的结果，日寇已成为中国人誓死要扑灭的不共戴天的死敌，正因为这样，敌人想要欺骗中国人，达到其政治上思想上奴役统治的目的，就得想法把它自己丑恶狰狞的形相隐藏起来，尽量扮出各种各样的脸谱，装着各种各样的腔调，效颦学舌，把毒药包上糖衣，臭狐狸假装俏姑娘，企图迷惑中国老百姓的耳目，施展其分化挑拨中国人内部团结的阴谋，这种最无耻下贱的伎俩，已经成了敌人唯一活动的方式了。

正好它要诱捕乡村老百姓时要冒充八路军一样，在政治宣传上，敌人的特务机关费尽了苦心研究的结果，知道它自己的一切报纸宣传品连三岁的中国孩子都不相信它了，而华北的人民对华北的八路军共产党却具有极高的信仰，因此，要实行政治上的欺骗宣传，进行挑拨离间、分化破坏的阴谋，也只有冒充八路军共产党的面目出现。鬼计已定，于是就普遍采用了。

很早以前，敌人看到我晋察冀边区的《抗敌报》在广大群众中的巨大影响，它就伪造《抗敌报》，在涞源各地到处散发，仿照《抗敌报》的报头字体和编排形式，鱼目混珠，满纸鬼话，不久以前又出版了一种八开小型的《新抗敌报》，但也是鬼相十足，一看就知道那是强盗匪帮卖的杀人的膏药，这些毕竟都骗不了中国人，敌人自己也知道太不高明，于是多方研究，最后决定由它的华北派遣军的特务机关直接主办一个《建设报》，也是小型八开的，用麻纸印刷，而且用了不少的简笔字，亏他真会用心，在我们边区通令禁止了简笔字之后，它还特地写了许多简体字模，大□其简笔字。这个小报，假装着共产党的面目，大肆其挑拨离间造谣欺骗的文字宣传，但是强盗特务的嘴脸终于遮盖不住，很快又被揭穿了。敌人也发现《建设报》的欺骗作用还是不大，最近又出了一种《北岳导报》，□性冒充着好像是我们边区根据地内部的地方小型刊物，八开两版，特别用油印出版，一切模仿我区油印刊物的形式，标题文字里用了更多的简笔字，而且偷学了一大堆抗战的术语和八股腔调，这一下似乎假装得真澈底了，你如果不仔细看它的内容，猛然一见，在文化政治水平较低的人，真会误认为根据地内部的出版物。然而可惜的是，狐狸的尾巴怎么也遮不住，只要不是瞎了眼睛，稍为认真一看，鬼子汉奸的嘴脸又活现在纸上，一下子又被揭穿了！敌寇汉奸穷途末路的垂死丑相，实在太可怜了，政治上既然完全没有了资本，就只能盖起自己的嘴脸，带上假面具，冒充混骗，但是一揭就穿，结果还是骗不了人，心劳日绌，可悲至极！

敌寇特务机关也许还没有死心，仍自以为骗术高明，其实它那一套鬼鬼祟祟的事情，早就被中国人看得清清楚楚的了。不管它怎样变来变去，即使就学上了七十二变，只要用我们的照妖镜一照，包管它立时就得翻个筋斗，现出原形！日本强盗汉奸要想装做正经抗日的中国人，那是永远不可能的事情。况且敌寇特务机关的那一套卑鄙堕落不堪的活动方式，□不都是看透了的？那个《建设报》的报馆，在北平东城西总布胡同十七号挂个小招牌，几个可怜的文学匠，就在敌寇特务的监视奴役之下，编着那鬼话连篇的小报，出版的报纸，半夜里偷偷摸摸捆装起来，冒充货包，避人耳目，连夜载上汽车，运到南池子大茉州胡同一号的"南池洋行"里去。这个"南池洋行"的假招牌，谁也知道就是敌寇的"牛尾特务机关"，这是敌人特务活动写黑信、指挥放火杀人勾当的强盗窝子，而《建设报》之类的出版发行也是他的重要活动之一，每一期的《建设报》之类的出版物宣传品，和那雇了几百人天天写的一大堆挑拨离间的黑信在一起，黑夜里又一包一包地偷偷装上汽车，送了出来。今天在华北各地流行的敌寇鬼混骗人的《建设报》之类的报纸，就是这样出版和发行着的，这早就成了公开的秘密了。

敌人在各地散发这一类报纸的时候，只怕没有人看，还特别"发明"了一种方法，通知各处，把《建设报》□夹在满纸印着春宫淫书的《和平报》里发出，企图诱引一部份最落后的人去看它，这大概也成了敌寇所谓"建设东亚和平"的唯一宣传方式了，可耻呵！可耻呵！天下还有比这一班法西斯特务盗匪们更不知羞耻的动物吗？

现在敌寇的一切无耻堕落的宣传伎俩都用尽了,《北岳导报》是刚刚出现的最新的一种,但是又有什么用处?敌寇还有什么更高明更无耻的花样呢?

(原载一九四二年七月二十八日《晋察冀日报》第一版社论)

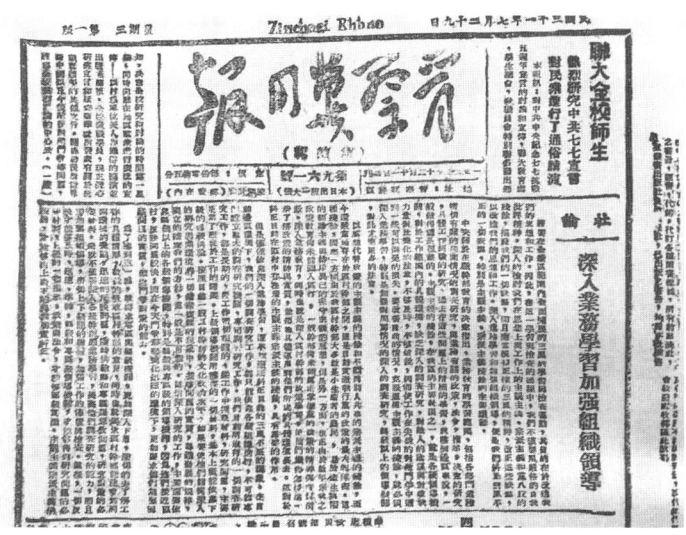

深入业务学习 加强组织领导

将要在全边区范围内全面开展的三风的学习与检查运动,其目的在于改造我们的思想和工作。因此,在这一学习与检查的过程中,我们不仅要用严格的自我批评精神,深入的检讨我们在思想上与工作上的主观主义、宗派主义和党八股的残余,揭发我们的一切缺点,而且应当根据正确的三风的精神,改正这些缺点,以改造我们的思想和工作,深入业务学习和加强组织领导,便是我们纠正作风不正的一切表现,特别是主观主义、宗派主义残余的主要环节。

中央关于在职干部教育的决定指出,业务教育的学习范围,包括各部门业务密切有关的周围情况的调查研究,与业务有关的政策、法令、指示、决定的研究,具体工作经验的研究。过去在这些问题上的精细的学习，就整个边区来说，一般做得还是很差的。主观主义的残余，在我区的主要表现之一，就是各级领导机关对于工作范围内的具体环境缺乏深入的调查研究，对敌人的阴谋与对敌我力量对比变化的注意不够及时、不够敏锐，因而使工作在尖锐的对敌斗争中□到一些可以避免的损失。要改善目前的情况，克服这种主观主义的残余，就必须深入业务学习，特别是加强对周围情况的深入的调查研究，县级以上的领导机关对此尤应更多的注意。

以感想代替政策的主观主义的残余和不愿与别人共事的宗派主义的残余，至今还严重地存在于区村干部之间，这是目前贯澈执行党的政策的最大的障碍。这种残余，固然一方面由于我区村干部大多数是小生产者的农民，易于产生狭隘的经验主义与排斥异己的保守主义的思想，但是另一方面，也正由于数年来我之政策教育尚未能深入区村，一般干部尚未能真正掌握党的政策的精神与实质所致。深入业务教育，同时也就是深入区村干部的政策学习，使他们获得怎样进一步了解政策的精神与实质，并把他具体运用到他们所处的具体环境里去。这对于纠正目前在区村中存在着的主观主义宗派主义的残余，具有重要的作用。

但是仅仅依靠深入党务学习，还不能澈底纠正目前的三风不正的现象。在目前边区环境下，我们的一切调查研究工作，都只能依靠各级组织进行，不可能专门设立庞大的调查研究机关，专司调查研究工作。我们目前所进行的一切调查研究工作，都是长期的，与工作密切相关的，从工作中搜集材料，研究问题，主要是为了服从于工作的需要。上级领导机关所需要的一切材料，基本上只能依靠下级的□级供给。按照目前一般区村干部的文化政治水平，如果要使他们能从深入的研究周围环境的一切错综复杂的现象中找到问题的实质，认识发展的规律，独立的确定我们的方针，这一般是不可能的。这个深入研究的工作，主要还要依靠县级以上的各级领导机关，特别是县级与专区级的领导机关，因为他们接近区村，反映问题较快，而在今天斗争形式变化迅速的环境下，更加要求他们加强认识问题的实质，确定斗争对策的能力。

为了达到这一点，就要求军区与县级机关，更加深入下层，深切的去了解工作的具体情形，敏锐的吸取区村干部的意见，同时也就要求区村干部能注意到周围环境的变动，迅速的反映问题，随时供给县和专区□思考问题，研究对策的必要材料。□说不仅要深入各级干部的业务学习，提高他们调查研究的能力，而且要加强组织领导，密切上下级间的联系，加强工作的布置与检查。这样，一切反映才能够及时、迅速、准确，县级和专区级领导机关才能够得到研究问题的必要材料，上级的一切指示、政策与法令才能够逐级贯澈，主观主义宗派主义的残余才能够由上而下的得到切实纠正。

（原载一九四二年七月二十九日《晋察冀日报》第一版社论）

英美对我援助和期望

在今天我国抗战已经走入第六个年头的时候,国际方面对我同情和援助亦日趋积极,进入一个新的阶段。

今天英美等国已经和我国并肩作战,他们对我的援助,是根据盟邦的关系和战胜民主国家的共同敌人——日寇为目的。英美两国不仅给我以巨额借款,不仅派遣军事使团协助我国抗战,不仅开辟中印航路以保证军需品的源源来华,而且还派遣空军至中国战场直接参加战斗。如最近英美找机会不断轰炸武汉、广州、临川、九江等地敌寇军事据点。随着英美两国军备和生产的扩大,他们以后对我军事和物资的援助必然会继续增长,这是可以预期的。

其次，今天国际援华运动有一个特点，就是它具有空前的普遍性。即以最近"七七"纪念为例，所有联合国当局莫不致电我国政府同声庆祝，特别是在世界最大城市——纽约与伦敦举行盛大的纪念会，参加者不但有联合国外交代表，而且有英美各界人士、政府官员（如美陆长史汀生）、政党领袖（如美共和党领袖威尔基）、妇女界名人（如克利浦斯夫人）以及许多工会领袖、大学教授，莫不联袂参与发表援华演说，或则呼□以更多武器供给中国，或则进行大规模筹款，以为救济我国难民之用。今天民主国家里面援华运动的热烈程度及其上下一致普遍于各盟国的盛况，的确为从前所未有。

还有一点是特别令人注意的，那就是英美等国当局和人士对于我国抗战已有进一步的认识。罗斯福总统的"七七"贺电赞扬我国"团结得像一个人一样"，丘吉尔首相的贺电则称颂我国"人民不顾牺牲与失败始终坚持反对日寇的统一战线"，这就是说他们已经看到五年以来我国所以能够坚持抗战，不仅是由于我军民英勇不屈不惧牺牲的战斗的精神，而且是由于我国内部团结始终维系不坠愈战愈强的缘故。而今后要更大的发挥我中国军民的战斗力量，争取最后胜利，更非增强我国内部团结不可。

正因为"今年打败希特勒，明年打败日本"是整个反法西斯阵线的共同目标，正因为在打败希特勒的首要任务尚未完成以前，远东战局还有一段艰苦的过程，所以我们中国所负的责任亦是异常艰巨的。我们必须继续战斗，渡过难关，并且增强实力，准备配合英美等盟邦进行反攻。我们所处的地位和所负的责任其重要与艰巨已为我盟邦所深知，目前太平洋作战会议正在白宫开会，对于中国战场上局势作详尽的探讨，足证英美等盟邦关心我国抗战，并且正在筹划进一步的援华步骤。同时他们很殷切地希望我国更加团结、更加坚强，成为远东大局中的一个有力支柱。英美等盟邦的对我援助和厚望，的确值得我们中国人民的感谢，我们应当更加奋发努力，来负起为自己求解放、为世界除强暴的历史使命。

(《解放日报》)

(原载一九四二年七月三十一日《晋察冀日报》第一版社论)

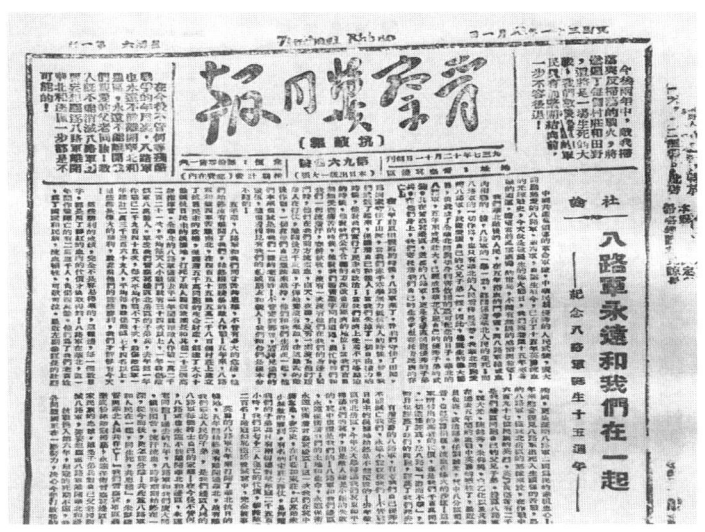

八路军永远和我们在一起

——纪念八路军诞生十五周年

  中国共产党领导的革命军队,中华民族优秀的人民武装,广大同胞热爱的八路军、新四军,自诞生至今,已有了十五年英勇流血的光辉战史,今天就是他诞生的伟大节日,我们回想这十五年来多难的国运,瞻望当前风云剧变的世局,不禁有无限的感慨与希望!

  我们华北敌后的人民,在五年浴血的斗争里,与八路军结成血肉相联的一体,八路军的一举一动,都关系着华北人民的生死;而八路军的一切作为,也只有华北的人民看得最清楚。我华北同胞爱护八路军,就像爱护自己的父兄子弟一样。因此，他诞生的伟大节日，也就成了全华北同胞切身利害攸关的最可纪念的日子。华北的八路军，五年来成长壮大，已经成为华北人民自己的优秀子弟的武装。其在晋察冀边区，这里的八路军，更是我边区同胞优秀的子弟兵，在他们身上，我们寄托着我们自己的生命，也寄托着民族的存亡！

在五年前风雨飘摇的时候，八路军来了，替我们守住了田园，为国家守住了山河，当我们赤手空拳无力抵抗敌人的时候，他教我们武装了起来，保护着自己和亲人；当我们失掉了一切自由权力的时候，他教我们实行了民主的政治；当我们经济上受着不平等压迫的时候，他教我们公平合理的方法改进着经济的地位；当我们盲目无知受尽痛苦的时候，他教我们读书识字明白道理。农忙时他们和我们一起流着汗，春耕秋收，没有一次没有他们在我们的身边；战斗时，他们在我们前方流着血，白天、夜里，没有一刻没有他们跟敌人在打仗，离开后方千万里，子弹给养没有来源，在这难苦的敌后作战，一切靠他们自己想法来维持。他们和我们生活在一起，他们本来也就是和我们一样的老百姓！不管走到那里，看得见他们的队伍，总也看得见有我们的亲戚朋友和亲人！我们和他们是根本份不开的！

五年来，八路军和我们同甘苦共患难，不管有多大的危险，他们始终没有离开了我们，始终跟那残暴的敌人作战！五年来，八路军和新四军苦战南北，在四百五十五县五万二千八百个村庄上建立了抗日民主的政权，保护着五千万同胞的生命财产，创造了大小十余个抗日民主的根据地，打死了敌人四个旅团长和其他二十三个高级指挥官。全华北的八路军仅仅去年一年间就跟敌人作战一万二千二百二十一次，平均每天大小战斗就有三十四次以上，一年杀伤敌伪军八万余人。单说我们晋察冀边区北岳区的子弟兵，去年这一年作战已二千九百四十五次，每天平均作战不下十次，杀伤敌伪军一年总计二万三千三百六十九人，平均每日杀伤敌伪七十四名以上。这些都是伟大的胜利，就靠着他们的这些胜利，我们才能够有今天！

这些胜利的成绩，完全不是容易得来的，这里边，每一个数目字，都是用了鲜红的血肉的代价才换取得到！八路军在华北，这一年间作战阵亡的有二万三千人，负伤四万余。他们为了我们老百姓，为了国家和民族，流血牺牲，可歌可泣。最近左副参谋长的壮烈殉国，更是证明八路军为国为民的赤胆忠心！我们边区的同胞，数年来都曾亲见八路军出死入生顽强的苦战，最近一年间，我们边区的八路军，仅就北岳区的部队来说，在作战中光荣牺牲的也有一千六百九十七位民族的英烈，英勇负伤者有二千五百零六人，这些都是我们边区同胞自己的父兄子弟。边区八路军优秀的指挥员周建□、魏大光、陈锦秀、朱仰兴、白乙化以及其他团级以上的将领，都在过去五年间的血战中英勇的牺牲了，最近这一年我们冀东副司令员包森、政治部主任刘诚光，冀中八分区司令员常德善、政委王远音，也都英勇捐躯，流血在烽火的沙场！这些流血的牺牲，是八路军所付出的高贵的代价，也是我们千百万同胞所付出的重大的代价。一切造谣诬蔑，说八路军"游而不击"，那不但是诬蔑八路军，而且也诬蔑了我们的同胞，诬蔑了我们死去的骨肉亲人！

　　有着英勇的八路军，有着我们自己优秀的子弟兵，日寇就永远不能灭亡我们，永远不能奴役我们！不管战斗何等的残酷，我们抗日民主的根据地始终是不能摧毁的！去年敌人七万大军"扫荡"我们边区的北岳区，今年又大举"扫荡"我们冀东和平北，最近三万敌人疯狂"扫荡"我们的冀中，但是敌人总是不断的失败，冀东、平北还是我们的，冀中也还是我们的！八路军和我们边区千百万同胞永远在一起，永远保卫着我们的土地和生命，永远保卫着我们的山地和平原，永远保卫着晋察冀边区！这一次我们在冀中平原善战的八路军，在获□□、在掌史、在白庄和宋庄，以寡敌众，以一当百，获得了大小无数的胜利，有名的宋庄大胜仗，是辉耀革命历史的空前纪录，我们的子弟兵只有两个连对抗敌寇二千五百人，英勇坚持战斗十余小时，我们以七十三人伤亡的代价，击毙敌酋板本旅团长以下一千二百名！敌寇无耻造谣毁灭冀中，完全被事实打得粉碎了！

英勇的八路军五年来打开了华北抗日的战场，建立起抗日的根据地，五年间始终没有离开过华北，没有离开过边区，因为他们是我们华北人民的子弟，是我们边区人民的子弟，华北和边区就是八路军每个将士自己的家乡！在今后不管何等残酷战争的年月里，八路军也永远不能离开华北和边区，永远不能离开我们亲爱的父老同胞！过去的五年，八路军和我们广大同胞一起生活，一起战斗，饥寒困苦，流汗流血，时时刻刻始终在一起，生死患难，骨肉情深，从今而后，更怎能分离！共产党八路军曾经历次宣言："始终和人民在一起，同生死，共患难！"朱彭总副司令亦历次宣称："誓与华北人民共存亡！"我们晋察冀军区聂司令员更历次宣誓："澈底粉碎敌寇"扫荡"，永远保卫晋察冀边区！"这是八路军对我们国家民族的忠诚，这是子弟兵对自己父老同胞的责任！敌人既不能消灭八路军，要妄想驱逐八路军离开华北和边区一步，都是不可能的！

抗战进入第六年，敌寇的死期不远，我们的胜利在望，苏英美各同盟国正在一致努力，决心今年打败希特勒，日寇死亡的末日也就在明年了。虽然，□最后两年的斗争，将数倍艰苦于从前，然而，在空前困难里有着最后的胜利，我们不但不容许一步放松懈怠，而且要百倍准备在这敌后的战场，与敌人进行空前残酷的搏斗！今后两年中，敌我"扫荡"与反"扫荡"的战火，将燃遍了每个村庄和田野！这将是一场生死的大战，我们敌后边区的军民只有加紧团结向前，一步不容后退了！

在我们伟大的人民武装诞生十五周年的光辉节日，我们敬祝子弟兵永远健康雄壮，我们永远亲密团结，一齐挥动刀枪，英勇战斗，随着八路军两年内打败日本法西斯，随着共产党八路军走向独立、自由、民主、和平、繁盛的新中国！

（原载一九四二年八月一日《晋察冀日报》第一版社论）

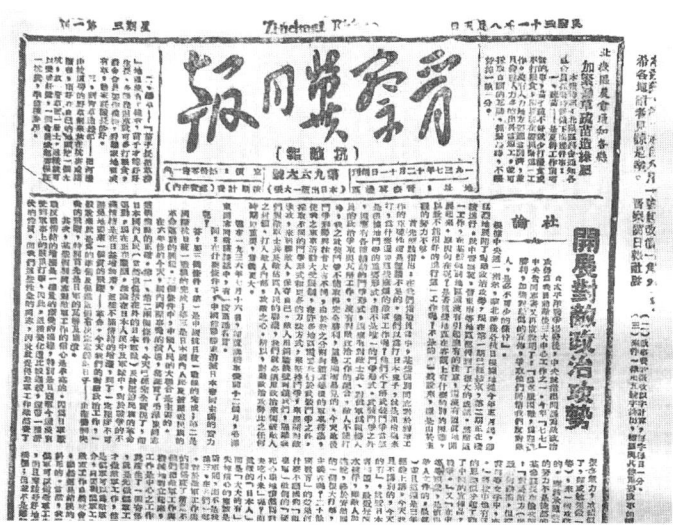

开展对敌政治攻势

自太平洋战争爆发后，中央就指出开展对敌政治攻势为我目前敌后三大中心工作之一。今年"七七"中央告同志书又再度说明了"为克服困难，为迎接胜利，加强对敌伪的宣传，争取他们同情我们、反对敌人，是必不可少的条件"。

根据中央这一指示，华北敌后各抗日根据地从今年正月起，即猛烈地展开了对敌政治攻势，现在第一期已经结束，第二期正在继续进行。就中晋察冀、晋东南等地区都得到了很大的成绩。然而这一工作，在某些个别地区还没有引起应有的注意，还没有认真地开展起来。原因何在呢？是否这些地区在客观上有什么特别的困难，以致不能很好的进行这一工作呢？不是的。一般说来，还是由于主观的努力不够。

首先，应该指出：在我们指战员当中，某些个别同志对于对敌工作的重要性还是认识不足的。他们以为打日本鬼子，就是用枪炮来打，为什么还要这些麻烦的敌军工作呢？他们不了解武装斗争当然是根据地斗争的重要形式，但不是唯一的斗争形式。武装斗争之外，还应有各种辅助的斗争形式，还应有对敌士兵、对伪军伪组织人员的政治争取与瓦解工作。没有对敌政治工作的配合，敌人不能打垮，我之武装斗争不能取得完全胜利，这是显而易见的。今天敌后斗争形势与往昔大有不同，由于敌之分割封锁与连续的军事"扫荡"，使我之军事活动大受限制，在许多地区需要我们于武装斗争之外，采取不同的斗争形式和更多的方法方式，来坚持斗争，来展开对敌进攻，来战胜敌人，保存自己。敌人用铜墙铁壁封锁我们，隔离我们对敌军士兵及敌占区人民的联系，我们就必须用政治来冲破敌人之封锁，打入敌人内部，攻敌之心。所以，对敌政治攻势比之任何时期更重要，意义更大。

远在一九三六年七月十六日，即芦沟桥事变前十二个月，毛泽东同志同斯诺谈话中，有一段至理名言。

问：在什么条件下，中国能战胜并消灭日本帝国主义的实力呢？

答：要三个条件：第一是中国抗日统一战线的完成；第二是国际抗日统一战线的完成；第三是日本国内人民及被压迫民族的革命运动的兴起。三个条件中，中国人民的大联合是主要的。

在六年后的今天，国内国际事变的演进，都主宰了毛泽东同志这个论点的正确。第一、第二两个条件，今天已经完全实现了，而日本国内人民（当然也包括在外的日本军队）及被压迫民族的革命运动，现在正在酝酿，无论在日本人民中及军队中，对于战争的不满情绪是在日益增加着，这种不满情绪的增涨，到了一定程度不可避免地要来一个质的飞跃——革命。今天我们的对敌政治工作，一般说来就是为的准备及促进这个有决定意的日子——由渐变到突变的飞跃，特别首先是日军的瓦解及崩溃。

其次，某些个别同志对敌军工作的信心是不高的。因为日军厌战反战情绪的增涨是一种量的渐变的过程，特别是日寇至今还没有受到军事上的严重打击，因此，这种变化还比较迟缓，还带一种潜伏的性质。而我们这些性急的同志，因此就觉得敌军工作虽然费了很多气力，成绩似乎没有他们所期望的那么大，因此也就不大起劲了，即或勉强做一点，也不过是利用某些节日（如年关、樱花节日等），来一个攻势，攻势过后，便冷淡下来。这种认识完全是皮毛的。应该承认，我们的对敌工作其成绩虽然不能尽如人意，但我们的努力不是徒然的。有什么证据呢？远在一九三九年二月，敌军某参谋长在榆次师团司令部的副官会议上，就说过了这样一段话："对于敌方（指八路军）宣传，虽深信我尽忠报国的皇军将士不致有何动摇，但据宪兵日常言行的考查，实有值得吾人注意者，在书信等文字中，亦有令人怀疑到是受敌人（指我军）宣传影响之处。"将校中也有这样的意见："因有华军的反战宣传，总觉得士兵的思想似乎起了动摇，实在难于指挥。"而士兵中则常说道："看了中国的宣传品，虽然知道是敌人的宣传，但有时真也感觉到厌恶战争。"又："在中国军的宣传品中，有些话实在令人心悦诚服。"等等现象，是值得严重注意的。（这并不是道听途说，而是见之于敌人文件的最真实可靠的反映。这个文件是不久以前才得到的。）并且这还是三年以前的情形，无论从工作规模上、方法方式上、经验上讲，今天我们的对敌工作比三年前是已有大的进步了。我们且不讲别的，今天日本士兵一般地都知道八路军里面日本人"大大的有"，这些日本人不仅同情我们，反对敌人，而且成立了共产主义者同盟、最近觉醒联盟之与八路军共同作战于辽县、麻田，盟友清水被俘，虽敌人加以破例"优待"，然清水氏于解往长治途中设计逃脱，终于安然回至觉醒联盟。这件事对于日本军阀应该是精神上的一个很大打击：为什么天天叫着"灭共"的皇军，会变成了共产主义者呢？二十余年的"军国教育"的效果何在呢？为什么不愿回到"祖国"受"皇军"破例的"优待"，而死心塌地愤然回到八路军"去吃小米"呢？而且像清水这样的"日本人"不止他，而是"大大的有"呢？我想失掉信心的应该是日本法西斯军阀，而不是我们自己。

第三，在我们一部份同志中，对于敌军工作与伪军工作的关系底了解是不正确的，他们把敌军工作与伪军工作机械地对立起来，认为伪军工作是中心之工作，而接着就产生了一个奇怪的阶段论，就是先做伪军工作，然后才做敌军工作，他们的理由是伪军可以为敌军工作的媒介，只要对伪军工作做好，敌军工作自然就会展开起来。显然这是错误的，是必须纠正的。当然，我们不否认伪军可以做敌军工作的桥梁，而且应该好好地利用这个桥梁；但并不是离开伪军我们就不能直接进行敌军工作。今天我们已经创造了许多这样的工作方法，譬如释放俘虏、送还敌尸、立墓碑、送慰问袋、喊话、写标语等。可利用的除伪军以外，还有小商人、儿童、邮政、电话，甚至敌人的情报箱等方法是很多的。我们应当有更多的创造，而不止仍留在旧的阶段。

上述这些错误观念，今天虽然并不是普遍的现象，然而还在随时作怪，在某些地区还相当严重，这有形无形中都妨碍了对敌工作的开展。

敌寇五年来的侵华战争并未能灭亡中国，而且现在树敌太多，战争前途更无把握，敌军士气远不如前，太平洋战争爆发后，伪军伪组织内部更形动摇，敌占区人民遭受敌人日益严重的掠夺屠杀，抗日情绪日愈增涨；而敌人今天在敌后的点线增多，一方面虽增加其"分割'扫荡'"的便利，另一方面使他更感到兵力不足，兵力分散，处处孤立于抗日人民大海的危险中。这就是便于我们开展对敌政治攻势的有利条件。

当"今年打败希特勒，明年打败日本"已成为全世界反侵略的共同目标的今天，为克服困难，为迎接胜利，争取时间，按照毛泽东同志所指出战胜日本法西斯三个条件中尚未成熟的最后的一个条件——日本国内人民革命运动的兴起及其军队的瓦解，那末，我国当前最迫切的任务，这就是说要我们敌后党政军民全体同志坚决肃清上述不正确观念，再接再励地用大力来继续开展对敌政治攻势。

(《解放日报》社论)

(原载一九四二年八月五日《晋察冀日报》第一版社论)

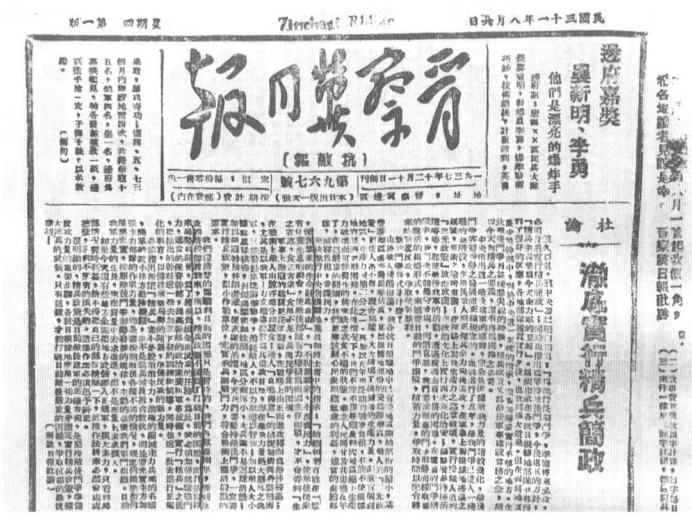

澈底实行精兵简政

很久以前，党中央即已明白指出："为进行长期斗争，准备将来反攻，必须普遍实行精兵简政。"同时也指出为坚持敌后斗争，今后建军的方针："精兵主义应为今天主力军的原则。"这个指示在各抗日根据地部队中都得到了很好的反应，各地部队认真实行之后，也收到极大效果。但在个别地区及少数干部中，对于中央这一正确的指示，还有误解或实行不够的地方。在此敌后斗争日益残酷尖锐的时候，精兵政策又为敌后军事建设当务之急，所以今天对精兵之要义，还有再为独论之必要。

中央指出这一敌后建军的原则，完全是依据敌我力量的诸般变化、敌后斗争客观形势之发展而正确规定的。血战进行了五年，敌我斗争已进入一残酷的新阶段，在敌后敌人□正倾其全力向我进攻，在军事上对根据地"扫荡"之频繁、战术之险密鬼谲；在经验上对我生产力之恣意破坏，实行惨无人道的"三光政策"放毒放菌；在政治文化上实行四次强化治安；据点增多、特务活跃等等，都使敌后我军的活动遭遇较过去百十倍的困难。在这新的斗争阶段中，我们决不能墨守成规，因循怠忽，我们要按照新的斗争形势而采取着的灵活的组织形式，来适应目前的斗争环境，积蓄力量，争取时间以配合将来的战略反攻，争取抗战胜利。

新的斗争形式是什么？

由于敌人残酷"扫荡"，我各抗日根据地中已有些地区开始部份的缩小，某些游击区逐□变为敌占区，某些根据地部份的变为游击区，敌人的"三光政策"更使人畜不留，废舍为墟，大大破坏了根据地的生产力量。甚至有个别地区，生产力减缩二分之一，再加以五年来长期的战争负担，不能不使根据地的经济更形困难。在此种情况下，我们不能不很好顾及到因地区缩小生产力破坏而可能发生的供应缺乏衣食不继的状态。华北人民同甘苦共患难五年了，在这严重的关头，我们更应该关心民众照顾群众的利益，适当的紧缩部队、减轻负担、爱护民力。

坚决执行中央告根据地党员和将士书中的指示，"始终和老百姓在一起，保护群众的生命财产自由"，"不脱离群众，不浪费民力"，使敌后民众有休养生息的机会，使敌后部队有力继续为祖国生存而战，才不会弄到"生之者寡，食之者众"，食用不足，兵与民争食的困境。

军事上敌寇的阴谋更花样翻新，在战略上由正面进攻转而为敌后"扫荡"；在战术上敌人由鲸吞而分期"蚕食"；敌人"自鸣得意"的捕捉战术与奔袭战术，尤其是以我军主力或指导机□为其进攻目标，而在敌我力量绝大悬殊之我军，且能发动广泛游击战争，消耗敌人，不以力取，而以智胜；加以敌人大小据点星罗棋布，封锁沟墙密如蛛网，地区分割极小，大兵团不易回旋活动；加以敌寇特务奸细潜藏，便衣队的活跃，今天我们要坚持敌后斗争，一定要实行精兵政策，划小作战单位，充实我兵团战斗力，符合战术上灵活机动的要求。

我们还清楚的认识到目前的困难只是暂时的，我们再熬过两年，胜利反攻的阶段即将到来。所以，精兵政策不仅为了打破目前的困难，而且是为将来局势的开展，为了将来负担全面反攻的任务。为此，我必须加强部队战斗力，适当的保存干部，提高干部的政治素养和军事技术，实行"精兵"之后，把抽出的干部送一些去加强下级的训练和领导，同时也送一批去进行正规化的教育，以备将来新局势的开展，准备反攻的新力量。

必须指出，所谓"精兵"并不是说取消主力，消极的缩减主力兵团的名额，简单的缩小后方勤务机关，也不是裁兵减员、拆台散伙，而是要充实主方，加强主力部队的作战力量，而是要按照敌后各种不同的情况，规定何种应战何种应充实，按照敌后斗争形势发展的规律，主动的改变我们战斗组织。目前我军力量的生长，应在质量中去求改进，而不是在量上去求扩大。

如果今天还有些地方企图把地方武装编入正规军，扩大主力，只看到局部情况暂时利益，舍不得把自己的部队精简一下，这种作法将来必然会处处□壁，遭到不应有的损失的，这种作法必须迅予纠正。

很明显的，精兵政策是目前敌后建军的正确方向，是坚持敌后斗争准备反攻力量的重要步骤，各抗日根据地应用一切力量来澈底实行精兵政策，扩大民兵的武装。只有这样，才能打破目前敌后严重的困难，争取抗战的最后胜利！

（《解放日报》社论）

（原载一九四二年八月六日《晋察冀日报》第一版社论）

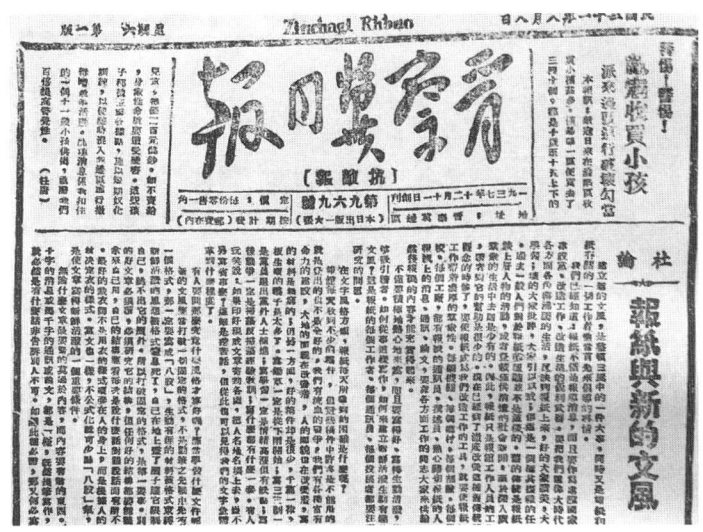

报纸与新的文风

　　建立新的文风，是整顿三风中的一件大事，同时又是报纸和报纸有关的一切工作者应当首先来倡导的事情。
　　我们已经知道：报纸不仅是报导消息，而且要作为建设国家、建设党、改造工作、改造生活的锐利武器。要把我们这伟大时代中各方面各角落沸腾的生活，反映到报纸上来，好的大家赞美，大家学习；坏的大家批评，大家引以为戒！但这是一个极其复杂的任务。过去一般人们对于报纸的认识并不是这样的。旧的传统是报纸只谈上层人物的活动，或者登载仅供消遣的社会新闻，至于深入广大群众的生活中去则是少有的。因此，报纸只是报馆工作人员的工作，读者对它的帮助是很少的。现在已经到了澈底改变这种旧传统旧观念的时候了,要使报纸成为我们改造工作的工具,就要使报纸的工作带着浓厚的群众性。每个机关、每个乡村、每个部队、每个学校、每个工厂,都有报纸的通讯员、撰述员、热心关切报纸的人,报纸上的消息、通讯、论文,要靠各方面工作的同志大家来供给,然后报纸的内容才能充实得起来。

不仅要积极地热心地来写,而且要写得好、写得生动活泼,能够吸引读者。如何从事这样写作,如何来建立新鲜活泼生动有趣的文风?这是报纸的每个工作者、每个通讯员、每个投稿者都要注意研究的问题。

在文字风格方面,报纸每天所碰到的困难是什么呢?

报馆每天收到不少的稿件,但这些稿件中许多是不能用的,就是登出的也不是全好的,我们有流血的战争,我们有各种富有生命力的建设,大地的面貌在改变着,人的面貌也在改变着,写作的材料是无穷的;但另一方面,好的稿件却是很少,千篇一律、刻板生硬的稿子是太多了。写锄草一定是从下雨开始,写三三制一定是党员退出党外人士□进,写学习一定是情绪高涨但有缺点,写敌后战争一定是"扫荡"反"扫荡"经验教训,写什么都有什么一套。有人开玩笑说:如果印好现成文章寄到各处,把人名地名填上去,岂不比另写省事么?这虽是挖苦话,但从此也可以见得我们的文字急需改革到什么程度了。

有人要问:那么究竟什么风格才算好呢?应当学习什么文件呢?

新的文风应当打破一切固定的格式,不是动笔之先脑中先有了一个格式,那一定要写成"八股",生动有趣的材料被格式束缚,新鲜活泼的思想被格式窒息死了,自己在地上画了圈子让它限制了自己,跳不出它的圈外。所以,打破固定的格式是第一要事。别人的好文章必须读,必须研究它的结构,但任何好的结构都要能灵活拿来自己用,自己的结构应看每次是说什么话、对谁说话而有所不同。最好的裁衣师不是用衣的样式硬套在人的身上,而是根据人的身材决定衣的样式。写文也一样,不公式化就可少些"八股"气，这是使文章写得新鲜活泼的一个重要条件。

无论什么文章，最要紧的莫过于内容，而内容要有新的东西。几十字的消息或万千字的通讯或论文，都是一样，既然提笔写作，那就必然是有什么话非告诉别人不可。如无此种必需，那又何必写作呢？写文应如给朋友写信一样，每次有每次不同的问题，每次有每次不同的意思、不同的语调。给朋友写信，不能按着别人的信照抄，写文也不能按样抄袭别人的意思或词句。已经写过的再拿来重复，就有类于鹦鹉学话，别人是不高兴听的。好在我们生活中新的事情多得很，只要能钻进生活内部来观察、来寻找，那新的材料是写不完的。

新的材料是重要的，同时又要写得具体细致，我们常喜用抽象的名称来说明经过，但这些传统的空洞的话，常使人摸不着头脑。譬如只说某人在学习中有了进步，就不如说他以前做工作是怎样，现在做工作是怎样；以前看问题是如何，现在看问题是如何。用抽象的话来说就好像镜中看人，若见若不见，用具体的事情来说，就好像看见人的面貌、听见人的声音，使人觉得真切实在。但要写得具体真切，先要自己懂得具体真切，只有不停留在表面的轮廓的漫□□的观察，而对于自己所要写的事情有仔细的研究、有周密的考察才能办到。

要写得具体深刻，还须要把题目范围定得小些。我们常有一种坏习惯，喜欢定大题目，题目大了，□面也就多了，内容也就复杂了，假如自己对于问题没有真知卓见，自然就要成了万金油八卦丹之类，百病皆医而又一无所医的东西了。这样又怎能使文字写得不枯燥、不呆板、不奄奄无生气呢？如果把题目范围定得小一些，则自己要说明的问题既容易使之突出，同时自己的研究也容易深刻精通，这又是建立新的文风所要注意的。

说话的对象是谁，这也是提笔以前首先要弄清楚的。对一种人有一种话，上什么山唱什么歌。我们要知道，听话的是什么人？他们的生活如何？需要的是什么？想着什么事情？喜欢什么？讨厌什么？然后我们才能用他们的语言去打动他的心弦,报纸的读者不是固定的,但每篇作品也还应有其比较特殊的对象。写作的时候应当设想如像自己是在面对着自己的读者说话,那样我们的话说出来就会亲切有味,而不会隔靴搔痒枯燥无味了。

总结一句,要充裕报纸的内容、要把文字写好,就要解决两个问题。一是写什么材料?一是用什么语言来写?我们还不善从丰富的群众生活中去掘发材料,我们还不能认真去接近群众生活,我们还不善于用调查研究的方法去发现群众生活里的新的事情,我们还不善于搜集片断的谈话零星的事实,加以组织酝酿变成自己写作的题材。因此,写作的材料是应当而且只有从群众的生活中去求得的,至于语言当然不是说堆集使人头昏的形容词之类,问题在于我们的语言常常太单调、太枯涩,难以恰当而有力地表达我们的思想和情感。而语言的技巧,对于宣传是有极重要的作用的。要使言语丰富,必须学习民众言语,必须多读好的文艺作品,这是作文字活动的人必须致力学习致力锻炼的。

建立新的文风不是一朝一夕所能办到的,这是长期学习和工作的过程。有些人草率从事,写作之前既无仔细研究,写作之后又不慎重修改,稿纸写完,万事大吉,这是不对的事情。有些人因为新文风孕育建立就搁笔不写,这也是不应当的,须知利用报纸为报纸写作是每个党员和党外朋友不可推卸的责任,而废除党八股建立新文风只有在不断的刻苦的努力中才能□到。

(《解放日报》)

(原载一九四二年八月八日《晋察冀日报》第一版社论)

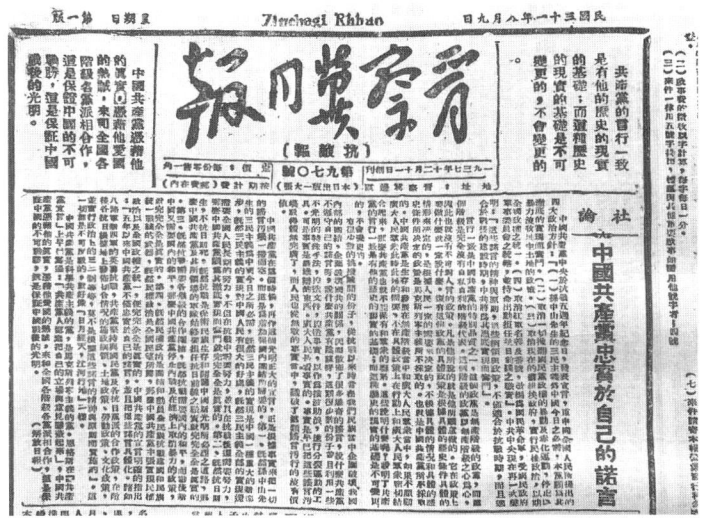

中国共产党忠实于自己的诺言

　　中国共产党中央于抗战五周年纪念日发表宣言，重申向全国人民所提出的四大政治方针："（一）孙中山先生的三民主义为中国今日之必需，本党愿为其彻底的实现而奋斗。（二）取消一切推翻国民党政权的暴动及赤化运动，停止以暴力没收地主土地的政策。（三）取消现在的苏维埃政府，实行民权政治，以期全国政权之统一。（四）取消红军名义及番号，改编为国民革命军，受国民政府军事委员会之统辖，并待命出动担任抗日前线之职责。"中共中央现在再一次声明："这些诺言的精神与原则、这些纲领与政策，不仅适合于抗战时期，而且适合于战后的建设时期，中共将为其彻底实现而奋斗"。

言行一致是中国共产党的特别品质之一，这个政党是无产阶级的政党，而这个阶级是完全没有自私自利的阶级代表。这个阶级的政党以无产阶级之心为心，因此也就没有不可对人言的政策。凡是他所说的就是他所愿意做的。它在政策上要做什么就一定说什么。还有这个政党的具体政策是根据具体的历史条件具体的情形来决定的，是根据人民一定的需要来决定的，不根据具体的情况和具体的历史条件所决定的政策是马克斯列宁主义所不采取的，也就是中国共产党所不采取的。中国共产党是生存和发展在无产阶级当中和广大人民群众当中，如果不照顾广大人民群众此时此地的需要，不在具体政策上、在行动上和广大人民群众密切结合起来，那么共产党也就不能保有和群众的联系。这些说明什么呢？说明了共产党的言行一致是有他的历史的现实的基础；而这种历史的现实的基础是不可变更的、不会变更的。

有很少数的挑拨离间的份子，从抗战以来时常在我们民族当中企图破坏我国内部的团结，企图破坏国共的关系，因而散布了很多离奇的谣言，说什么共产党不遵守自己的诺言呀、说什么共产党有阴谋呀，这类很少数的份子并且利用一些不光明的特殊手法，捏造文件，捏造事实，以作为推波助澜进行分裂运动的工具。可是事实是最雄辩的东西，广大人民是看事实的。事实是早已把这些谣言污蔑驳得体无完肤了，而人民也从无数的事实当中，识破了这类谣言污行的没有价值。

中国共产党在这个时候，再作这个光明正大的宣言，正是根据事实来把一切的谣言污蔑一扫而空。而这是为着加强国内团结的需要的。第一，既然孙中山先生的三民主义为中国今日之所必需，既然三民主义的实现是中国一种重大的新进步，既然三民主义的实现对中国人民有很大的好处，既然三民主义全部的实现还需要全国人民长期的努力，不但在抗战中需要努力，并且在抗战后还需要努力，那么中国共产党愿为其澈底实现而奋斗就完完全全是真实的。第二，既然抗日则生、不抗日则死，既然抗战是保卫民族生存和开辟中国新光明所必经之道路，那么中国共产党及其所领导的军队始终要担任抗日前线之职责就完完全全是真实的。第三，既然抗战需要各阶级的合作团结、既然抗战需要国内的和平，而战后新中国又需要国内的和平，那么中国共产党停止内战及在经济上取消暴力的政策，就完完全全是真实的。第四，既然民权政治是团结和动员全民族抗战建国和民族统一战线的武器，既然民权政治是全国民望所归，那么中国共产党主张实现民权政治以及全国政权之统一，便完完全全是真实的。中国共产党的宣言明确的指出："五年以来，中国共产党不仅忠实于自己的诺言，并且把这些诺言具体化。诸如八路军新四军的英勇抗战，共产党坚持与国民党及各抗日党派的合作政策，在敌后各抗日根据地上发布切合情况的施政纲领、土地政策、劳动政策、文化政策，并实行政治上的三三制等等，莫不是根据这些诺言的精神与原则而实施的。"这一切都是不可反驳的，就好像"日月经天，江河行地"一样。

中国共产党是科学共产主义的党，是马克斯列宁主义的党，恩格斯在《共产党宣言》上早已写过："共产党人鄙弃把自己的立场与意见隐蔽起来"，中国共产党凭借他的真实、凭借他爱国的热诚，来和全国各阶级各党派相合作，这是保证中国的不可战胜，这是保证中国战后的光明。

（《解放日报》）

（原载一九四二年八月九日《晋察冀日报》第一版社论）

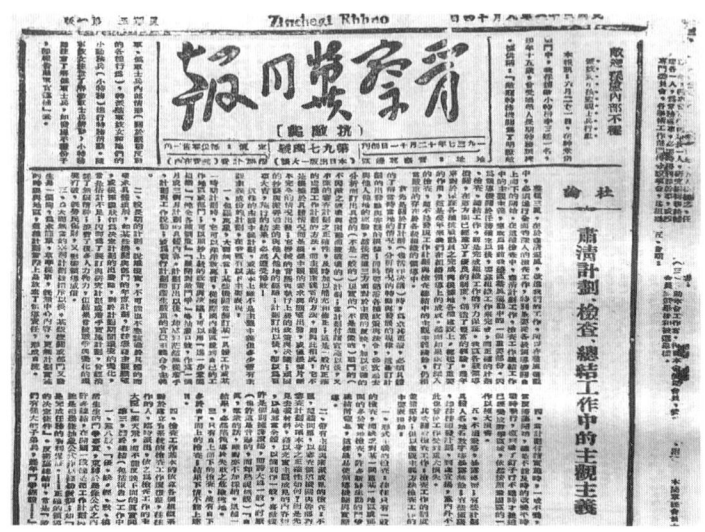

肃清计划、检查、总结工作中的主观主义

整顿三风,在于肃清歪风,改进我们的工作,所以在整风运动中,必须进行全面的深入的检查工作,特别是要从各级领导机关自上而下的开始。在这种检查中,肃清计划工作,检查工作总结工作中的主观主义,应成为目前我边区整风运动中的一个重要部份。因为领导机关于任务确定以后,要靠组织工作来完成,而正确的计划、检查、总结工作,则是完成组织工作的有力保证。我区各级领导机关,在这方面已经建立了优良的制度,创造了丰富的经验,几年来对于保证各种抗战动员之完成与根据地各种建设上,都起了重要的作用,这是几年来我们在组织领导上的成就。然而如果进行深入的检查,则不□发现工作计划与检查总

结中的主观主义残余，仍相当严重的存在于各级组织的领导中。

首先，是关于订计划（包括作决议）时，为求其正确，必须具体的了解当时当地的情况，分析情况的特点与发展的规律，这是订计划的出发点与客观的根据；同时要熟悉各种政策与法令，参考过去与他人他地的经验，然后把这三方面对于主观的反映，加以正确的分析而订出具体的（不是一般的）现实的（不是想象的）战斗的（不因敌之破坏与困难而被破坏的）计划；当计划付诸实施以后，又不断的审查计划之正确性，及时加以补充和修正；这是一般的正确的处理工作计划的方法。而主观主义者的方法，则与此相反：它不是根据于具体情况而是根据主观的要求与愿望出发，或仅根据片断不完全的情况出发；它机械的背诵与执行上级的政策与决议；顽固的抄袭与搬弄过去的与他人他地的经验；计划订出以后，既以为百事大吉，施行的结果，必然遭受惨败！

这样的主观主义计划，或基本上虽不是主观主义，但多少带有主观主义成份的计划，在我区有以下主要表现：

一、包罗万象，大而无当。某些机关当制订某一具体工作或某一时期计划时，它可以洋洋数万言，从国际国内边区说到自己的工作地区或部门；可以照抄上级的政策与决议；可以用"进一步巩固组织""健全各种制度""展开对敌斗争"等抽象口号，作为一个月或三个月计划的具体内容。计划订出以后，却感到茫然无从着手，计划与工作脱节；或为执行计划而产生严重的官僚主义命令主义。

二、较长期的计划，脱离现实，不可能也不应该过于具体的而硬求具体琐屑。如某些机关与部门的年度计划，往往凭借主观愿望，或根据现状作为决定计划的出发点，对于计划期间环境的变化，常是估计不足，因而为了制订与研究计划或着手实施计划，曾经消耗了无限精神，浪费了很多人力物力，但结果常被战争与变化的环境打破，既劳民伤财，又影响领导威信。

三、自大而无当的空洞计划被指斥以后，某些机关或部门又发生另一偏向，为求简单，草率从事，既无中心内容，更无计划实施的时限与地区，这种计划实际上是放弃了领导责任，形成自流。

四、当计划付诸实施时，一成不动，墨守成规。□显著的如经常反"扫荡"开始，总是不能及时的改变平时计划，而硬把平时的计划战时执行，直到碰了钉子行不通时才被迫改变。又如当某些地区在已经变成游击区域，依然按照巩固区的一□计划去执行，曾给了工作以极大损害。

五、不懂策略，暴露秘密。有些计划往往把我们的意图以及具体人名地名数字等暴露无余；有些仅限于领导机关范围知与做的，却往往印发计划，到处宣扬，党内外不分，公开与秘密混淆，因此也曾使工作受到重大损失。

其次，关于检查工作：检查工作的制度，在我区一般的已经建立并能坚持；但以主观主义方法检查工作的恶劣作风，仍相当严重。主要表现如：

一、形式主义的检查：往往只有一般的极不深入的走马观花式的检查，而缺乏对某一问题某一地区或部门作具体切实的检查；书面的多于实地检查，许多新鲜生动的斗争，往往被八股的书面报告总结所窒息，这样最易使领导机关与实际隔离，陷入官僚主义的领导。

二、带有主观与宗派成见的检查：不是客观的辩证的去发现问题，认识问题，以审查领导机关与干部对计划决议之执行情形，及审查计划决议本身之正确性如何，而是先搭好主观的架子，带着成见去找材料，借以充实主观成见的内容和例证。因此往往夸大片面，以局部当全体，以个别作一般，喜欢搜集拥护赞扬的材料（也许是个别拥护赞扬，而夸大为一般），讨厌与不听反对或不满的反映（也许这是普遍的，而却熟视无睹），"自家人"之言虽错亦信以为真，群众的话虽对亦不加采纳。这种一意孤行、以感情代政策的结果，必然陷领导于失败之危险境地。

三、只有自上而下的检查，没有自下而上的检查，或自上而下多于自下而上的检查，结果下情不能上达，领导变成实际工作的盲目。

四、检查工作基本的依靠各个组织系统进行，但有些领导机关对于建立有系统的检查工作还很差，往往以没有或很少参加实际工作的人临时派出，依之为检查工作的主要方式，于是发生"钦差大臣"满天飞而不能反映下面的真实问题。

第三，关于总结（包括报告）工作中的主观主义，主要表现：

一、党八股，"优、缺、经、教、模"形成了一套公式，把活生生的斗争事实束缚于几条公式之内，变成了死硬的教条。有许多总结，在开头一段总是把工作计划与布置占去大半篇幅，末后总是把几条抽象公式作为经验教训，如"只有充分的政治动员，才是完成任务的有利保证。……正确的领导、干部的努力，成为胜利的决定条件"。反"扫荡"总结中，常是"敌人的空前残酷性……我们有强大的子弟兵，几年斗争经验……"；总结优缺点时，总是基本□□□如何，但是还有什么什么缺点。这一套八股的总结，几乎何时何地都能用，只需要改一下日期、地名。

还有许多总结，只有零乱片断琐碎现象与事实的叙述罗列，不提出问题，不分析问题，不解决问题，作总结的劳心费力，看或听的人茫无所得。

二、以个人的好恶与偏见，割断历史，歪曲事实，捉风捕影，夸大一面。有个别干部，于就任不久，对全面情况尚不熟悉，当作总结时，往往是以个人为划分历史的标准："在我到此以前如何如何不好，到此以后如何如何□步"。这是最卑劣的个人英雄主义的总结方法。

三、目前比较普遍存在的现象，是一般的总结多，特殊的总结少，只有某一个工作的终结的总结，缺乏在工作过程中及时的总结，因而往往失去及时领导，减少错误，提高效果的作用。

四、总结重复，一个内容相同的工作，往往党政军民都要总结一番，以致浪费许多精力。今后应有适当的分工，如春耕秋收等，主要由农会总结，财政经济建设等主要由政府负责，人民武装由武装部总结等等。

五、有个别的机关与干部官僚主义文牍主义作风还相当严重，几乎把全部时间用在写计划作总结上。有时抄袭别人的总结，有时根据道听途说或想当然的材料，写成洋洋数万言，这简直是害人误己，革命罪人！另外也有一些机关或干部，借口"埋头苦干"，反对或轻视总结，既不总结自己经验，也不吸取他人经验，这种狭隘的经验主义与宗派主义，也必须肃清。

最后，关于计划检查总结，这是完成组织工作的一炼三环，缺一不可，既不应把它机械的分开，尤必须根据进行工作的全部过程中，因重点之不同而应及时掌握其中的中心一环，在目前整风运动中，要充分的发扬民主与自我批评，进以自上而下与自下而上的深入检查，改善领导方法，澈底肃清计划检查总结工作中的歪风，为此就要求领导机关，更多的接近下层，了解实际，切实的建立系统的检查工作，这是目前肃清歪风中的中心关键。

"我们领导者只是从一方面……从上面看见事物事变的人，可见我们的眼界是很多限制的；反之，群众却从另一方面……从下面看见事物事变的人，所以他们眼界也有相当的限制。为得到问题正确的解决，就必须把这两方面的经验综合起来，只有这样，才是正确的。"

"正确组织审查执行程度，这件事情，在与官僚主义文牍主义作斗争的事业上，具有决定的意义。……审查执行程度——这是一种探照灯，这种探照灯，帮助我们随时查明机关工作的状况，并揭露官僚主义者文牍主义者的原形。可以深信的说，十分之九的破绽和缺陷，是由于没有正确组织执行程度的审查工作。……"

"审查工作人员……不是以工作人员之允诺和宣言为标准，而是以他们的工作结果为标准。……审查工作指示之执行情形……不仅是在办公室，不仅是按他们的形式上的工作报告来审查，而首先要在工作地方，按实际的执行结果来审查。……只有实行这样的审查，才可以透澈无遗的认识工作人员，查明他们的质量。……查明执行机关之优点和缺点……查明该工作指示本身之优点和缺点。"

斯大林同志这一段名言，值得我们很好领会与实行。

（原载一九四二年八月十四日《晋察冀日报》第一版社论）

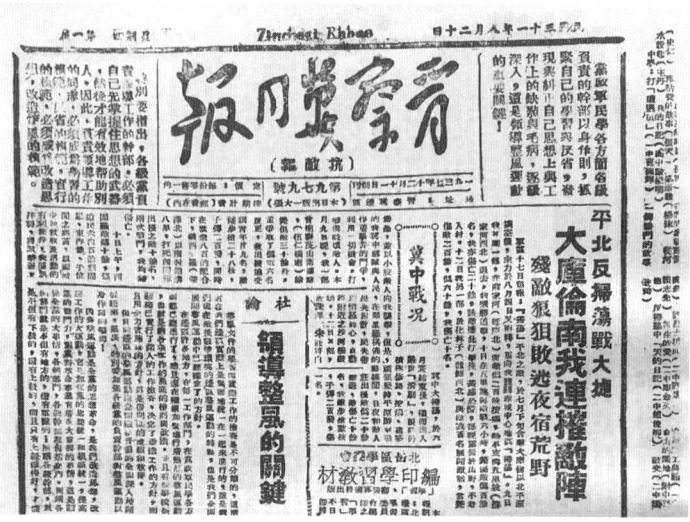

领导整风的关键

整风文件的学习与实际工作的检查是不可分离的,这两者在我们边区实际上是紧密地统一在一起来进行的,这是我们处在敌后战争环境的边区整风运动的特点,也是我们全面展开整风运动中已经确定了的方针。

在边区许多地方、在每一工作部门、在党政军民学各方面,都已经进行了,而且还在继续加紧进行着热烈的整风运动,也就是将各项工作的澈底的检讨与改造。并且有些学校机关确已实行了深入的工作检查,决定了改造工作的方针,而且用全力实施新的方针,这是很明显的成绩和收获。

但目前边区的整风运动还急需继续普遍的全面深入地

开展起来,这里特别要加强各级党的负责干部对整风运动以身作则的领导!

因为整风运动是全党的思想革命,是我们改造思想、改进工作的大运动,它是加强党的思想统一和组织统一,提高党的战斗力,对党对革命事业有着重大意义的事情,这是关系全党的大事情,各个部门、各级干部都包括在内。所谓各个部门就是不但有地方的,还有军队的;所谓各级干部,就是不但有下级的,还有上级的,而且只有上级做得好,才能更好地去教育下级,纠正下级的毛病。因此,党、政、军、民、学各方面各级负责的干部以身作则,抓紧自己的学习与反省,发现与纠正自己思想上与工作上的缺点与毛病,逐级深入,这是领导整风运动的重要关键!

具体的说,目前在边区,首先主要的是在县级以上的干部中抓紧三风的学习与检查,加紧思想上工作上的检讨与反省工作,澈底揭发主观主义宗派主义党八股的残余,抓紧党政军民学各方面县级以上的干部的整风学习的领导,克服存在着的不正三风的残余,这是目前领导整风运动的中心环节。

怎样更好地具体领导整风运动呢?那就要靠与实际工作的检查密切联系在一起,展开大大小小的各种思想斗争。整个整风的过程,是工作检查与改造的过程,也是思想斗争与改造的过程。负责领导工作的人,他们的任务,就是要运用各种方式,向自己身上以及别人身上或多或少的残余的不正之风实行顽强的进攻。无论在任何场合、任何情况下,对任何问题、任何工作,都必须细心考察,一发现毛病,立即要加以切实澈底的纠正。这里,不管对自己或是对别人,稍为容忍和放松的腐朽的自由主义的态度,都是不可容许的,它都将造成思想上的错误和工作上的损失。

与此同时,在坚持原则与方针,贯澈执行党的各种政策的过程中,在检查总结工作的过程中,对于正确的东西,宝贵的经验又必须及时吸取,并加以鼓励与发扬。对于追求正确思想方法与工作方法而能力不够的同志,更要予以安慰与帮助。这样,正确的三风就会一天天发展,三风正确的同志也就一定会一天天增加起来。

各级领导者领导整风的过程,同时就应该是反省自己、检讨自己和了解干部、识别干部的过程,这是使自己实行和帮助别的同志实行具体改造的过程,这样的改造是要决心下一番细腻的功夫才能成功的,我们所要求的是言行一致、学习与工作的一致,因此,各级干部的整风学习好坏的标准,就要以自己的工作改进的程度为标准,检查干部学习的好坏和他思想改造的程度,也就可以看他的工作改进的程度如何来判断。

特别要指出,各级党负责领导工作的干部,必须自己先掌握住思想的武器,然后才能有效地帮助别人。因此,负责领导工作的同志,必须成为学习的模范、反省的模范、实在的模范,必须成为改造思想、改造作风的模范,以这样以身作则的领导,最后使一切片面的主观主义的思想方法,改变为全面的科学辩证的思想方法,使一切自由散漫的小资产阶级的习气,改变为尊重集体、服从纪律的无产阶级的习气,使全党同志逐渐脱尽小资产阶级的根性,浸透无产阶级的情绪,无遗憾地贯澈实现党的方针与政策,那就是领导整风的最后的胜利与应得的效果!

(原载一九四二年八月二十日《晋察冀日报》第一版社论)

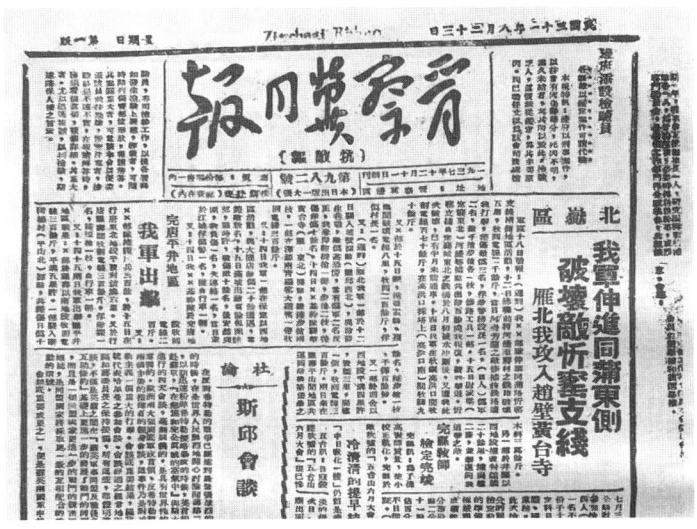

斯邱会谈

在反对希特勒的战争已经达到最紧张激烈的阶段的时候，在全世界人民热烈地关心讨论开辟第二战场，以期迅速粉碎希特勒侵略暴政的时候，英首相之远赴苏京，"在恳笃和完全真诚的空气中"与斯大林所进行的四天会谈，毫无疑义的，是具有世界性的重大意义的。欧洲两大强国底军政首领、反希特勒战争底两个主要的指挥者的亲身会谈，这事件乃是对于希特勒主义一个重大的打击。会谈底重要结果，罗斯福总统代表哈里曼之参加会谈，会谈经过之经常地与罗斯福和蒋委员长之保持接触，所有这些，都证明这次会谈不仅是英苏之间在"苏英军事同盟及战后之合作互助条约"基础上更进一步的发展了战斗的同盟关系，而且是一切同盟国家更进一步的战斗的亲密团结的标志，是同盟国家将采取更一致的互相配合的重大行动的信号。

会谈底重要成果之一，便是苏英两国重申粉碎希特勒主义及其相似的任何暴政之决心及苏英美三国间之战斗的同盟的亲密关系。正如公报所称："两国政府，决以全力为此正义解放战争进行到底，直至希特勒主义及与其相似的任何暴政完全被摧毁为止……并完全依据英美苏间存在之同盟关系，重申三国间的亲密和互相谅解。"亦正如丘吉尔的声明所称："我人有充分之决心继续携手作战，无论有何艰苦与困难在等待着我们，我们亦必将像同志与兄弟一般继续战斗，直至希特勒政权化为灰烬……"这个伟大的战斗决心——彻底摧毁不仅希特勒主义，而且与其相似之任何暴政——和同志和兄弟般的战斗同盟关系之重新申述，毫无疑义的具有其重大的意义。

然而会谈底意义，其重要性还不仅在此，今天所需要的已经不只是宣言，而且是行动；不只是战斗的决心，而且是更好的足致希特勒死命的同盟国的配合的军事动作。全世界人民同世界广大的舆论，都关心地期待着、讨论着，立即开辟欧陆第二战场问题。苏联红军独抗暴德已达一年有余，与红军作战的不仅有纳粹自己的精锐师团，而且有几十师罗马尼亚、芬兰、意大利、匈牙利及其他尾随国家的军队。由于西线无战事，德国法西斯更可能在其屡遭重创之后，困兽犹斗，抽调其大部驻西欧的部队用之东线，孤注一掷。为着能够迅速地达到正义解放战争之目的，在欧陆积极行动，两面夹击，以彻底歼灭这个疯狂的吃人兽，是极迫切需要的行动了。莫斯科会谈的基本内容，应该是这个，而且可能的是这个。会谈继续着本年在伦敦和华盛顿会谈所获得的《关于一九四二年在欧洲建立第二条战线的急务底充分谅解》，而进一步《对于与希特勒德国及其与国作战范围内之事件会商得若干决议》（公报），这是为全世界一切反法西斯的人民所热烈地欣慰和满意的。会谈底这些重大决议，毫无疑义的将开辟划时期的战争的转折点，而获得摧毁希特勒主义及其相似的暴政的完全胜利。

斯邱会谈，是一切反法西斯国家的具有重大意义的国际事件，是在澈底摧毁希特勒主义的战争历程上的重要的指标。这个会谈将产生英美苏及一切反法西斯国家联合斗争之重大果实，它将进一步的动员起一切人力、物力和资源来更迅速与顺利的达到伟大的共同目标——正义解放战争的胜利！

（新华社延安十九日电，《解放日报》）

（原载一九四二年八月二十三日《晋察冀日报》第一版社论）

今天的敌后战斗

在今年五六月间敌人开始了以冀中平原为主要方面、太行冀南为次要方面的战役"扫荡"，但由于敌兵力不足，只能纠集各交通线上的守备部队向我进行突击性的"扫荡"，任凭敌人战役准备如何周密、战役运用上如何灵活，而其深入我腹地建立点线之部队，仍然受到一定程度的限制。而在我军英勇作战与不断的打击下，敌人的"扫荡"始终不能达到其消灭我军主力、摧毁我根据地之目的。

近来河北平原的我军已转趋活跃，冀南馆□北阳堡战斗我获全胜，冀中任邱边家坞战斗将敌军官队全部歼灭，六月初深泽、无极一带的恶战毙敌高级军官多人。单在六七两月即毙敌七千以上。但由于敌采用奔袭我首脑机关，摧毁抗日军民的生存条件，以堡垒主义配合游击动作，实行其残无人道的三光政策，对我薄弱区则采取竭泽而鱼的榨取的结果，我根据地内敌人的点线更加增多，我根据地的版图亦较前缩小。当此夏季"扫荡"告一结束之际，我们应该从错综复杂的战斗情况中、从敌人战役指挥与战斗动作上的规律以确定我作战指挥上的对策。

根据此次"扫荡"情况：敌之"扫荡"必经长期周密的布置，首先巩固其铁路地带，以作"扫荡"的基地，组织爱护村警备队，并增设一与铁路平等的道沟，实行严密封锁。组织间谍特务，深入我根据地内部活动，收买封建迷信团体，侦察情报，组织暴动。同时利用铁路公路，抽出重兵，以实行突击"扫荡"。在战术上，敌虽诡诈百出，但仍不出"捕捉急袭""铁壁合团""纵横'扫荡'""赶战驻剿""奔袭合击""夜行晓袭"等战斗方式。

敌五六月夏季"扫荡"之结束以及冀中冀南近来捷音的□传，证明了我们的指挥艺术与战斗力已大大提高，证明了敌军战斗力与士气的低落。敌虽行动诡秘，然其动作仍须循一定的规律，只要我能掌握情况，冷静分析，判明其企图，而后决定对敌方策，即可以歼敌致胜，可以坚持平原游击战争。

敌在交通沿线密布点线，但其所谓"囚笼"的门子眼并不像图上那样密，而且敌之沟墙仍便于我小部队隐蔽活动，因此，在敌布置"扫荡"时，我仍可以民兵游击队，深入敌占区游击活动，打击伪组织、伪警备队、自卫团，破坏其沟墙的挖筑，使敌无法利用伪军、伪警备队以换出日军作为进行"扫荡"的机动部队。这样来破坏与紊乱敌之"扫荡"部署，并且可以制造敌之空隙，使我主力更能察明情况，作主动的战斗或机动的转移。

"扫荡"中敌之捕捉急袭，近则易于为我察觉，远则难以及时捕捉，且孤军突入，后援不继，粮弹不足，过度疲劳，我军如能察明情况，灵活应付之，为了保存力量先机转移，如不及转移亦可依据地形工事坚决抵抗，予敌以重大杀伤，求得在战斗中抓住敌人弱点，造成敌人空隙，到有利时机可坚决突围。如北阳堡战斗，我军发觉敌跟踪追击，我部队还不及转移，于是赶筑工事，决心防御，战斗一直坚持到十四小时，杀伤消耗了敌军主力，待至天黑即突出重围，我受很少损失，就是一个反敌奔袭很好的战例。

在敌向我根据地实行合围时，我中心区常常成为敌军合围合击的交会点。我军作战部队与机关混在一地，不便作战，且敌之包围纵深很大，合围圈很小，在一旦被敌合击之时，如果我不能先机突围，则必须改正我军过去驻扎必在中心区、转移必向中心区的老办法，在接敌封锁线的地方，反可择出敌较弱之一点，突出重围，免受合击，因其纵深甚小，较易冲出。

在作战指挥上，则必力争主动，出敌不意，攻敌不备，在主动的转移与进攻中，不断的觅敌人的空隙与弱点，因为敌人在不断的辗转作战中，疲乏松懈是不可免的。而我则可利用隐蔽地形，天气昏暗，实行突然进袭，常能以小的兵力取得大的战果。小股或独立活动的部队亦能抓住敌出剿归剿、补给线及其战斗动作上的规律，实行待伏、诱伏、反伏击等动作，以短促突击，速打速决，使敌未及开展即行解决战斗，迅速撤退，如六月间无极小吕庄战斗，任邱边家坞歼灭战，我均能于适当时机预行设伏而获得良好的战果，即是一个很好的先例。

战斗中灵活的分遣与集结，依靠指挥员指挥的艺术，在敌优势下，我主力则分散游击，独立作战。如遇有利时机，则分散游击，适时集结给敌以较大的打击，分遣的部队则须注意自动互助，部队单纯分散而缺乏相互配合，必然会陷于挨打的地步。今天之反"扫荡"战斗中，不仅要注意于主力军的作战，而且注意民兵游击队的游击战、交通战、地道战的配合。因此，主力军与地方军必须经常帮助民兵游击队，进行教育，带领他们作战，以锻炼其战斗力。

敌在军事"扫荡"之时，更加紧对接敌区实行"蚕食"，企图将我军限制于狭小地区，迫我战斗，我军应该估计到。

在"扫荡"中敌后某些点线无人守备，封锁沟墙的巡查警戒疏忽，城市机关庞大，必难掩护，故我突然袭击可以收到意外的效果。如在我组织有计划的进行下则可能给敌以重大的威胁，当敌以优势兵力到我中心区时，我们即可抓紧敌后空虚戒备疏忽的弱点，以全力向敌占区实行突击，配合根据地内之我军，保卫我根据地之中心区，调动敌军主力，使我根据地易于迅速恢复秩序。

敌后斗争残苦，我们就更要加强军民团结，更加强军民的政治教育，使大家能清楚认识目前的形势，认识"我们现在的困难是严重的，但是暂时的，牺牲是重大的，但胜利是在不远的将来"（党中央告抗日根据地党员及八路军新四军将士书），提高抗战的信心，防止可能的对目前形势估计不足而产生的急燥侥幸心理与悲观失望情绪，纠正可能因长期战争而发生的懈怠疏忽麻木不仁的现象，精细的研究战争中所引起的各种情况的变动，锐敏的洞察到敌人的不可克服的弱点，并加深和扩大这种弱点，敌后的坚持必能得到我们的胜利。

（《解放日报》社论，延安廿日电）

（原载一九四二年八月二十五日《晋察冀日报》第一版社论）

精兵简政当前工作的中心环节

自从党中央提出精兵简政以来，在时间上说来，已经是相当长久了。如果我们把各个根据地对于这一政策的执行程度来检查一下，那我们可以看到有的地区是在认真的执行，且有显著的收获。事实证明了党中央这一政策是切合于各根据地的实际，能够做到的。但同时我们也看到还有某些地区和工作部门对于这政策的执行是很勉强的、被动的，因而也不能贯澈，甚至还有很少数的地方，不管中央如何决定，仍然是"原封不动"，"我行我素"，把自己的地区或工作部门，看成是"例外"。产生这种不能贯澈执行精兵简政和把自己看成"例外"的原因，我们认为是一个认识问题，是由于对党中央所提出的精兵简政的意义认识不够。因此，为着澈底执行精兵简政，有重新阐明其重大意义之必要。

党中央为什么要提出精兵简政呢？

（一）五年来敌后抗战的结果，使我各抗日根据地与敌占区域犬牙交错的存在着，敌寇依据着铁道公路据点包围着我们，我则依靠着广大的农村包围着敌人，形成彼此包围的相峙局面，进行着拉锯式的反复战争。抗战初期那种游击战争，向敌后进军的蓬勃发展形势已经是过去了，今后的问题，在于保持自己的力量，克服困难，熬过最后的艰难。谁能渡过这种严重的难关，胜利就是谁的，在目前敌寇正进行着残酷"扫荡"与逐步的"蚕食"，根据地的缩小，人力财力的减退，是不免的。因此，我们必须紧缩自己，使自己能够适应于这种情况的变化，只有这样，才能坚持下去。这种必要的紧缩在目前是为着保存自己的力量，渡过难关，同时也是准备将来的反攻。目前的紧缩，正是为着将来更大的发展。

（二）敌后战争频繁，战线不固定，部队机关的流动性都很大。不仅庞大的机关为情况所不许，就是在军队中间，如果非战斗人员多了行动笨重，也为战斗环境所不容。所以必须紧缩，以适应战争的需要。必须了解我们机关和部队的组织，是为着执行一定的任务而规定的，不是为机关而机关、为部队而部队。如果在发展时一般是注意数量，"搭架子"，以便开展工作，那末在紧缩时就应该注意质量，贵精干而不贵繁多。如果情况变了，而我们仍然墨守成规，不愿有所改变，那就是道地的教条主义者。

（三）由于根据地在残酷战争中，地区上的缩小、人力物力的困难增加，而经济发展落后的农村，人民的财富又比较有限，所以在每个根据地内，脱离生产的人数只有一定的比例，即超过亦不能过大，否则将会发生塘小鱼大的矛盾。敌人是企图"竭泽而渔"的，我们这紧缩是针对着敌人这一毒辣政策而来的。

由于上述三个主要方面的认识出发，党中央很早以前，就提出了根据地全部脱离生产人员不超过当地居民百分之三的决定，在提出精兵简政之后，又曾具体规定主力军应停止发展，而将今后军队建设的重心放在强化地方军队与发展不脱离生产的民兵上面，这是一贯的方针，是切合敌后需要的方针。各根据地一定要澈底执行。

对上述精兵简政的意义与党中央对于这一政策一贯的主张，直到今天还不是各根据地的同志们都了解了的，因此产生了对精兵简政执行不澈底的事实。同时在少数同志中还存在着一些不正确的意见，片面的了解也有碍于精兵简政的实行，必须加以解释。

有人说虽然我们的部队或机关今天有些"头大脚轻"，上层庞大、下层不充实的现象，但是你应该看到将来呀！将来它是要发展的。这种意见我们认为是不对的。将来是将来的事，而我们确应该着重在解决今天的问题和今天的困难。如果不想法去克服，渡过这个难关，也说不上将来。只知昂头天外幻想着将来如何如何，而对于现在的具体情形熟视无睹，看不见摆在自己眼前的现实，这种"远视眼"的想法是任何现实问题也不能解决的。

有人说中央提出的精兵简政问题很对，但我这里情况还不如你们所估计的那样的严重，还可以过去，照旧维持罢，环境严重时再说，何必着急呢？

这种意见也是不对的。因为近两年来敌后形势发展的趋势，已明白告诉我们：严重环境是一定要到来的，而且有的地区已经到来了。今天说敌后的变化已经不是什么一般估计问题，而早已是活生生的事实了。如果我们不警惕这种形势的变化，主动的采取适当的办法，那末事到临头将措手不及。这种预见将来，定出对策，使自己时常处于主动，使革命力量少受损失，正是布尔塞维克的领导艺术，如果不加以主观的努力，听其自流，这种政治上的"近视眼"的看法，也是不对的。

有人认为在敌后抗战中，我们应该是如"韩信将兵，多多益善"才好，那能实行"精兵"呢？固然在一定的时候兵是要多，兵多将广，才可制服敌人。但所谓多总是有一定限度的，不能无限制的多。问题的关键是在于能否养活，物力财力是否足以维持，如果不注意这一生存的起码问题，盲目的要多，那末兵少兵不够自然不足以保卫根据地；但兵太多了"坐吃山空"，其结果将使根据地的人力财力物力类于涸竭，难于保卫。所以，我们今天应该是"精兵论"而不是"多兵论"，"多兵论"是我们要反对的。

有人认为根据地工作纷繁，要机关大干部多，才能把事情办好，我们现在不是处处都觉得干部不够吗？怎样好再说要"简政"呢？是的，在某些地区或某些工作部门，确实是还缺少应有的干部，这是需要加强的。但另一方面，不是一般的还存在着机关林立、系统纷繁、人浮于事的现象吗？所以简政的中心问题是在于调整组织，调整干部，裁并机关，缩减冗员，以提高工作效能，增进解决问题的迅速。所以，我们今天应该是"简政论"而不是"繁政论"，"繁政论"是我们应当反对的。

上述这些看法，都带有片面性的老病，如果执其一端，不作全盘考虑，何尝也不可以言之成理、娓娓动听。然而如果仔细去作一番全面的考虑，则很显然的，这些说法都就不妥当了。

只要精兵简政才是根据全面考虑得出来的一个切合于敌后今天实际状况而又照顾到将来发展的政策。我们是马列主义者，一切必须从现实出发，去解决问题，对于任何问题，片面的看法都将不免犯主观主义的错误。因此，对于精兵简政政策的执行，首先就要求我们有清楚透澈的认识，足够的了解其会议。也只有真正了解了才能真正的主动的愉快的去澈底执行，才能执行得好。

精兵简政实为目前各根据地整个工作的中心环节，必须把这一任务的实现贯澈到各方面的工作中去，无论政权工作、军事工作、财政经济工作等等的进行，都应当在这一政策之下加以新的考虑，贯澈这一政策，同时精兵简政的实行，又必须与爱惜民力、培养民力、发展生产、自力更生、厉行节约、反对浪费等具体工作联系起来。

敌后是一种残酷的战争环境，形势的变化是很快的，常常是带有突然性的，如果领导机关和领导干部不能预见到发展的趋势，"当机立断"，主动的变化我们的政策，那末一旦恶劣形势的到来就会发生"措手不及"，甚至遭受到意外的损失。

最后必须和重复的指出：精兵简政这一政策是为着克服目前困难、争取将来更大发展的正确政策；是既照顾到现在又照顾到将来的政策；是积极的政策，而不是消极的政策。要打垮日本帝国主义，是定了的，将来的发展也是定了的。在由现在到反攻这一段艰苦路程中，把我们的队伍整得整齐些，锻炼得更精干些，则胜利与发展就更有保证。

（原载一九四二年八月二十七日《晋察冀日报》第一版社论）

精兵简政的模范

　　十九日本报（指《解放日报》）登载了一篇精兵简政在晋冀鲁豫边区的文章，这是一篇值得郑重介绍的文件。今春以来，各抗日根据地根据我党中央指示，实行精兵简政。晋冀鲁豫边区军政机关在敌后战争的环境下，认真周密澈底地执行了中央这个指示，在工作上创造了不少的成绩，所以这篇晋冀鲁豫边区精兵简政经验的总结，不仅值得每个党员去细心研究，而且足供各抗日根据地借镜与效法。

　　晋冀鲁豫边区精兵简政工作是有比较周密、精详而切合实际的办法，在纵的关系上，已从政治动员、工作的布置计划、工作的执行以至总结检查，都能有条不紊，依次进行。在横的关系上，它能把精简的总方针贯澈于各方面工作，它对政权工作、军事工作、财政工作等环的精简工作，都有一个全盘的计划。

精兵简政的第一个步骤就是在党政军民中，深入的传达与动员。光是领导机关知道中央精兵简政指示是正确的，这是不够的。没有使干部和群众了解今日敌后的严重困难、敌后斗争的曲折性，没有了解精兵简政是克服困难准备力量准备胜利反攻的唯一正确出路，那末，便不能澈底完成任务，所以晋冀鲁豫边区对精兵简政工作所采取的步骤，首先是部队政府自上而下的政治教育与动员，在动员中，检讨了各级组织机构、工作制度和人民负担情况，并建立各级领导机关的整编委员会，并使专人负责，统一领导，有计划有步骤的进行。

政令冗繁，不特于事无补，而且劳民伤财，政权机构庞大，各级机关叠床架屋，浪费力量，又互相掣肘，因此实行简政不只是简单的减低人员，而是加强行政机构，改善工作制度，提高工作效率，充实上层，加强下层。不必要独立存在或工作可以兼顾的机关，可以合并调整，勤务员伙夫马匹可以裁减节省的，编入生产队伍，如晋冀鲁豫边区规定政府各机关工作人员不超过居民人数百分之一，根据这规定，政府缩减人员百分之四十，节省经费百分之四十六，按各种条件实行并村、并县等等淘汰办法，兼□公差，增加不脱离生产的干部，发挥干部的劳动作风。如邢台县二区减少村干部十七人，全年节省经费不下二万余元。

在调整干部时，也详细注意到干部的情况，适合于何种工作、何处工作需要，务使人尽其材，各得其所。对编余人员，亦妥善处理，有的升学，有的转入其他工作部门，有的进工厂农庄参加生产，有的由政府贷予小规模款项助其经营工商业，使壮者有工可做，老弱者不致流离失所，在干部使用调整问题上，亦规定出三项具体办法：（一）不妨碍三三制之施行；（二）尽先留用历史久的干部和大后方敌占区来的干部；（三）不是排斥某些人，对妇女干部尤须安插。由这个例子，可以看到事无巨细，都经过一□详细的策划。

精兵简政工作要配合爱惜民力、培养民力与发展生产同时进行。军政机关更要动员一切的力量投入生产，力求自给自足，照顾人民利益。如今春边区编余牲口共约五千余匹，大部份交给地方，再政府借给贫苦群众春耕。例如一二九师某旅全年生产蔬菜即达二百五十万斤，猪肉一万斤，菜金二十一万元。根据地主要应发展农业生产，增开菜地、荒地、□地，来增加食粮等收获。在工业上奖励私人投资，发展家庭小手工业，使根据地的生产力量得以尽量发展，战胜敌人的破坏。

实行精兵简政，要厉行节约，反对贪污浪费。在今天根据地生产困难、物资匮乏的条件下，实行节约尤所必需。晋冀鲁豫边区所实行的粮食节约下，被服节约，公□□节约、牲畜节约等收效很大。他如禁止把食粮养猪养鸡、旧衣每季更换交公家保存、写字用废纸、少点灯等，都有明确的规定。并制定奖惩条例，切实施行。如有贪污，严重治罪。就是违反节省原则、破坏或浪费公物、私人动用公款等行动，亦以贪污治罪。

精兵的意义一方面求得战术上的灵活机动，另一方面也是顾到今日敌后的经济困难而紧缩部队。晋冀鲁豫边区规定正规军与地方武装不超过居民数百分之二，因此必须紧缩地方机关，充实连队，减少人员马匹。战斗部队团以上战斗员与直属队人员，为七与一之比。团以下战斗人员与直属队人员为五与一之比。民兵发展亦有限制，不得超过居民数百分之五，农忙时尤要注重节省人力，免除形式的自卫工作。边区对于精兵的执行，可以说是很澈底的。如总部直属队在紧缩后，只留下原有人员百分之四，其余百分之九十六除以一部份用以充实下面以外，都真正裁去了。

晋冀鲁豫边区澈底精兵简政之后，已收到许多显著效果。首先是节省了大量的物力，总部直属队及边区精兵简政之后，预计自六月至年底七个月内，太行区即可节省粮食四万五千余石，节省经费四百二十余万元。边区政府现已节省粮食二万石，移作减免太行区各敌占区人民负担之用。不仅如此,部队和政府更加精简,战斗力和工作效率大大提高,也就更适合于敌后的艰苦战斗环境,而军政民的团结亦更加增强了。

以上所述都是晋冀鲁豫边区澈底实行中央精兵简政指示后所获得的成功,其认真执行的精神和周密具体的办法,尤值得各地之效法。过去已进行精兵简政而获有一些成绩的地区,要向晋冀鲁豫边区看齐,个别精兵简政工作落后的地区,更应迎头赶上。

(《解放日报》)

(原载一九四二年八月三十日《晋察冀日报》第一版社论)

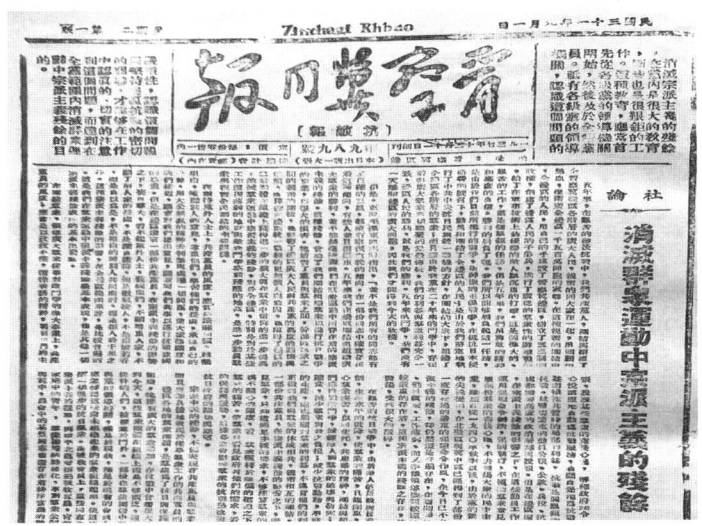

消灭群众运动中党派主义的残余

五年来,在艰苦的敌后抗战中,我们共产党人,团结与组织了全晋察冀边区各阶层的广大人民,亲密的同大家在一起,用头颅和热血,保卫着全边区一千五百万同胞的家乡。在这种亲密的团结中,全边区的人民,用自己的手建设了晋察冀边区,树立了三三制的政权,创建了边区人民的子弟兵,进行了广泛的群众性的游击战争,给了在军事技术上占优势的敌人以沉重的打击。这是个伟大的、艰苦的工作,这是个艰巨的任务,但是五年来,我们用勇敢的精神和高度的自信,胜利的肩负了他。我们所以能够肩负起这一任务,是由于我们目前所进行的战争,是神圣的正义战争,在抵抗日本侵略者的号召下,动员和团结了全边区的人民；是由于我们坚定地执行了中共中央抗日民族统一战线的方针，在团结的大旗下，组织了全边区各阶层的群众；而且还由于我党在二十年来的斗争中，存在着与广大群众密切联系的光荣传统，我们的利益与群众利益完全一致，边区人民的胜利就是我们的胜利。五年来的斗争，我们没有一天离开边区的广大同胞，因此我们才能得到今天的收获。

但是，正像毛泽东同志所指出，并不是我们所有的同志都有了正确的三风，都没有宗派主义的倾向。在一部份同志中确实存在着这种倾向，有些人并且很严重。五年来我们在边区团结与组织广大群众的胜利，并不能丝毫掩盖我们在群众运动中所存在着的宗派主义的残余。这种残余，曾给了我们团结组织群众以进行抗日战争的事业以很大的损害，他妨害了党员与群众之间、干部与群众之间的亲密的团结，他影响了边区广大人民对共产党的高度的关怀与信赖，他障碍着边区统一战线的更加扩大与巩固，他阻碍了边区的群众团体在组织上获得进一步的扩大与在群众中信仰的进一步提高。消灭群众运动中宗派主义的残余，对于全边区，特别是对于某些工作还很薄弱的地区与敌我斗争空前残酷的地区，是进一步动员群众与亲密全民团结的主要关键。

在对待党外人士上，共产党员的风度，应当是谦逊和蔼、诚恳坦白，倾听别人的意见，尊重他们，学习他们的长处，承认自己的缺点，用大公无私的精神去判断与处理一切问题，使大家都愿意和我们接近，愿意对我们提出意见，愿意同我们共事，以进行抗战建国的事业。但是在边区还有一部份共产党员，在宗派主义残余的影响之下，妄自尊大，看不起党外人士，藐视他们，不愿尊重人家，不愿了解人家的长处，不是深自谦抑，而是傲气凌人，不是虚怀若谷，而是自以为是，不是坦白的同别人共同商讨，而是拒人于千里之外。这种宗派主义残余的影响，在全边区范围来说，是比较普遍的。这是我们在群众运动中宗派主义残余最基本表现，也是其他一切宗派主义残余表现的基本出发点。

在团结群众、领导广大群众从事对敌斗争的伟大事业上，共产党员的风度，应当是以孜孜不倦、循循善诱的精神，阐明我们的主张，说服某些群众的落后心理，解释政府法令，务使大多数人，心悦诚服地自动为抗战服务，自愿自觉地为抗战的利益与远大的利益而牺牲其暂时的局部的利益。抗战是个艰巨的事业，为了坚持抗战，就需要繁重的动员公粮、公款、兵役、抗战勤务等动员，处处都需要高度的政治解释与说服。但是在边区还有一部份共产党员，在宗派主义残余的影响之下，在这些动员工作中，对大部份群众运用强迫命令办法，强制执行，不倾听群众意见，不从政治上去克服部份群众的落后心理，不去发扬大众的民主主义的作风。这种现象，虽然自从一九四〇年秋季以后，由于党的领导机关与群众团体的尖锐提出，在北岳区与冀中区已经得到了部份的克服，过去曾经一度存在过的严重的强迫命令作风，在今日已不多见，但是这种宗派主义的残余，却仍然还是普遍存在，在新开辟的地区与斗争残酷、动员频繁、工作薄弱而又距离领导机关较远的地区，一般还比较严重的存在着，这种宗派主义的残余之存在，使民主作风的真正发扬受到很大的障碍。

在艰苦的抗日战争中，由于敌人的烧杀与掠夺、敌伪的重重剥削、生产水平的低降，使群众的痛苦日趋深重，共产党员应当关心群众疾苦，以同生死、共患难的精神，团结与组织群众，指导他们进行对敌斗争，减轻敌人对群众的破坏与勒索；厉行节约，节衣缩食，减少群众对我之负担；减少抗战勤务，不违农时，增加群众的生产，处处照顾到群众的利益，不违背他们的利益，这样才能真正做到我们与群众的休戚相共、亲密相互的团结。但是在边区还有一部份共产党员，在宗派主义残余的影响之下，只看到自己，看不见群众，只知道满足主观的要求，不够注意群众的痛苦，甚至采取漠不关心的态度，看□群众辗转于敌伪的压迫之下，不去设法减轻群众的痛苦，使群众只看见政府对他们的需求，看不见政府对他们的保护与援助，这样必定会影响群众的抗战热忱与群众对共产党与抗日政府的关切与期望。

宗派主义的残余，不仅表现在共产党员与群众一般的联系上，而且更加具体地表现于从事群众工作的共产党员的工作作风上。

边区各地的群众团体，是群众为了抗日与保护本身合法权利的组织，□获有广大的群众参加，在抗战中曾起很大的作用。但是直到今天，这些群众团体在组织上还是不够广泛，还有许多合乎会员条件的人们，被摒弃于门外。一部份在群众团体中工作的共产党员与党的领导机关，满足于现状，满足于现有的会员人数，而不去考虑怎样把这些尚未组织起来的群众组织起来，使这些群众团体能包括一切进步的抗日群众。在吸收会员上，这些同志也还往往具有着宗派主义的观点。例如，平北农会拒绝吸收富农，青救会不吸收地主家庭中的青年，群众团体的神秘化，不对群众公开，即在北岳区与冀中，农会中的某些同志也还存在着排斥富农的观点，青救中，某些同志的排斥知识青年，畏惧知识青年，排斥富家□□，拒绝他们参加领导机关。在妇女中，某些同志的排斥老年妇女与富家妇女。在工会领导机关中，某些同志的过分强调工人成份，排斥某些知识分子出身的工会工作干部。这种宗派主义的观点，曾经相当影响到各团体内部的团结，于致工作中许多不应有的困难，而且妨碍了群众团体本身的扩大与边区统一战线的进一步巩固。在整顿三风的过程中，澈底纠正这种宗派主义的残余，是深入入群众工作的重要的环节。

这种宗派主义的残余，还表现在群众团体三三制的实行上。群众团体三三制的实行，虽然在客观上还有许多困难，特别是由于共产党在群众中的高度的威信，致使在历次各级群众团体选举中，共产党员数量一般都在三分之一以上。但是某些共产党员在主观上的宗派主义的残余，也成为妨碍三三制澈底实现的重要因素。排斥非党人士，不善于与非党人士共事，把持群众团体领导机关，企图使群众团体"党化"的恶劣作风，虽然过去曾经不断的加以纠正，但是在部份党员中间，还存在着严重的残余，有待于我们进一步的加以消灭。

最后,在消灭宗派主义残余上,还必须注意到各团体间的相互联系与配合,纠正过去在某些团体中曾经长期存在过的只顾及自己的工作,只顾及本团体会员的利益而不顾大局,看不到整个利益的现象。例如,在《双十纲领》颁布之后,为了照顾到地主与农民的双方利益,过去在农民工作中的某些过左的宗派主义的现象,有必要加以适当的调整。但某些从事于农民工作的同志,只看到农民利益,不懂得照顾全局,对于上级指示,不愿执行,甚至故意推诿。这种狭隘的宗派主义的观点,都必须加以注意与纠正。

毛泽东同志曾经说过:"中央的一切决议案中,没有一个决议说是我们可以脱离群众,使自己孤立起来。相反,总是叫我们密切凝聚群众,而不要脱离群众。"在目前整顿三风的学习与检查中,我们必须根据党中央整顿三风的精神,澈底检查我们在群众运动中宗派主义残余的各种表现,加以消灭。从边区的建设开始,宗派主义残余的作怪,曾经影响到党的路线的顺利执行,而且直到今天,他还在障碍着许多正确的政策与法令的贯澈。目前敌后的斗争,正处在空前严重的情况下,进一步依靠群众,加强我们与群众的密切关联,是我们今后战胜敌寇、坚持根据地的重要关键,因此更必须引起我们更大的注意。

消灭宗派主义的残余,在党内是很大的教育,同时也是很艰巨的工作。这种教育,应当首先从各级党的领导机关开始,然后及于全体党员。只有各级党的领导机关认识这个问题的严重性,认识这个问题与坚持边区抗战的密切关联,才能在工作中认真的、切实的注意到这个问题,而达到在全党范围内消灭群众运动中宗派主义残余的目的。

(原载一九四二年九月一日《晋察冀日报》第一版社论)

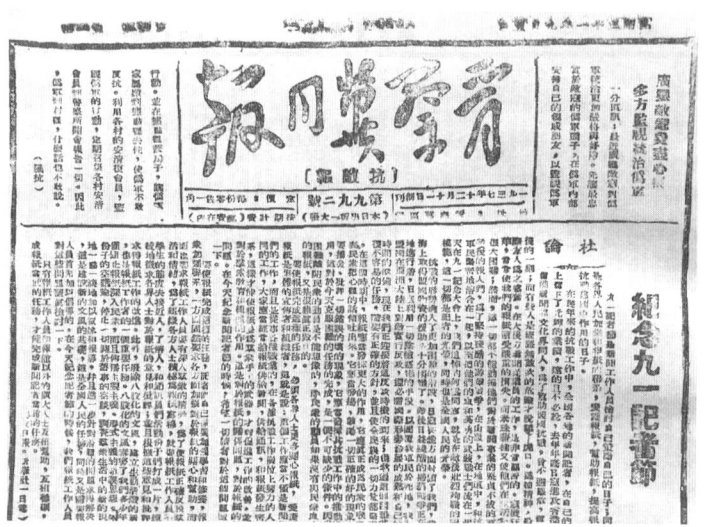

纪念九一记者节

　　九一记者节是新闻工作人员检讨自己策励自己的日子，同时又是各界人民加强和报纸的联系，爱护报纸，帮助报纸，提高报纸在抗战建国中作用的日子。

　　在几年来的抗战工作中，全国各地的新闻记者，在自己的岗位上留下了光辉的业绩，远的且不必说，去年年底日寇进攻香港时，留港新闻界文化界同人，为了帮助盟国抗战，曾不避艰危，留到最后的一刻；而有些人是经历无数次的危险才脱离了虎口。这种精神，最使国际友人为之感奋。在大后方新闻从业员的工作，是非常艰苦的。寇机狂轰□炸，常常使我们的报纸遭受严重的损失。而米珠薪桂又使他们在生活上受到很大困难；然而，这一切都不能动摇他们对于新闻事业的坚贞不拔的意志。敌后的报人们，为了坚持残酷的游击战争，在山岭上、在地道中，和抗战的军民紧密地溶合在一起，以至把他们的血和英勇的武装战士们流在一起。今天在九一纪念大会上，我们追悼的何云同志，就是在敌后壮烈殉职的记者的模范，这一切都是记者的光荣，同时也是全国人民的光荣。

抗战的形势进入了更加困难的阶段，日寇从几方面封锁了我们，我们从海上取得盟国物资的援助是十分困难了。敌后日益残酷的"扫荡"战争正在扩大地进行着，日寇利用一切阴险恶毒的手段，以图置我军民于死地，我们配合盟国在亚洲大陆上对敌实行反攻，还必需国际形势发展的成熟和自己的一定时间的准备。现在我们正迎接着这反攻时机的到来，但熬过这个困难阶段是很不容易的任务，需要有正确的方针，并且使全民族的一切力量都紧张起来。在这个时期中，报纸应当发挥更大的作用，它应真正成为民众的喉舌，代表民众把心里的话倾吐出来。它应当发扬、鼓励一切正确的好的现象，同时要揭发、批评一切错误的坏的现象；它应当发挥其抗战工作中的推动机的作用，这对于今天克服困难的任务的完成，是一个不可缺少的条件。因为克服困难离开民众的动员是不能想象的，而民众的动员如果没有与民众血肉相连的报纸，又是很难真正做到的。

要使报纸完成这样的任务，必须各界人士更多关心报纸，爱护报纸。报纸是集体的宣传者和组织者，这就是说这个工作应当不仅是新闻从业员们的工作，而且是从事各种职业的、在各种抗战工作岗位上努力的人们的共同的工作，大家应当经常给报纸供给新闻，供给通讯，和报纸发生密切的联系，这样才能使报纸变为群众手中的武器，才能促进工作的改善，并且发挥对于群众教育和组织的作用。这是对于报纸的关系问题、对于报纸的认识的问题，在今天纪念新闻记者节的时候，希望一切读者对于这个问题认真检讨一下。

要使报纸完成这样的任务，记者们自己还要加强学习和修养，报纸和群众加强联系，一方面固然要求各方面加强对于报纸的关心和帮助，而另一方面也要求报纸工作人员要有深入群众的精神。为了使报纸正确反映群众的生活和情绪，为了组织各方人士积极为报纸写稿，就要报纸工作人员有甘当小学生的态度去接近人，了解人，和通讯员们活动份子们打成一片，还要有系统地征求各界人士对于报纸的意见和批评；并且根据这些意见和批评，不断求得报纸工作的改进。此外，废除八股化的文风，建立生动活泼的新的文风，也是报纸工作者的一个重要任务。八股化的文风毒害了我们多少年，它不仅阻止报纸深入民众，而且传播主观主义、形式主义的错误思想。停止知识分子的空议论，停止一切关于旧事的空谈，调查群众生活中的新的现象如实地一点一滴地加以叙述和报导，并且进一步针对着新的问题求得解决的方案，这是建设新的文风的基础，这是全国人民的任务，同时又是需要报纸工作人员首先加以倡导的。在今天纪念记者节的时候，我们报纸工作人员也应当对这些问题认真检讨一下。

只有报纸工作人员和报馆以外的广大人士互相帮助，互相□□，才能完成报纸当前的任务，才能完成新闻记者当前的任务。

(《解放日报》，新华社一日电)

(原载一九四二年九月五日《晋察冀日报》第一版社论)

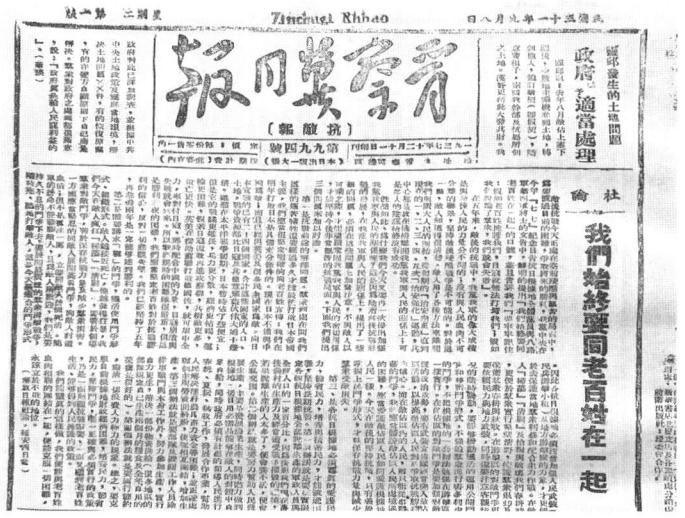

我们始终要同老百姓在一起

敌后抗战今天正处在空前残酷与艰苦的局面中,为要渡过目前的困难,争取将来的胜利,我党中央在今年"七七"纪念日告抗日根据地全体党员与八路军新四军将士的文告中,鲜明的提出"我们始终要同老百姓在一起"的口号,并且告诉我们"要牢牢记住:假如老百姓拥护我们,日寇就无法打垮我们;假如我们脱离了群众,我们就会失败"。

在五年来敌后的抗战中,我党我军的伟大成绩是与敌后人民的力量分不开的,没有与人民血肉不可分离的联系,坚持敌后残酷战争是不可能的。对于这一点,敌人知道得很清楚,敌人用了各种方法来离间我们与广大人民的团结,从初期的"治安肃正"直到现在的一、二、三、四、五次"治安强化"运动，其中心都是放在挑拨离间我党我军与人民的关系上，可是敌人的阴谋始终没有成功。

既然如此，为什么我们今天又要再一次提出加强我党我军与人民的关系呢？这是因为随着敌后抗战形势的发展，在我党我军与人民的关系上，提出了一些新的问题，必须在这些问题上加紧注意，不与敌人以可乘之隙，才能继续巩固我党我军与人民的密切关系，才能坚持今后非常艰苦的抗战局面。正面我们提出三个问题来加以讨论。

第一是抗战前途的解释问题。群众到处在问我们这样的痛苦牺牲还要经过多久才能最后打败日本帝国主义，我们应当很坚定明确的向老百姓宣传：我们在明年打败日本是具备充分条件的。现在日本不仅与中国为敌，而且已经与英美及很多民主国家为敌，向日本宣战的已有二十四个国家，合计这些国家的人口、土地，战争资源都比日寇及其德意强盗伙伴大过十几倍。虽然在太平洋战争初期，日本暂时占了些便宜，但是它的战线更延长，兵力更分散，经济更枯竭，运输更困难，假若日寇还敢再进攻苏联，其树敌更多，败亡更快。英美在援助苏联打败德国后，就可集中全力来对付日寇，那时配合中国的力量，日寇崩溃与失败就会到来。所以我们现时的困难虽很严重，但这是胜利前夜的困难，我们应当坚定老百姓对于抗战胜利的信心，反对一切悲观失望。我们已经坚持了五年，再熬过两年是一定能够达到胜利的。

第二是需要讲求"韧"的斗争，灵活使用斗争形式、组织形式。敌人越接近死亡，他越变得狂暴，我们今天在敌人疯狂"扫荡""清剿"时，要善于领导群众对敌斗争，善于保存抗战力量及减少群众损害。一方面应当坚忍的同敌人展开英勇斗争，向敌人讨还血债，但不是孤注一掷，立即同敌人拼个死活。简单的拼命不能战胜敌人，且为敌人所欢迎，我们是要持久不息的斗争下去，要展开最广泛的群众游击战争，随时拖，随地打击敌人，这是今天最适合的斗争形式。因此，各抗日根据地必须注意加强人民武装（民兵游击小组）及地方游击队的力量，才更便于去保护当地群众利益和配合主力作战。在敌人"扫荡""清剿"及抢粮与破坏我们春耕时，更便于群众实行坚壁清野，掩护群众退却及保卫群众春耕与秋收。在游击区的对敌斗争更要依赖民力与地方武装，同时还要注意客观情况的随时变动，要能够机动灵活的运用公开斗争和秘密斗争形式，不强迫群众进行害多利少的斗争，不把根据地的一套办法勉强在游击区一样实行。在敌占区的对敌斗争是要加强对敌伪的政治攻势，要有武装宣传队经常突入敌占区活动，以提高敌占区人民对于争取抗战胜利的信心。而在敌占区内的人民，则只能从事隐蔽的斗争，我们应当体谅敌占区人民所处境遇的困难，应当爱护敌占区人民如同爱护根据地人民一样。今天在敌后的坚持抗战，只有善于掌握上述斗争形式，才能保存抗战力量与减少群众受敌损失。

第三是各抗日根据地必须认真的爱护民力，节省民力，培养与积蓄民力，才能渡过困难，坚持长期抗战。第一个办法就是要切实限定各个抗日根据地全部脱离生产的军政人员与全部人口的一定百分比，因为按照我们现在落后农村的生产力及经常遭受战争摧毁的环境，若果脱离生产的人太多了，便会养不活，便会公私交困。第二个办法就是要努力帮助人民发展生产，主要是发展农业生产，同时尽力做到根据地一切日用必需品能够在敌人的封锁中自足自给，同时政府必须有计划的领导人民进行春耕、夏耘、秋收工作，发展合作事业，帮助人民解决种籽农具畜力资金等困难，并正确处理佃主与劳资间纠纷，使能相互团结，增加生产。第三个办法就是要部队及机关工作人员除从事战斗与本身工作外，努力参加生产，实行自力更生，解决一部份物资供给（很多地区的部队规定自己生产两个月的粮食及全年自用的菜蔬是很好的）。第四个办法就是要厉行节约，肃清一切浪费人力物力的现象。总之，要克服目前根据地财政经济困难，培养民力，节省民力，坚持斗争，唯一正确与必须实行的政策，乃是一面照顾抗战需要一面又顾到老百姓生活、能够得到人民拥护的政策。

我们能认真的这样做,我们便能与老百姓血肉相联的团结在一起,便能克服一切困难,永远立于不败的地位。

(《解放日报》社论,延安四日电)

(原载一九四二年九月八日《晋察冀日报》第一版社论)

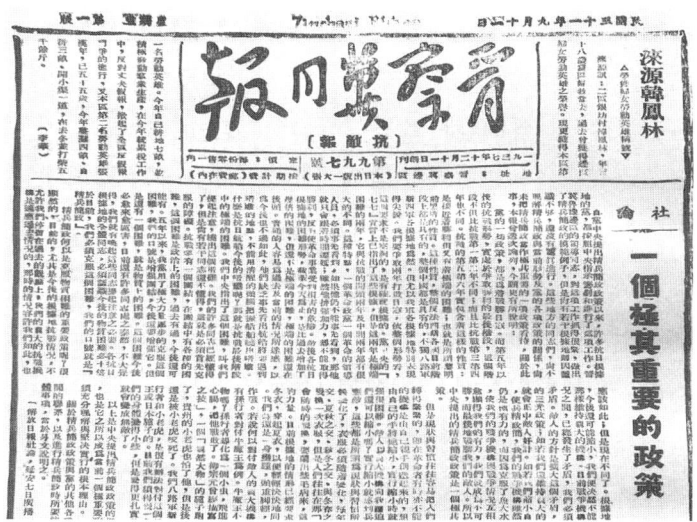

一个极其重要的政策

自党中央提出精兵简政政策以来，许多抗日根据地的党，都按照中央指示筹划和进行了这项工作。晋冀鲁豫边区的领导同志，对这项工作抓得很紧，做出了精兵简政的模范例子，但是尚有若干根据地则因认识不够，还没有认真进行。这些地方的同志们，尚不理解精兵简政与当前形势及党的各项政策的关系，尚未把精兵简政当作极其重要的一项政策看待，关于此事，本报曾迭次论列，今愿更有所说明：

党的一切政策，都是为着战胜日寇。而第五年以后的抗战形势，实处于争取胜利的最后阶段，这个阶段不但比抗战第一、第二年不同，而且比抗战第三、第四年也不同。

抗战的第五、第六年实包含着这样的性质：是接近着胜利但又有着极端的困难，也就是所谓黎明前黑暗的性质。这种性质，整个反法西斯各国目前阶段上都是具有的，整个中国都是具有的，不独八路军新四军各根据地为然，但尤以我军各根据地特别表现得尖锐。我们要争取两年打败日寇，依整个形势看，这个要求不是空洞的，是有确实根据的。党中央的"七七"宣言上已指出了这些根据，但是这两年是极端困难的两年，它与抗战的开头两年及中间两年都有很大的不同。这种特点，一个革命政党一个革命的领导人员，必须事先看到，如果他仍不能事先看到，那他就只会跟着时间迁延；虽然他拼强加力，却不能取得胜利，反有使革命事业受到损害的危险。敌后各抗日根据地的困难形势，截至今天为止，是比过去增加了几倍的困难，但还不是极端的困难，极端的困难还在后头。普通的人容易为过去及当前的情况所迷惑，以为今后也不过如此，他们缺乏事先看出航船将要遇到暗礁的地点，不能用清醒的头脑把握船舶绕出暗礁。什么是抗日航船今后的暗礁呢？那就是抗战最后阶段中的极端的困难。我们中央指出了这个困难，叫我们提起注意，绕出这个暗礁。我们的许多同志已经懂得了，但是尚有若干同志还不懂得，这就是必须首先克服的障碍。抗战要有一个团结，在团结中有各种的困难，这个困难是政治上的困难，过去有过，今后还可能有。五年以来，我党用了极大力量逐步的克服这个困难，我们的口号是增强团结，今后还要增强它。但是还有一个困难，就是物质上的困难。这个困难今后必愈来愈厉害，目前还有许多同志处之泰然，不大觉得，我们就有唤起这些同志提起注意之必要。各抗日根据地的全体同志，必须认识今后的物质困难必十倍于目前，我们必须克服这个困难，我们的口号就是"精兵简政"。

精兵简政何以是克服物质困难的重要政策呢？很显然的，目前的尤其是今后的根据地抗战情况，不允许我们停留在过去的观点上，我们的庞大的抗战机构是适应过去情况的，那时的情况容许我们如此，也应该如此；

但是现在不同了。根据地已经缩小，今后还可能缩小，我们便决然不能还像过去那样维持庞大的机构。目前战争机构与战争情况之间，已经发生了矛盾，我们必须克服这个矛盾。敌人的方针是扩大这个矛盾，那就是他的三光政策；如若我们还维持庞大的机构，那就会正中敌人奸计。如若我们缩小自己的机构，使兵精政简，我们的战争机构虽然小了，但仍是极有力的，而因为克服了鱼大水小的矛盾，使我们的战争机构与战争情况互相适合，就愈显得我们的有力，我们就成为不可被敌人战胜，而最后地战胜我们的敌人。所以我们说党中央提出的精兵简政政策是一个极其重要的政策。

但是现状与习惯往往容易把人们的头脑束缚得紧紧的，即在革命者有时亦不能免。庞大的机构是由自己亲手创造起来的，想不到又要由自己的手将他缩小，实行缩小时就感到很勉强很困难。敌人以庞大机构向我压迫，难道我们还可以缩小吗？实行缩小就感到兵少，不足应敌，这些都是所谓为现状与习惯所束缚。气候变化了，衣服必须随着变化，每年的春夏之交、夏秋之交、秋冬之交与冬春之交，各要变换一次衣服，但是人们往往在那"之交"不会随时的变换，要闹出些毛病来，这就是习惯的力量。目前根据地的情形已经要求我们脱去冬衣，穿起夏衣，以便轻轻快快地同敌人搏斗。我们却还是一身臃肿，头重脚轻，很不适于作战。若说何以对付敌人的庞大机构呢？那就有孙行者对付牛魔王为例。牛魔王不是庞然大物吗？孙行者却化为一个小虫，飞进牛魔王的心肠，把他战败了。柳宗元曾经描写过"黔驴之技"，一个"庞然大物"的驴子跑进贵州去了，贵州的小老虎也怕了他，但是后来大驴子还是被小老虎咬死了。我们八路军新四军是孙行者和小老虎，是很有办法对付这个日本牛魔王或日本驴子的。目前我们须得变一变，把我们的身体变得小些，但是变得更扎实些，我们就会变成无敌了。

以上是中央提出精兵简政政策的根本理由，也是它之所以成为当前一个极重要政策所必须充分理解与坚决实行的根本理由。

关于精兵简政政策与党的其他各项政策之间的联系,以及进行精兵简政时所要注意的具体事项,当于另文说明之。

(《解放日报》社论,延安七日广播)

(原载一九四二年九月十一日《晋察冀日报》第一版社论)

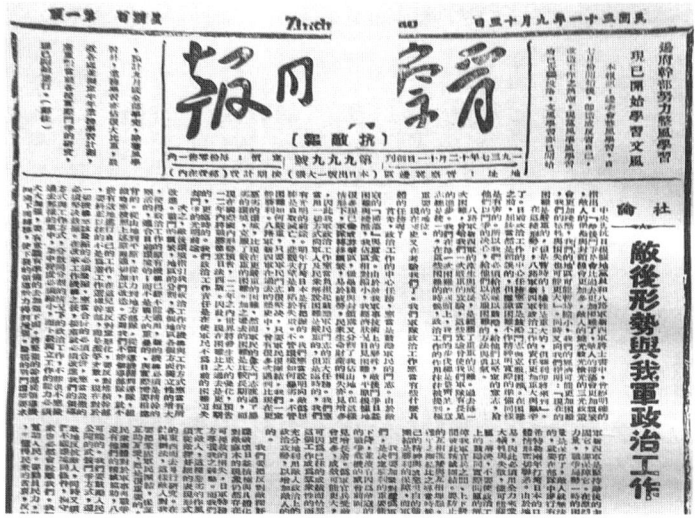

敌后形势与我军政治工作

中央告抗日根据地党员和八路军新四军将士书中,曾经明确的指出:"敌后斗争是会比过去更加困难了,敌人的'扫荡'会更加频繁,敌人的堡垒与封锁线会更加多,敌人的烧光杀光抢光的三光政策会更加残酷,我们的地区可能暂时缩小,我们的经济可能更加困难,我们的牺牲与损失也可能更大。"同时又向我们指明:"现在的困难是严重的,但是暂时的;牺牲是重大的,但胜利即将来到。"

在这种形势下,八路军新四军政治工作的责任更加重大与艰辛了。目前政治工作的中心任务应当是鼓励斗志与克服困难。在困难之前,屈膝当然是错误的,但隐讳困难不作精神与实际的准备同样是有害的。所以我们必须给部队以鼓励，给他们以坚定的意志，给他们以斗争的决心，给他们以克服困难的方法与勇气。

八路军新四军的产生与成长，是经历了重重的灾难。过去每一次困难，会给我们一次严重的考验，这些考验会使我们军队有长足的进步。我们在每一次困难的关头上，我们的步伐总是整齐的，意志总是统一的，在这些困难的时候，政治工作的作用往往被提到极重要的地位。

现在历史又在考验我们了，我们军队政治工作应当有些什么具体的任务呢？

首先，政治工作的中心任务，应当是鼓励军民的斗志。由于敌寇的"扫荡"与"蚕食"，由于敌我军事技术上的悬殊，敌后斗争日益困难与残酷，我占区相对缩小，我经济状况日见困难，平原根据地很多现已变成游击区，堡垒线与封锁沟又分割了我占山地。在这样情形下，军队转移频繁，易于疲劳，民众生命财产的损失亦见增多，因此我军政治工作应当负担起鼓励军民斗志的重大任务。我们应当用一切方式向军人及民众解说困难是严重的，但是临时的，我们有光明的前途。明年打垮日本是有把握的。我们应当说明向敌伪屈膝是自取灭亡，悲观失望是自陷于失败。不管环境如何恶劣，不管困难如何严重，只要军民斗志很坚决，只要军民很团结，我们一定能胜利。八路军新四军在过去的历史中，曾有很多次遇到比现在更恶劣的环境，比现在更严重的困难，然而军民的伟大斗志渡过了恶劣的环境，克服了严重的困难。加之过去的困难是比较长期的，而现在国际国内形势预告，一二年之内世界将发生重大的变化，预告一二年内将战胜德意日法西斯。因此，现在困难比之过去是更短期的、更临时的。我们政治工作责任是在使军民不为目前的困难而失却斗争的光明前途。

次之，敌后环境指引我们政治工作的机构与工作方式应当有所改进。战斗的频繁、地区的分割、各个地区各个方面独立性的增大，使得政治工作的原有机构已经不能适用，新的机构必须是精干的、灵活的、适合目前环境的，而不是庞大的、重叠的、与实际需要相违背的。从山地到平原，从主力到地方部队，从领导机关到连队，组织均应按照上述原则适切加以改造，否则我们不能领导部队，就不能有效地进行自己的工作。在这儿要反对定形化，要反对堆积干部，要纠正以往的不是为着工作选择干部，而是滥竽充数。现在对于一切机构应该紧缩的必须紧缩，应当合并的必须合并，应当裁撤的必须坚决裁撤。在改革工作机构之后，接着就必须改进我们的领导方式与工作方式，分散同分割的情况下的政治工作，不能也不应像过去那样的集中，集中程度必须缩小，而下级独立工作的能力必须大大加强，要有意识有准备的去加强下面。将坚强的干部从领导机关向下面转移，使下级的领导能力得到增强。紧张的战斗环境要求我们必须实事求是，要求提高工作的质量，环境正在逼迫着我们，不能给我们很多时间来正常的进行着工作，这就要求我们的工作更加有准备、更加敏捷。

再，政治工作更加要巩固部队和加强我军内部的团结。八路军新四军是坚持敌后的主力，是抗战的中坚，我们要爱护它，要巩固它，要保障它。在激烈的斗争火□中，不是削弱而是保持其有生力量，战争局势一时的困难不足以引起悲观失望，只要我们的力量是保存了，敌人就无法奈何我们的游击战争与群众运动。为此目的，就要在部队中进行有力的宣传鼓动，要反复解说党的一年打垮希特勒两年打垮日本的口号，要善于把这个口号与当地发展着的具体情形密切联系。由于地区缩小，兵额的补充与财源的开发已属不易，因此必须用全力来巩固部队，减少疾病逃亡，避免战斗中的过大牺牲与失散，尽可能关心战士们的物质生活，致力于各种实际问题的解决，不要使政治工作仅仅局限于精神上的鼓励，应当使精神上的鼓励同实际问题的解决配合起来。要注意增进内部的团结，保障我军官兵之间、上下级之间、同事之间，这一部份与那一部份之间彼此精诚团结。要防止敌人挑拨，要反对意气用事及在困难面前的互相推诿与互相埋怨。须知我们的团结愈紧，力量就愈大；而困难中之团结比之寻常时候，其意义尤为重大。因此大家要用严于责己的精神与诚恳坦白的态度,去团结别人,团结全体。要牢牢记着团结是胜利的保障,而军队的团结又是巩固根据地的枢纽。

我们要加紧对敌伪军的宣传和争取,因为争取敌伪官兵同情我们是决定胜利的重要条件。目前敌军中的不稳状态与敌兵情绪的下降,并没有因为敌寇的暂时胜利而引起任何的改变;相反,在新的战争危机的威胁前面,敌兵的苦恼及对我同情谅解的心理是日见增长着。伪军官兵受敌压迫更甚,矛盾更深,因而给我争取的机会更多,成效可能更大,我应以最大的决心来坚持这个工作,不可因为已往的成绩而怡然自满,也不可急躁企图一举成功。应当把这个工作成为群众性的而不是限于少数敌伪军工作人员的工作。要充分地利用敌人政治上的弱点,利用敌伪军分散的弱点,展开我之政治攻势,以增加敌人的恐惧与顾虑,来达到我之军事胜利的总目的。

我们要把反对敌探奸细的斗争大大加强起来。这是因为敌之间谍破坏日益积极与具体化的缘故。加之我们经验尚少,漏洞尚多,对敌麻木的现象仍然存在。如果我们不及早转变,就有可能招致不可挽救的损失,日军特务机关把我军当做一个特务对象来研究,多方寻找我之弱点。而我们的对付敌人却是一般化,不了解敌人、不研究敌人,这种恶劣的作风必须纠正。要了解敌人,要研究敌人,必须从敌探奸细的表现形式及敌之具体政策着手,不是抛开这些具体的东西而去另行研究。在澈底了解情况之后,我们才能有正确的方针与办法,这样敌人对我的阴谋破坏也就没有什么可怕的了。我们要把巩固军民团结,保证军队与人民、军队与地方在艰苦奋斗中互助互爱,这是很重要的。五年来,敌后广大人民及地方党、政府、民众团体对于军事与战争的贡献是伟大的,其功绩是不可磨灭的。没有他们的精诚协助,八路军新四军创立和坚持根据地的斗争是不可能的。我们要鼓励人民坚持抗战,但斗争方式必须郑重考虑。有公开的武装斗争方式,还要有合法的和平的斗争方式。要求人民勇敢地反抗敌人,同时又须教育人民懂得机敏地去对付敌人。倘若我们不顾环境同条件，拘守一成不变的公式，不仅斗争会要失败，群众也必然会脱离我们。我们要鼓励人民帮助军队，但军队必须首先帮助人民。要动员民力，但须严格遵照政府法令和注意民力的节省，要懂得民众的苦衷，反对对民间痛苦采取不闻不部态度。军队的同志要随时随地检查自己对于民众对于地方党政的关系，不要这样那样责备人民、责备地方党政，埋怨人民、埋怨地方党政对军队关系如何不好；如果不检查自己，只是责备人民、责备地方，我们就不能获得人民和地方党政的拥护和帮助，人民的积极性也就不能发挥。军队的同志要积极帮助地方去组织民众的斗争，保护地方工作人员，给他们以各种方便，使地方工作做得更好，使军民关系永远地融成一片。

最后，中央号召的整风运动已普遍全军，我们要把这个运动深入到每个干部，不仅要求得学习的进步，而且要求得在思想上工作作风上有显著的转变。我们承认我军的政治作是进步的，是有革命传统的，但不是没有三风不正的残余。例如不仔细分析情况，不从实际情况出发，凭□情凭想象，把局部经验当做普遍真理，公式主义，老一套，不把经验上升到理论，对理论学习不感兴趣。此外，军队与地方关系之欠调整，新老干部间之欠融洽，对于党外干部之没有合作共事的习惯等等。至于党八股的余风到处可以找到，如开会不顾对象，啰嗦冗长，报告总结不生动，无内容，枯燥乏味。所有这些，都叫三风不正。不管他存在的份量如何，均须澈底扫除，否则政治工作就不能获得进步。为要扫除它，就须尽情的揭发，不可讳疾忌医，因此要有人人反省，要适当的发挥批评与自我批评。政治工作中三风之整顿会使我们工作更加进步，更加能对付目前的困难，迎接将来的光明。

（《解放日报》社论，延安九日电）

（原载一九四二年九月十三日《晋察冀日报》第一版社论）

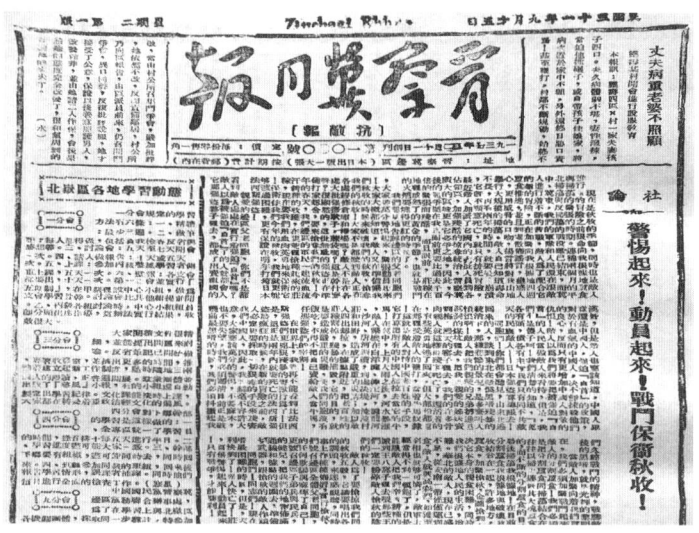

警惕起来！动员起来！战斗保卫秋收！

现在是秋收的季节，同时也是敌人进行□的冒险之前狠命向我根据地"蚕食"与"扫荡"的紧张的时期。连绵两个月的平北"扫荡"与反"扫荡"的战役虽已结束，而冀中、冀东，我们的军队和人民还在跟敌人进行着不断的苦战，敌人为了配合它的新的冒险，正在加紧向我根据地四周"蚕食"推进，并且到处散布谣言，蛊惑人心，更用威胁的口吻，扬言将对我山地举行大规模的"扫荡"。敌人自己知道寿命不长，再有两年的时间，就要最后崩溃，它既不愿意死亡，就只有拼死冒险。最近敌人加派了它国内的大批人员到各占领区，加强残酷的掠夺统治，晋察冀广大的区域更是它必争之地，因此，今后的战争摆在我们面前更要比过去千百倍的紧张而残酷，而且眼前庄稼在地里成熟了的黄金的季节，也就是战斗的火焰要烧得更红的时候了。

我们恳切地告诉边区的父老同胞们，大家要万分警惕起来，紧张动员起来！大家大概都知道，敌人又在准备乘我们秋收的时候来破坏我们的秋收，抢夺我们的秋收！大家不是都听到敌人正在各处赶修仓库和粮场吗？敌人不是在各处大批强征□子、麻袋吗？这是干什么呀？很显然的，这批无耻的强盗正在准备打家劫舍，要来抢夺我们的秋收！今年的春天，我们边区的军民一起流血流汗耕种的收获，在灾荒里抢种起来的庄稼，现在要我们用血肉英勇地来保卫它！保卫住我们今年的秋收，我们就更能够渡过困难，更有保证在明年打垮日本法西斯强盗！

亲爱的边区父老同胞，你们不是都看到敌人处处在实行着强迫"自首"吗？敌人以为被强迫"自首"了的人就都会入它那强盗伙子里去，都成了出卖祖国的汉奸，但是敌人也应该知道，中国人毕竟还是中国人，强迫"自首"的政策对于有血气的中国人，决不能抹杀他们的良心，反而只有更增加中国人对敌的仇恨！敌人以为我们将要把被强迫"自首"的人民当做敌人来看待，但是，我们不是傻子呵！我们清楚的知道，"冤各有头，债各有主"，我们只有同不共戴天的民族敌人——日本强盗算总账去！

同胞们！你们都会听见，山东北逃回来的人，谈到东北在敌伪黑暗残暴的统治下那样悲惨的景况，是多么叫人愤恨啊！敌人把我们亲爱的兄弟扔进黑洞洞的煤坑里去，把我们亲爱的姊妹卖到梅□漫天的窑子里去，我们的许多骨肉亲人就这样被残害死亡了，还活着的，有些英勇地逃了回来，但大部份都还在那里受着敌人的鞭打，当着牛马奴隶！这就是敌人对待中国老百姓的手段，它打算把所有的中国人都拉去当它的牛马！在冀中，上月大雨之后，河水暴涨，敌人乘机在白洋淀、滹沱河、潴龙河、沙河、唐河周遭，到处决堤，淹没村庄和田野，造成了严重的灾情；加以敌人四出劫掠，在据点附近，把老百姓的庄稼割掉，残暴的摧毁，它的目的，就是要造成严重的灾难,使我们同胞没有饭吃,不得不把自己卖给敌人当牛马,任凭强盗们的宰割!

在世界上,我们再不能看到比法西斯强盗们更凶狠残暴的野兽行为了!但是,这正是两年内就要死亡的法西斯强盗最疯狂的时候,在新的冒险之前,敌人必定更要采取一切狠毒的手段来残害我们中国人,因此,我们丝毫不容许大意,大家应该万分的警惕,不要麻木,也不要失望,我们必须认清目前正是破晓前最黑暗的时候,我们必须抖擞起我们久经战斗的精神,战胜敌人、战胜这最后的黑暗就是光辉的黎明!

当敌人加紧向着我们"蚕食"推进的现在,我们必须加紧战斗起来,坚决打破敌人的分割"蚕食"!我们必须认清,敌人是把分割"蚕食"同"扫荡"结合在一起,敌人往往以"扫荡"达到其大块"蚕食"我根据之目的,而不断的分割"蚕食"的目的,则是为了最后"扫荡"我根据地!在目前,敌人更把分割"蚕食"我根据地与破坏我根据地的秋收结合在一起,许多地方,敌人正加紧"蚕食"、加紧抢秋,企图抢到大批粮食,解决它本身的粮食困难,同时就是破坏了我们根据地人民的生活,增加我们的困难。华北的敌人,现在已感严重的粮食不足,从安南一带仅仅运到四万担的粮食,敌人就兴高采烈,如获至宝,敌人的穷相也就够可怜了,敌军士兵,现在是经常得不到一顿饱了,但是,我们决不能让敌人把我们辛苦耕种的粮食抢去,搬到王八窝子里去喂那些王八饿鬼!我们一定要粉碎敌人抢秋的阴谋,保卫我们的秋收!

敌人为了要抢掠我们同胞血汗换来的秋收五谷,它总要唱出各式各样骗人的调头,来迷惑视听,同时它更要在军事上作种种布置,实行抢秋。在这里,我们号召边区全体父老同胞,不要受敌人的任何欺骗与麻痹了自己!同时,我们更号召边区子弟兵与民兵,每一个武装的健儿,把我们的地雷布满在敌人的交通线和据点的周围去,准备好我们的一切武器,跟抢秋的敌人作顽强的战斗!

同胞们！同志们！现在虽然是最黑暗最困难的时候，但是，天快亮了！胜利快到了！敌人快亡了！庄稼已经熟了，百倍警惕起来！动员起来！战斗起来！只有战争，才能胜利！

（原载一九四二年九月十五日《晋察冀日报》第一版社论）

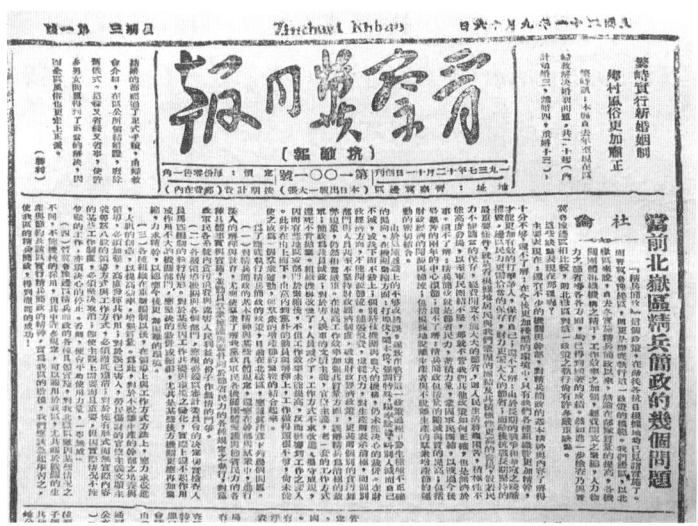

当前北岳区精兵简政的几个问题

"精兵简政"这个政策,在敌后各抗日根据地均已见诸实施了,而晋冀鲁豫边区,则更是澈底执行这一政策的模范。我们边区,以北岳区来说,自去冬实施精兵简政以来,无论在部队质量的提高,各机关团体组织机构之精干、工作效率之加强、经费开支之紧缩、人力物力之节省等各各方面,均已得到显著的成绩。然如进一步检查乃与晋冀鲁豫边区相比较,则北岳区对这一政策之执行尚有许多严重缺点。

这些缺点表现在那里呢?

主要表现在:还有不少的机关与干部,对精兵简政的基本精神与内容了解得十分不够,还不了解在今后更加残酷的环境中，只有我们各种组织能更加精干，才能更加有效的打击敌人，保存自己；还不了解由于长期的战争和敌寇之残酷摧毁，边区民力更需恰当的保存，财力更需大大的节省；而敌后抗战长期坚持的最重要条件，就是看根据地居民与我们巩固的团结及其积极性更高的发扬，假若民力不能适当的保存、经费开支不能大大的节省，则人民生活将趋困苦，积极性不能高度发扬，以至军民团结不坚，那就不管我们其他政策如何正确，也是无济于事。还不了解精兵简政就是节省民力，蓄积力量，巩固军民团结，以渡过今后最艰苦的两年的中心环节；还不了解精兵简政包括量的缩减与质的提高，包括财政经济的开源与节流，包括根据地脱离生产者与不脱离生产的群众增产节约运动的密切结合。

由于这种认识上的不够或错误，遂致在执行这一政策过程中发生种种不正确的偏向，在机关紧缩方面，打埋伏，闹本位，强调特殊，阳奉阴违，叫别人减而自己不减，或裁下而不裁上；个别□枝机关与庞大的机构，仍未能决心的裁并。在财政经济方面，不能开源节流。铺张浪费，虚耗民力，对生产则表示消极，而个别部门与人员甚至不坚持财政经济制度，破坏财政经济政策，更甚则个别的贪污舞弊现象仍然相当严重。在提高工作效率、加强其质量方面，误解精兵为消极的裁军；简政为裁员减政；对于害人误事的文牍主义、官僚主义、老一套的工作方式，还死不肯抛弃。组织机构改变了，人员减少了，工作方式不求改进，墨守成规，因而有些地区或部门于紧缩后，不但工作效率未能提高，反而影响到工作之深入。此外，在由上而下、由党内到党外的动员与解释上，工作做得还很不够，尚未能使之成为一个群众运动，与群众的增产节约紧密的结合起来。

为了澈底执行精兵简政的政策，目前在北岳区，应认真注意下列几个问题。

（一）对精兵简政的基本精神与某些具体规定，还应在干部与群众中进行深入的解释与教育，尤应使群众了解我党政军民各机关团体爱护与节省民力的各种具体事实与实施,并动员群众拥护与监督关于节省民力的各种规定之执行,对党政军民各系统内贪污浪费与违害人民利益的份子作无情的斗争。

(二)各级领导机关与各个部门,应根据边区审计委员会的决定切实检查人员马匹编制的执行情形。对于某些因工作基础与环境之变化,实际上还不起作用或作用不大的机关部门,应坚决的裁并或缩编,尤其是某些后方机关,更应再加紧缩,力求精干,以适应今后更加困难的环境。

(三)各种组织在重新编制以后,在领导上与工作方式方法上,应力求改进,大胆的创造,以提高效率,增强质量。为此,对于不脱离生产的干部之培养与领导,必须加强,高度发挥其作用;对于误己害人、劳民伤财的官僚主义、文牍主义等党八股的领导方式与工作方式,必须澈底肃清;对于仅有形式而无实际内容的某些工作制度,必须坚决取消;即使主观上需要而且重要,但因实际情况不能兼顾的工作,亦须决心的停止,否则,便会平均使用力量,一事无成。

(四)晋冀鲁豫边区精兵简政的各种具体实施,对我北岳区虽因某些情况之不同,不能机械的采用,但其中许多规定,可以适用于我区,尤其关于机关的生产与节约及该区实行精兵简政的精神,实为我区的楷模,我们应该急起学习之,使我区的精兵简政得到澈底的成功!

(原载一九四二年九月十六日《晋察冀日报》第一版社论)

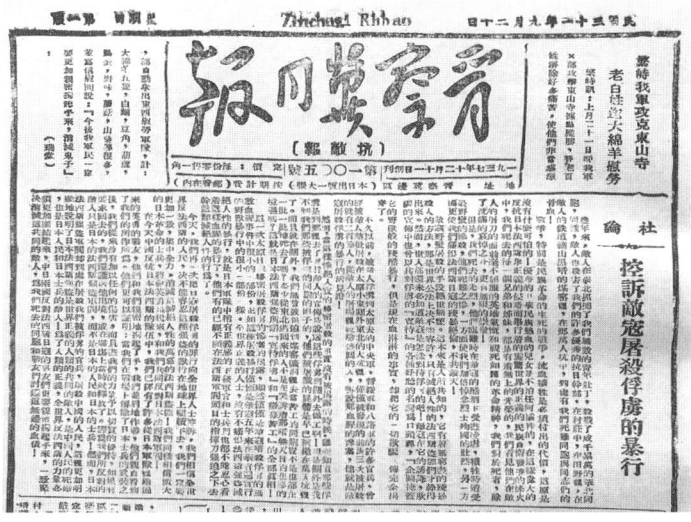

控诉敌寇屠杀俘虏的暴行

几年来,敌人在华北抓捕了我们无数的青年壮丁,杀戮了成千累万的华北同胞,同样,敌人也杀害了我们的许多优秀的抗日干部,在村庄中、在田野里、在敌人的铁道矿山黑暗的煤窑里、在那万人坑中,到处有我们死难同胞与同志们的骨血!

战争,特别是民族革命的生死的战争,流血牺牲是必须付出的代价,这原是没有什么可怕的!优秀的中华民族热血的儿女是不怕任何牺牲的,在这样伟大的反抗日本法西斯非正义的侵略而举行着的震惊世界的正义的民族自卫战争的烽火中,我们死去的每一个兄弟和姊妹,都是有着无上的光荣的,我们看见他们在敌人的屠刀的面前毫不屈服的英雄气慨和视死如归的革命精神，我们对于死者，除了沉痛的哀悼之外，更有无限的崇敬！

但是，我们死去的先烈，他们临难时在敌寇的酷刑下受尽凌虐，牺牲时遭受最野蛮的惨杀，他们死难之惨，一方面使我们加倍悼念烈士殉国的壮烈，另一方面更使我们痛恨法西斯日寇的残暴绝伦，不共戴天！

敌寇野蛮屠杀的手段绝世无双。这本来是人所共知的，它有着无穷尽的残暴杀人的方法，那是世界公法上决不能容许，只有灭绝人性的法西斯盗匪们才干得出来。然而，世人都还未必知道敌寇是怎样对待俘虏的吧？敌寇在它的诱降欺骗的宣传中也曾以其对俘虏的"宽待"的各种好听的名词为口头禅，企图掩盖它的野兽般的残酷暴行，但是现在血淋淋的事实，却把它的一切欺骗宣传完全揭穿了。

不久以前，被敌人俘虏到太原去的中央军、晋绥军和八路军的许多官兵，曾经被敌人整批屠杀在太原小东关外东北的大坑里，仅仅被发现的前后三次被屠杀的就有二百余人，从敌人的屠场里脱险逃回的人，诉说那血腥的惨案，他就是敌寇屠杀俘虏的暴行的活见证！

然而，当这样惨绝人寰的秘密屠杀的事实没有被揭露的时候，谁能知道那些俘虏是到那里去了呢？！敌人的宣传是说送这些俘虏到关外去做工啊！但是关外是找不到我们那些被俘虏的同胞的影子的，他们被屠戮的尸体是早已被抛在万人坑里了。而且就在关外，我们无数被强迫到煤窑矿洞里去当苦工的同胞岂不是也都在一批一批地死去了吗？多少从东北逃回来的人不是在哭诉着那暗无天日的悲惨的境遇吗？这就是日本法西斯强盗所谓"宽待俘虏"和"征募苦工"的全部真相！

这一次太原日寇秘密屠杀俘虏的惨案的揭露，显然仅仅是敌寇暗杀俘虏的无数血腥事件中很小的一部份，正如这种屠杀暴行仅仅是敌寇五年来在华普遍实行的野兽暴行中的很小一部份一样。全世界正义的人士，没有不痛恨法西斯强盗灭绝人性的暴行，就是日本军队中稍有正义感的下级军官和士兵们也都不能忍心看着这样血腥的暴行了,他们有的已经不愿在法西斯军阀头目的指挥刀强迫之下去干这类灭绝人性的行为了。

今天,我们再一次把日寇屠杀俘虏的罪行向全世界人士控诉,我们相信全世界反法西斯的人民,决不能容忍这种强盗的兽行在地球上继续下去,我们一定要更加一致,集中全力,消灭这灭绝人性的万恶的法西斯盗匪!我们同样相信广大的日本革命的士兵,将会英勇地起来,和我们共同反对日本法西斯军阀!

在今天中国反抗日本法西斯的队伍中,我们已经有了许多从日本军队里跑过来的英勇的战友,他们和我们亲密地携起了手,我们并肩地作战,他们亲自看到了我们的所作所为。他们更可以证明,当我们在战场上解除了日本士兵的武装之后,我们从来没有加以任何的伤害,而且尽我们的力量予以切实的优待,如果有要求回去的,我们还护送他出境,或在战场上当时就释放了。因为我们所反对的敌人只是日本的法西斯强盗军阀,而不是日本的人民和日本的士兵!然而,日本法西斯强盗军阀却到处在屠杀我们被俘虏的官兵,屠杀中国的人民,这里更加明显地说明了日本法西斯强盗是世界正义的人类的共同的敌人,是中国人民的死敌,也是日本人民和日本士兵的敌人!为了人类的正义,全世界反法西斯的力量必须更加团结起来,中日两国反对法西斯日寇的战友们更要亲密携起手来,一致坚决消灭这共同的敌人,为我们死去的同胞和战友们讨还这无边的血债!

(原载一九四二年九月二十日《晋察冀日报》第一版社论)

反对敌寇疯狂轰炸，誓死复仇！

当敌人正扬言对我边区的北岳区将大举新的"扫荡"的时候，敌机连日疯狂轰炸北岳区的东部和南部各村镇，炸死和炸伤了许多无辜的平民。

本月二十一日，灵寿的陈庄、岔头、慈峪、寨头和平山的郭苏、会口、南甸、东峪、苏家庄等地首先遭受了轰炸，二十二日阜平的董家村、上下平阳、土门、南庄、台峪和易县的岭西、刘家台等地接着也遭受了同样的轰炸。

这些地方居民无辜被炸，或死或伤，那种惨状是不忍目睹的。那时候，陈庄岔头、董家村许多市集上，老百姓正拥挤在一起，当旧历中秋节的前两天，他们特别高兴地去赶集，然而日本法西斯强盗就在这样的节日临近的时候，对着那些赶集的善良的老百姓，大举空袭，敌机低飞在市集的上空，向人群密集的所在用机关枪和炸弹疯狂投射，把那些和平的繁盛的市集变成了一片血肉模糊的杀人的屠场！苏家庄大街上的一个老百姓，当炸弹落到他们的身旁的一刹那，登时被炸成了碎片，他的亲属和邻居赶来的时候，只看见斑斑的血迹溅满了街头，已经找不见尸首，他们从街道的四周慢慢才找到许多骨肉的碎块，他们嚎啕痛哭，抱着回去埋葬了！这样血肉横飞的惨痛，永远深刻地留在死者的亲族和子孙们含泪的记忆里，激发着无边的仇恨！

敌寇一贯采取这样暴虐无人性的野蛮手段来对待我们中国人，对待我们边区的老百姓，被敌机轰炸的村镇市集，并无军事目标，敌机低飞投弹与扫射，无辜的人民是毫无抵抗的能力的，这就是日本法西斯"皇军"无耻的威风！而那些村镇的平民、我们无辜的同胞的惨死，就成了日寇"空中闪击"的"赫赫战果"了！但是，我们要再一次告诉全世界正义的人民，记住日本法西斯盗匪又一次毁灭国际公法的暴行！

我们全边区的同胞，几年来已经饱受了敌寇无数次的残害，我们始终记得清楚这一笔又一笔的血债，在这最后击溃日寇的两年战争中，我们要一笔一笔向敌人去索还！我们要反抗敌寇这种盲目轰炸无辜人民的罪恶行为！

对于被炸重伤残废的乡亲们，我们边区全体党政军民各界一定要尽力帮助治疗他们，照顾他们；对于被炸惨死的同胞，我们不但致以无限的哀悼，而且更要尽力安慰与抚恤他们的家属！活着的人，我们要更加警惕，注意防空，避免无谓的牺牲。然而，更重要的是要记住这无边的仇恨，决心去讨还每一笔血债！

被炸受伤的老太太、姐姐妹妹和弟兄们！忍住你们身上的痛楚和心里的难过，日本强盗所给予你们的创伤，我们永远记得！我们知道你们更永远记得！当你们抚摸着自己身上的创伤，看着自己的肢体残废了的时候，你们将怎样咬牙切齿的痛恨啊！但是，请你们记住，这仇恨总是要报复的，一定要报复！

我们看见许多惨死者的家属亲友，失声痛哭着死去的亲人，大家含着满腔的血泪，走出了死者的灵堂，下定决心，要为死者复仇！对呀！亲爱的乡亲们！我们眼看自己的亲人和朋友，粉骨碎身地死去了，我们怎么能够忘记这血海的冤仇啊！我们每一个人都要替他们报仇！我们还要告诉死者后代的子孙，叫他们记住他们的父母先人是怎样在敌人的机枪和炸弹下面悲惨地死去的，叫他们永远记住这一代的仇恨！叫他们立志报仇，誓死跟日本强盗鬼子去讨还这杀父杀母的冤仇血债！

我们更要在这最后两年的战争里，时时刻刻记住自己骨肉惨死的深仇！记住千千万万同胞被屠杀的血债！记住自己身上所忍受的耻辱！记住我们国家民族不共戴天的仇恨！对着在我们眼前疯狂逞威的垂死的敌人，咬紧牙关跟它血战到底，打败这仇人，消灭这仇人！

（原载一九四二年九月二十五日《晋察冀日报》第一版社论）

党与党报

　　九月九日中共西北中央局通过的《关于〈解放日报〉工作问题的决定》，是一个具有重要意义的决定。趁着这个决定发表的机会，趁着各地党的组织讨论这个决定的机会，我们愿就党与党报的关系的问题有所阐述，来贡献给边区以及各地的党，并贡献给各地党报工作者。

　　我们常说报纸是集体宣传者和集体组织者，这句话我们已经背得烂熟，但是仔细想一想，我们真正懂得了这句话的意思没有？我们各地党的组织和党报工作者，真正照这句话去做了没有？如果仔细的一检查，就会知道我们多少还有些以背诵名言为满足，多少还有些言行不一致。

　　所谓集体宣传者集体组织者这个"集体"，是个什么意思？报馆的同人也算一个"集体"，如果说这个"集体"就是指报馆同人而言，指几个在报馆里工作的人员而言，那么报纸就不成其为党报，而成为报馆几个人员的报纸。在这个报纸上，报馆同人可以自己依照自己的好恶兴趣来选择稿件，依照自己的意见来写社论专论。总而言之，一切依照报馆同人或工作人员个人办事，不必顾及党的意志；一切依照自己的高兴不高兴办事，不必顾及党的影响。办报办到这样，那就一定党性不强，一定闹独立性、出乱子，对于党的事业，不但无益，而且有害。

所以，所谓集体宣传者集体组织者，决不是指报馆同人那样的"集体"，而是指整个党的组织而言的集体。党经过报纸来宣传，经过报纸来组织广大人民进行各种活动。报纸是党的喉舌，是这一个巨大集体的喉舌。在党报工作的同志，只是整个党的组织的一部份，一切要依照党的意志办事。一言一动、一字一句，都要顾到党的影响。报馆的同人，应该知道自己是掌握党的新闻政策的人，自己在党报上写的每一句话、每一个字，选的消息和标的题目，直到排字和校对，都对全党负了责任。如果自己的工作发生了疏忽或错误，那不是仅仅有关于一个人或几个人的问题，而是有关于整个党的工作和影响的问题。

党报的每一个工作人员，必须时时警惕，看重自己的责任。党报不但要求忠实于党的组织路线总方针，而且要与党的领导机关的意志呼吸相关、息息相通。要与整个党的集体呼吸相关、息息相通，这是党报工作人员的责任，这是办好党报的必要条件之一，这是报馆工作人员一方面的事情。

但是要办好党报。要使党报成为集体宣传者与集体组织者，只有上述的一方面还是不够的，还要有另一个方面，还有另一个重要条件。这就是□□□□员全党，来参加报纸的工作。如果不这样做，党报也同样不会成为真正的集体宣传者和集体组织者。

首先是党的领导机关要看重报纸，给报纸以宣传方针；而且对于每一个新的重要的问题，都要随时指导党报如何进行宣传。党的领导机关与党报的关系，也应当是很密切的呼吸相关的、息息相通的。我们各地党的领导者，对于自己的机关报，要非常关心，要如像毛泽东同志对于《解放日报》那样密切的注意、领导和培养党的机关报。

我们的党，已经是一个大的政党，党的工作是多方面的，党建立了各种机关来掌握各方面的政策，进行各方面的工作和研究各方面的工作。党的领导机关，依靠了这许多机构，来领导和施行政治、军事、经济、文化、党务、社会各种政策。党的这些机关既然对党负责研究和施行各种政策，就有完全的必要来利用党报宣传、解释各种政策，推动工作和检查工作的进行。因此，同时也就有严重的责任来向党报供给消息，供给文章，提供意见等等。党报的工作范围是很广泛的，党报的工作人员负责掌握党的新闻政策，但没有可能要求党报的工作人员像上述那些机关一样，精通党的各种政策，精通各种问题。党报的工作人员，不仅应当尊重党的领导机关，而且应当尊重党的每一个工作部门的意见。党报工作人员，对于党的每一个工作部门、对于各种实际工作中的同志，不可以自以为是"无冕之王"，而应该去做"公仆"，应该要有恭谨勤劳的态度。同时党的各工作部门，都有责任使党报充分地反映党的该部门的工作，并使用党报对该项工作以正确的指导，并且尊重报馆的要求。因此，不但党的上级机关，因为党报是自己的机关报，有责任与报纸发生最密切的关系，供给党报以各种指导，供给文章和意见等，而且党的各级机关、各级组织，以至于每个党员，都对党报负有责任。这种责任，就是不要对党报漠不关心，而要负起责任。讨论党报上的重要文章、消息与谈话，推销党报，向党报通讯等等。党报是经过许多积极的党员来反映群众的生活和组织群众的行动的。

这样，党报才真正能成为党的喉舌，成为集体的宣传者与集体的组织者。

反之，如果不这样做，如果不动员全党来办报，其结果，党报还是不能成为党的报纸，而会多多少少成为报馆同人的报纸。报纸办不好了，是全党的损失，这种损失，不仅党报的工作人员要负责任，而且每个党员都要负责任的。所以，西北中央局的决定中，把这个党报的工作作为党性问题提出来，是完全正确的。西北中央局决定中，把对党报漠不关心的态度，说是党性不好的一个具体表现；而经常看党报，帮助党报的发行及组织党报的通讯工作，则是每个党员所应当努力的责任。

依照上述各点来检查我们的党报工作，我们可以看见，需要改进的地方还是很多的，不论在党报工作人员方面，或者在党的其他部份方面，却还有许多事情要做。我们对于集体宣传者集体组织者这个有名定义的了解，多少还不够深刻。

究竟什么东西障碍着我们把党报办得更好？除了上面所说的教条主义、言行不一致的余毒以外，还有手工业工作方式的落后习惯。

报纸是影响人们的思想的"最有力的工具"，因为这是天天出版，数量最多、读者最广的一种刊物，没有任何其他出版物可以与之比拟。我们的同志，并非不知道这一点，但是手工业工作方式的落后习惯，使我们有些同志醉心于油印机，醉心于"个人谈话方式"，醉心于办个独立刊物，宁愿选择影响比较少的工具来传播他所要传播的东西，却不愿去使用"最有力的工具"。要把任何工作做好，就总有些话要对大家说的，既要说话，就总要用些什么工具。当然，在没有报纸的时候，油印的也是好的，但我们已经建立了大规模的党报，这时候再是留恋落后的方式，就是不很聪明的事，客观上等于不想充分传播党的影响，不想把自己的工作做得更好些了。在有党报的地方，纠正这种落后的习惯，积极使用报纸，是一个大问题，是改进工作的重要一环，这是我们全党都要努力的问题。

（《解放日报》二十二日社论）

（原载一九四二年九月二十六日《晋察冀日报》第一版社论）

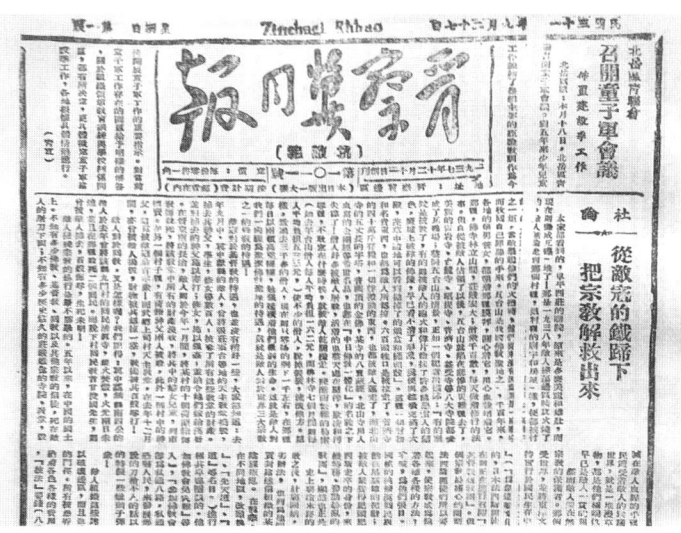

从敌寇的铁蹄下把宗教解救出来

　　大家都看到的，阜平西庄的庙院，原来是多么美丽和雄壮，而现在则变成瓦砾一堆了！那是一九三八年敌人"扫荡"边区时放火烧了的。敌人无论走到那个村里，这村里的庙宇和房屋一样，便都被付之一炬。当敌举起他们的火把时，他们从来没有因为那是一座庙宇而收回自己罪恶的手来。五台山是我国佛教圣地之一，千百年来，各地的信男善女，都朝着那里膜拜，关心着它，用心血栽培着它。那里，佛寺林立山间，庄严宏大，僧众千百数，每天做着修行的法事。但自从被敌人占领了以后，五台山就陷在悲惨的灾难里去了，美丽的青岩寺、台□寺、昭提寺、普济寺、□受寺等八大寺院都变成了瓦砾场；整个五台山的情景，正如一个记者所描述："有的庙院是被毁了，有的则被敌人的炮火和弹片涂抹了许多罪恶僧人的颜色，废墟上破碎的佛像早已看不清了形象，粪便与垃圾充满了大殿，茂草中随地可以看到抛掉了的烟盒和罐头壳。"这里一切财物和名贵东西，也都为敌人所劫掠。六百头牲口是被拉走了，普济寺的四十万斤存粮和一切能搬动的东西，也都被敌人运走了，而北山寺的五丈长的字塔、普萨顶的金佛、某寺的八宝藏经、北山寺用人血写的金刚经等稀世名品，也都在"中日佛教一体化"的名义之下失踪了！僧人好多被敌人屠杀，活着的也整天处在压榨、欺凌和污辱里，不敢定在什么时候，就被敌人干脆捧走。残酷而繁杂的勒索（如去年台山僧人每人平均负担一六二元，而□林寺七个月间则每人平均负担五三三元），使不少的僧人脱掉袈裟，流浪他方。这样，致过去三千多的僧人，现在则只零落的剩下一千左右，在那里每日以两顿高粱糊糊，勉强延续着他们微弱的生命。这就是敌人对我们一向视为圣洁佛教圣地的待遇，这就是敌人对于世界三大宗教之一的佛教的待遇！

敌寇对于基督教的待遇，也并没有稍好一些。大家都知道，去年九月中，冀中献县的敌人，曾将张庄云台等地的天主教堂摧毁，捕去其神父、学生、修女等数百人，掠夺了所有这些教堂的财产，并对捕去的神父施以毒打，修女施以强奸，并迫令她们嫁给汉奸。在晋东南的长治，敌人则于今年一月间，将某村的十个荷兰籍传教师杀死，将该教堂中所有的财产没收，将其中的妇女儿童，列市标卖。在另一个村子里，有荷籍神父两人被杀，此外一个村中的神父，则竟被敌寇枭首示众！而武乡上司村天主教堂，在去年十二月间，亦曾被敌人捣毁，财物被其劫掠一空，教徒被其百般辱打！

敌人对于回教，又是怎样呢？我们记得，冀中藁无县南四公的敌人于去年曾将该县九门村的回民清真寺纵火焚毁，火光两日未熄，并且在那里杀死二个回民。而说下村回民教首甘俊国先生，则曾被敌人捕去，百般侮辱，生死未明！

敌人摧残宗教的暴行是举不胜举的。五年以来，在中国的国土上，不知有多少佛教、基督教、回教以及其他宗教的信徒，死在敌人的屠刀下面；不知有多少历史悠久的庄严雄伟的寺院、教堂，毁灭在敌人血腥的手里。无数的庙产和教产被敌人掠夺去了，千万教民遭受着敌人的蹂躏和污辱！显然的，这班法西斯野兽们心目中的世界，就是一堆漫草和瓦砾，一切有关于人类自由思想和文化的遗物，都是他们极端仇视和蓄意破坏的对象。恶毒的摧残一切宗教，早已是敌人一贯的强盗行径了！

然而敌人还在无耻的叫嚣着。他们自称为佛教国，自称为各种宗教的保护者。那个特务头子土肥原，就无耻的自诩道："完全□受世界，并将东洋文化之代表佛教，支那文化之代表儒教，十分维持实行于国民生存中者，不在印度，不在支那，实在我日本帝国。"（《为创造新文化而战争》）这都是极端无耻和无聊的鬼话。是的，日本法西斯匪徒们，在到处组织"佛教会""回教联合会"，现在则正在进行召开"华北基督教团体协议会"，并准备成立所谓"基督教新教团"。但是，所有明眼的纯洁的教民都知道，这是对各个宗教最痛心的阉割，对各种宗教圣洁的灵魂最卑贱的奸污！日本法西斯匪徒们所以要这样做，是为了把宗教和他们的侵略行动联系起来，使宗教成为他们攻城略地、杀人放火的护符和帮凶！他们用着各种各样的方法，在各个教门里勾引一些毫无心肝的叛徒，摇旗呐喊，为他们张目。最近伪称□"中国回教总联合会委员长"的赵国植的挑拨汉回民族关系、诱引回族同胞投敌的无耻讲演，就是□摇尾□□的把戏；而在北平伪佛教总会里坐着的那些人们，他们被敌人豢养得肥头肥脑，是干什么的？他们的任务，就是以日本法西斯走卒的身份，来进行一切欺骗人民、蒙蔽人民、诱惑人民、组织特务、发动暴乱的卖国勾当。正在进行组织中的所谓"基督教新教团"，显然也正是敌人在同样企图下所玩的一套手法！

走上穷途末路的敌人，在历次"扫荡"边区、阴谋破坏边区失败之后，计穷图绌，竟把利用宗教道门进行特务破坏活动的卑劣办法，也列为他们破坏边区的"奇计"之一。他们在孟县曾收买封建迷信组织的某些上层份子，组织红枪会（秘称九宫道），阴谋叛乱。在龙华、易县、徐水、定县等地区，组织伪佛教会（在不同地区，改头换面，各称"慈善会""普济会""同善道""先天道""后天道""金丹道""衣冠道""圣贤道"等名目），进行特务破坏勾当。他们组织这些教门的手段，是极其卑鄙龌龊的。他们用"参加九宫道，日本来不烧不杀""参加佛教会免灾难"等话诱惑人民，用"参加九宫道，能练得刀枪不入""参加佛教会打不死"等话欺骗人民，用"不参加红枪会者即为私通八路，私通八路者杀无赦""不在教的人都死光"等话恐吓人民，来发展那些暴乱、特务组织的迷信道门。为了证明它所说的刀枪不入的话，以鼓那些落后份子叛乱的勇气，敌人会费尽心机的特制一些蜡头子弹，用机枪装模作样的试验扫射这些红枪会的会众！

敌人组织这些迷信教门，不只是为了进行特务活动，发动叛乱，以破坏边区，而且也为了给他们无声的贪婪、勒索另开一个巧妙的门径。所有被愚弄威吓而参加了这些叛乱道门的人民，都被迫交纳着各色各样的费用。在红枪会，入会要钱（三元——二十元），"披法"要钱（八元——四十元），"开拳"要钱（钱愈多愈好），"学飞"要钱（十五元——一百元），"求福免祸"要钱（十元——六十元），买官要钱（县长百元）；在佛教会，也是一样，入费钱、香钱、油钱……他们欺骗会众"出钱越多，就心越诚，好处越大"，他们威吓会众，"不交钱的，来意不诚，必有恶报"。好多入会的人民，被敌寇汉奸们欺骗威吓得倾家荡产，生活无着！

敌寇对于宗教的破坏、阉割、奸污、利用就是如此。在日本法西斯的心目中，根本没有宗教的地位，有的只是如何杀人越货，攻城略地，奴役人民，毁灭文化。他们一切的美丽的言词、伪善的行径，都不过是为了□□□□□□卑污目的的手段和伎俩。真正的宗教，在法西斯匪徒们的铁蹄下，如同人类的一切文化一样，是□践踏得奄奄待毙了！所有中国同胞，一切真正的宗教信徒，应该□起，把你们自己所信奉的自由的宗教，从日本法西斯的铁蹄下解救出来！

（原载一九四二年九月二十七日《晋察冀日报》第一版社论）

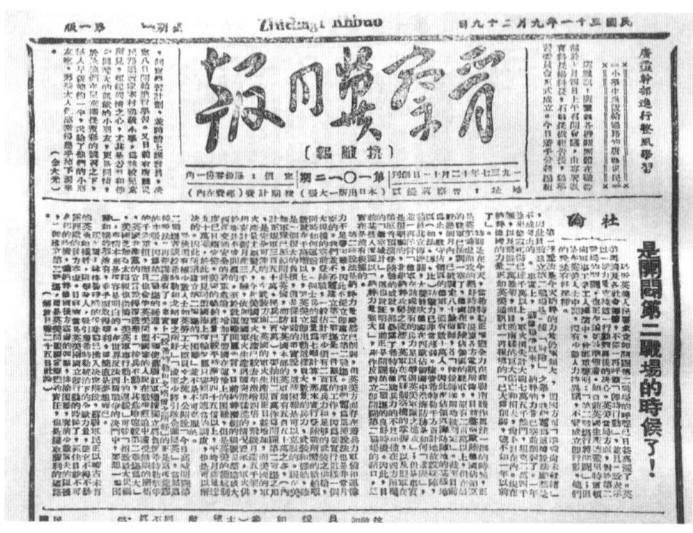

是开辟第二战场的时候了!

最近英美人民要求立即开辟第二战场的呼声已日益高涨了。英美舆论及各社会团体,不仅一再呼吁"即时行动",并且一致表示以一切力量支持这一行动到最后的决心。英美当局方面,对于第二战场的开辟,也正在迫切的准备着。如目前英国生产总监里特尔顿向军事工业工人讲演中,曾郑重声明"第二战场行将开辟",但是在英美人士中间,还有少数人力持异议,不赞成立即行动,他们的说法有好几种。

第一种说法是今天纳粹的力量仍极强大,盟国方面"准备尚未就绪",因此目前建立第二战场是一种"冒险"之举,我们认为这种说法显然是不成理由的。事实上,苏德战争以来，纳粹的力量已空前削弱了。一年余来德寇死伤已达千万以上，军火损失计大炮七万五千余门，坦克二万四千辆，以及飞机二万余架，而目前南线的巨大伤亡和损失，尚不计在内。现在纳粹德国的力量正如英美通讯社一再报道的："已大为削弱，远不如一年以前了。"

特别是在今天，当希特勒正竭尽全力在苏联南线作孤注一掷的时候，正是英美乘虚而攻的绝好时机。根据各方电讯所传，目前整个欧陆德国占领区的驻军已抽调一空了，德国在欧陆占领区的驻军，原有二百万以上，但在最近几个月内，已被调走八十余个师，各"精锐师团则均被调走"。截至目前为止，驻守占领区的德军，仅有数十万人。因此，在占领区海防阵地的某些地区（如法、挪、比）防御力已非常薄弱。尽管希特勒千方百计地故设疑阵，动员其宣传机关，大声鼓吹德国在西欧占领国中沿海防务□如何"巩固"，并一再佯言"德军在该处拥有的兵力足以击退英美军队之进攻"，但是事实是很明显的，北非纳粹攻势之疲滞，英军在西线制空权的掌握，以及盟军在第厄普预演登陆战的成就，都暴露了希特勒德国兵力的不足和他在西方所摆的"新空城计"，这也就证明目前正是开辟第二战场的良好时机。因此，目前某些人企图以"纳粹力量强大"来作反对立即开辟第二战场的借口，这实在是没有根据的。

第二种说法是纳粹力量纵然已削弱，但英美方面存在着兵力军备和运输力不足等困难，因此不便立即建立第二战场。我们认为这种说法也是非常片面的。我们并不否认建立第二战场是一件艰巨的工作，因为要实行这样一个大规模的空前登陆战，一般估计至少须有二百万兵力和足够的武装之供给，同时如何运送，一个士兵的重量为七□计算，那末实行登陆战所需的船舶吨数就在千万吨以上，要英美立即出动这样庞大数量的兵力、武装和□船，确是一个很大的负担。但是从目前的事实说，这些困难是可以克服的。现在美加军队已源源开赴英伦，而防守英国本部的英军则有五百五十万之多（内计正规军三百五十万、民兵二百万），要抽出二百万作为开辟第二战场之用,是完全可能的。在武装方面,英国的军火生产现正日益增加,而美国的军火产量尤属惊人,今年美国军火生产已较去年激增四倍,飞机月产五千架,坦克计划月产三千辆。依照盟国军火生产这种突飞猛进的情况看来,军火供给亦是不成问题的。至于就运输问题而言,目前纳粹潜艇的猖獗固然造成大西洋交通安全的严重危险,增加了盟国在运输上的困难,但是英美的护航制度已日趋完备,美国的船舶产量已较平时激增四十五倍以上,平均月产量达九十万吨,于此可见同盟国海上运输问题只要经过适当的调度,也是可以解决的。因此,所谓建立第二战场的"困难"并不是不可克服的。

最后还有极少数人士如英劳工大臣贝文之流,公开说"今日高喊开辟第二战场者适投希特勒和戈培尔之所好""或至少将引敌企图侵英"。当然,这种说法是再荒谬没有了。事实上"投希特勒和戈培尔之所好"的正是这种荒谬的主张,因为第二战场的延迟,不独使苏联红军继续独立肩负反希特勒战争的千钧重担,而且也会使英美同盟国家的人民在战争煎迫中遭受无限的磨折。英国共产党的宣言说得很透彻:"按兵不动,其危险远较第二战场为大。"美国芝加哥《太阳报》也指摘"美英军事行动上的迟缓"可能"招致最大灾祸"。事情本来是很容易明白的,在世界反法西斯战争的决斗中,要想一点困难和牺牲都没有,垂手而取得胜利,这简直是梦想而已。

现在斯大林格勒残酷的争夺战已进入决定阶段,苏联军民正以旷古未有的英勇和牺牲,阻击敌人,吸引着希特勒统治下的全欧力量,使它不得不暴露西欧的后力空虚。目前应当是英美两国立即行动的时候了,抓住目前不可多得的时机,乘纳粹德国后方空虚的弱点,排除困难,肃清少数□夫的阻扰,立即建立第二战场,这是英美同盟国家应尽的责任,也是获取胜利的道路。

(《解放日报》二十五日社论)

(原载一九四二年九月二十九日《晋察冀日报》第一版社论)

勇士与懦夫

  在艰巨的反侵略战争中,出现了许多惊天动地的英雄勇士,也暴露了极少数可耻可鄙的懦夫。

  中华民族坚持五年的抗战,苏联和英美的抗战,南斯拉夫、阿比西尼亚、菲律宾的游击战争,沦陷各地的人民的反抗运动,都表现了人类最高的道德与优良的质量。我们人类是有赖于这种道德与质量,才会生存下去、发展下去的。在人类反抗法西斯野兽的斗争中,最伟大的史诗,现在正由斯大林格勒的保卫者用自己的血和肉在那里写出来。我们远在数千里外披阅斯大林格勒保卫战的消息,在一个背靠伏尔加大河的城市里,男的和女的、军人和平民,都动员了起来,全城埋在烟火之中,敌人用二千门大炮、一千多架飞机,整天轰炸这个城市;而斯大林格勒的守卫者,就在这烟火中,就在这不可想象的轰炸声中,就在这几乎是绝望的情绪中,镇静的守着每一条街道、每一座墙壁,同敌人肉搏,从一个街角打到另一个街角,从一层楼打到另一层楼,在建筑物被焚时,稍为后退,但一到火将熄的时候,又前进占领这个烬绝的废墟。一个月来,斯大林格勒的保卫者打退了敌人一百次以上的进攻,每天歼灭敌人七千人。

斯大林格勒保卫者的英勇事迹,使全世界的人类惊叹地看到我们人类究竟可以勇敢到什么程度!有了这样的勇敢,怕什么纳粹,怕什么法西斯野兽!

斯大林格勒阻挡着法西斯野兽的去路。魔鬼希特勒在斯大林格勒保卫者的面前,丧气垂头的不敢再谈"胜利",不取瞻望自己的将来,因为他的将来已经注定是灭亡。斯大林格勒的保卫者肩负着全人类的和人类后世子孙的命运,他们勇敢地担负着这万钧的重担,他们无愧的担当着历史给予他们的最光荣的使命。

当斯大林格勒吸引着希特勒全部力量,甚至希特勒不得不从北非把罗麦尔的部队两个师都运走的时候,建立欧陆第二战场是同盟国明智的战略家应当当机立断的事情,这时候建立第二战场,这时候给希特勒以西顾之忧,乃是对于希特勒军事上、政治上、精神上最大的最痛切的打击。在这个决定的时机,给希特勒这样的打击,就会永远结束希特勒的命运。相反的,如果在这个时候拒绝建立第二战场,那是等于再给希特勒以机会,等于延长人类的痛苦,延长同盟国之劫难。

但是开辟第二战场是需要有点勇气、需要有点冒险精神。这种勇气、这种冒险精神,斯大林格勒的保卫者已经给我们做了模范,已经证明给我们看:这种勇气是可以有的!英美的广大人民和明智的战略家是有这种勇气的。他们老早已经呼吁开辟第二战场。

阻碍第二战场的开辟的,乃是少数的人,他们像死狗一样恬不知耻,公然提倡不顾人类公益，公然提倡自私自利，公然长他人锐气灭自己威风，他们与英勇的斯大林格勒保卫者对比起来，乃是丑类，乃是鄙夫！让他们看看斯大林格勒保卫者！让他们想想人类现在是处在怎样的重大历史关头！让他们自己知道自己是何等可耻呵！

（《解放日报》）

（原载一九四二年十月四日《晋察冀日报》第一版社论）

敌寇所谓第五次治安强化运动之剖析

喧嚷已久的敌寇所谓第五次治安强化运动，现已由北平汉奸政府正式公布，定于十月八日开始实行，期限为两个月，至十二月十日"大东亚战争一周年纪念"时终止。在汉奸王揖唐的广播演说和敌伪颁发的《第五次治强运动实施纲要》中，提出了这次所谓治强运动的中心口号："建设华北，完成大东亚战争；剿灭共匪，肃正思想；确保农产，减低物价；革新生活，安定民生。"同时更规定了这次"治强运动"实施的步骤，是"于武力推行运动之中，加以文化克力辅助"。这就是所谓敌寇第五次治安强化运动的主要内容。

太平洋战争爆发后，在敌军伪军和伪组织中间，存在着普遍的不安、动摇和恐惧。在敌占区广大人民中间，滋长着无限的胜利信心和期望。日军中不断的自杀、投诚和逃亡，伪军伪组织的反正与动摇，敌占区人民对日寇的仇视与反抗运动之增长，大大的摇撼着日寇在中国沦陷区的统治。日寇曾在企图利用新加坡失守和日寇在太平洋上的暂时胜利来欺骗中国人民，在第四次治强运动中，日寇曾大吹大擂的鼓吹"思想战"，但是日寇这一切欺骗只是徒劳的。中国共产党中央"今年击败希特勒，明年击败日本"的真明的预见，已经在敌占区人民中间引起巨大而深刻的影响，反法西斯阵线力量的日益增长，德日意法西斯强盗处境一天比一天困难的许多事实，已经迫使日寇难以掩尽敌占区人民的耳目。在第四次治强运动中，敌寇的所谓"思想战"遭受了最可耻的失败。

现在敌寇处在新的冒险的前夜。敌寇企图在思想上、精神上转移广大人民的仇日心理，用"大东亚主义"来麻痹中国人民的民族觉醒，因此在以前屡次治强运动中敌寇所从未收到效果的"思想战"，又重新成为第五次治强运动的中心内容之一。所谓"建设华北，完成大东亚战争"的口号，实际上就是敌寇在第五次治强运动中的宣传纲领，敌寇□望地指令着汉奸政府和新民会"极力宣传以期唤醒一般民众对于时事之谬误思想"（《第五次治强运动实施纲要》）。但是在第五次治强运动中间，敌寇的一切欺骗宣传，将会同以前历次的"思想战"一样的徒劳无功，因为，敌寇的巧辩不能掩盖事实，任何巧妙的宣传不能挽回由于从事侵略战争而造成的敌寇在政治上的绝对的劣势。

除了"思想战"以外，敌寇在第五次治安强化运动中所策划进行的，是在经济上对我之封锁与掠夺，特别是粮食的掠夺。自从太平洋战争爆发以来，敌寇为了使华北作为"大东亚战争的兵站基地"，曾用尽一切办法，掠取华北的资源，加强对敌占区人民的榨取，并且用最残酷的办法来抢夺我边区人民的财富，特别是粮食的收获。在以前历次治强运动中，敌寇实施粮场制度，强制囤积粮食；实行配给制度，断绝老年与儿童的食粮供给；

强制成立新民合作社，压制商人小贩，统制商品。这种残酷的空前的掠夺，正是王逆揖堂所说在第五次治强运动中所要进一步强化的"生产与消费之合理化"。就在所谓"安定民生"的"合理化生产消费"的欺骗名词之下，敌寇无餍的榨取了华北敌占区同胞的血汗，使他们濒于"难以生活下去"的境地。但敌寇所占地区有限，而敌寇榨取之欲望无穷，因此他不仅无限度地榨取敌占区人民，而且必定会用一切办法来掠夺我根据地的人民。敌寇所指出的"此次运动恰值秋收……必须澈底激发民众之反共意识，确保农产"（《第五次治强运动实施纲要》），实质上就是掠夺华北人民秋收的变相名词。敌寇这种无耻的榨取和掠夺的"经济对策"，正说明了敌寇在经济上日益严重的困难和在这种困难面前的"狗急跳墙"的窘态，但同时也就必须更加提高我们的警惕性，用更大的力量来保卫我们的秋收。

敌寇的第五次治安强化运动，不仅是"思想战"和"经济战"，而且更重要的是"思想战""经济战"和武力的结合。正因为敌寇明白他在政治上的绝对劣势，欺骗宣传之无用，因此，才决定"以武力推行运动"，依靠日寇的军事力量，来强迫人民服从于他们的欺骗宣传，来强迫人民交纳粮食，实行配给，而达到其经济掠夺之目的。因此，敌寇的第五次治强运动，实质上就是敌寇整个对我"蚕食"计划的一个部份，五次治强运动的目的，固然在敌占区含有欺骗人民与加强榨取的意义，但主要的还是企图对我进一步从军事上、政治上、经济上实现其"蚕食"的阴谋。因此，敌寇在"剿灭共匪"的口号中，具体提出"破坏其组织活动""促进宗教团体之积极活动""关于惠民沟（封锁沟）及岗楼之构建对于治安关系甚重，亟应计划增强""治安军、警备队、警察队以及乡村自卫之组织应更加强化……"（以上均见《第五次治强运动实施纲要》），这些说明了敌寇第五次治强运动与对我之"蚕食"与"扫荡"不可分，同时也决定了我们反对第五次治强运动的基本方针也必须是把反"蚕食"、反"扫荡"与广泛开展游击战争同反对五次治强运动密切结合起来，反对敌寇掠夺，反对公仓制度，反对配给制度，在坚韧顽强的武□□□□基础之上，来保护群众的利益，摧毁敌伪统治，并把抗日反法西斯的大团结与明年打败日本的共同信念，贯澈到边区和全体敌占区人民中间去。

敌寇的第五次治安强化运动是敌寇死亡前的挣扎，敌寇对我一切疯狂的"蚕食"与进攻，正是表示敌寇正在日益走向死亡的末路。只有对于这种疯狂的进攻加以沉重的回击，才能加速敌寇的死亡，保证我们在这"黎明前的黑暗"的时期的斗争的胜利。片面的夸大敌人的进攻和片面的只看到敌人在政治上的劣势而麻痹自己，对于争取反对第五次治强运动斗争的胜利都是有害的。

敌寇的第五次治强运动已经开始，现在正是我们动员一切力量投入战斗的时候。全边区的同胞，应当紧急的动员起来，争取粉碎敌寇第五次治安强化运动的胜利。在胜利地粉碎以前四次治强运动的基础之上，在有利的国际国内形势之下，我们具有充分的信心和把握来争取这一斗争的胜利！

（原载一九四二年十月八日《晋察冀日报》第一版社论）

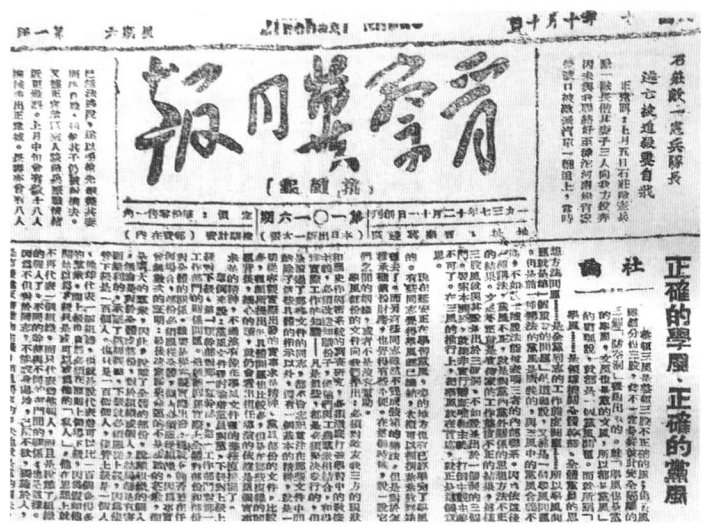

正确的学风、正确的党风

  整顿三风是整顿三股不正确的风,但整风虽然分□三股,却不一定是从彼此完全隔离的一个"防空洞"里跑出来的。就"学风也是党的学风,文风也是党的文风,所以都是党风"的道理说,就都是一个党风问题。而就所谓"学风……是领导机关全体干部、全体党员的思想方法问题……是全党同志的工作态度问题……所以学风问题就是第一个重要的问题"的道理说,又都是一个学风问题。但是前一种讲法的党风是广义的,与三风中的党风含义不同,不如另一种说法能够表明三者的内部联系。因为依这后一种讲法,党风不正就是对党内党外关系的思想方法不正的结果,文风不正就是宣传家的工作态度不正的结果,这样三股风就与其说是出于三个洞，不如说是出于一个洞的三个门。要索本溯源，就总非实行辩证唯物主义、打倒主观主义不可了。在三风的推行上，把学风放在首席，就正是这个意思。

现在延安正在学习党风，旁的地方也有已经学完了学风的。有些同志觉得学风既已总结，大概可以捆捆扎扎收到箱里去了。而另有些同志虽然不赞成装箱的办法，但是对于怎样承继这份财产，也觉得有些不便。在这个时候，说一说它们之间的姻缘，或者不是没有帮助。

学风部份的文件向我们指出：必须对敌友我三方的现状和历史作周密系统的调查研究，必须彻底打破学习中的教条主义，必须改造知识分子，使他们与工农群众相结合，和得到实际工作的知识——凡是这些，都是必须坚决执行的，但是读过了那些文件的同志，都不会忘记贯注在那些文件中间的除了这些具体的指示以外，还有一个基本的精神，就是一切从客观实际出发的实事求是精神。党员部份的文件比较多，里面所提出的具体问题也比较多，但是在那些复杂的问题背后，细心的读，就仍会看出担任导演的依然是这个实事求是的精神，不过没有像在学风文件里的那样直接罢了。

举例来说，党风文件里讨论着党员纠党，下级对上级上级对下级、这一类干部对那一类干部、这一工作部门对那一工作部门的关系问题。这种种关系实际上全体对部份和部份对全体的关系。谁要是从客观实际出发，谁就不能否认在任何场合，部份必须服从全体，个人必须服从组织。因为事实曾无数次的证明，最后决定历史命运的不是少数的英雄，而是广大的群众。因此，脱离了全体的部份、脱离组织的个人，无论是对于全体或部份、对于组织或个人，结局都是有害而无利的。承认了这个观点，下级就必须服从上级，因为尽管下级是一百个人，也只是一百个个人，尽管上级是一个人，他却代表一个组织，也就是说代表着可以比一百个多得多的群众。而上级也自然必然在原则上领导下级，因为假如他开始以为下级只是或可以或为他的"私人",他在思想上就不再代表一个组织,而只代表着他个人,而且是脱离了组织的个人了。不同的干部与不同的部门间的关系,也是这样。因为不但对于同志,不能设身处地,己所不欲,独施于人,是直接违反新唯物主义;而且同志的损失也就是党的损失,用错误的态度对待同志,也就是违反部份服从全体的客观真理了。

再如挑选干部和检查工作的问题,为什么要检查人员的工作?这就是说,不是以工作人员的允许和宣言为标准,而是以他们的工作结果为标准来加以审查。为什么要反对党内的那些闹名义、闹地位、闹出风头,"吹吹拍拍,拉拉扯扯"的人,而要挑选那些不但对工人阶级与党有无限忠心,而且在战斗中、在监狱中、在法庭上,一再与阶级仇敌作斗争,证明了自己实在有这种决心的,不但与群众有密切联系,而且要"群众觉得他们是自己的领袖,群众根据自己的经验深信他们有能力充当领导者,相信他们在斗争中有无限决心和牺牲精神"的人呢?这一切岂不都因为只有毫不含糊的完全根据实事求是的唯物主义,才能够确实"扫荡"一切浮华的假象,澄清一切恶浊的空气,而按干部的本来面目加以合理的使用么?用人要实事求是,行政同样要实事求是。所以根据调查研究决定了政策,发布了某种口号和指示以后,又要"使得放在群众革命斗争的烈火中检查这些口号和指示的正确性,还要使得党不掩藏自己的错误,不仅批评而要善于在自己的错误上改进和教育自己的干部"。而就是完全正确的政策也还要"使得党有系统的检查自己的决定和指示的执行,不然这些决定和指示就有变成空文的危险"。

我们无须举更多的例子,正确的党风与正确的学风在思想上的一元性已经可以看出来了,已经可以证明,照实际办事,拨主观主义的雾霾而见唯物主义之青天——这是马列主义的学风的秘密,同时也就是布尔塞维主义的党□的钥匙。历来就有一种传说,说共产党的党内生活是神秘的,但是我们现在知道共产党所要求的党风正是一样的入情入理平易无奇。是的,我们主张老实做人，但是这决不是说我们容许盲从。因为"共产党员对任何事情都要问一个为什么，都要经过自己头脑的周密思考，想一想是否合乎实际，绝对不应盲从，绝对不应提倡奴隶主义。我们主张严格办事，但是这决不是说我们准备把任何非原则的问题都提到原则的高度。因为"批评的任务……最大的是指出政治错误，其次才是指出组织上的错误。至于个人生活缺点及小的技术方面，如果不是与政治组织的错误有密切的关系，则不必多所指摘，使同志们无所措手足。而且技术的批评一发展，党内精神完全集注到寻常技术方面，人人变成了谨小慎微的君子，必然要忘记党的任务，这是最大的危险"。我们主张埋头苦干，但是这决不是说我们可以不要抬头远看。因为"我们共产党员是做事业的人"。正因为这样，所以就"必须用革命理论武装起来"，就必须"把美国的求实精神和俄国的革命气慨结合起来"，因为"理论使实际工作者能够决定方向，能够明白认识前途，在工作时有把握，相信我们的事业一定会胜利"。而"俄国的革命气慨就是这样一种消毒剂，这种消毒剂可以消除一切消极态度、守旧思想、保守主义、思想停滞和盲从祖先传统的态度。俄国的革命气慨就是这样一种活力，这种活力唤醒人的思想推动前进，破坏过去，创造将来"。

因此，说明学风对于党风的逻辑关系，这就不仅是说明整顿三风是一个统一的思想运动，不但是说明学风的文件必须好好的学，在党风的学习中，还要常常的加以学习和回味，不但是说明一个人对于党风的认识，也可以测量他对于学风的□识，测量他在思想方法上确实有了多少的进步，而且是说明正确的党风究竟是一回什么事。正确的党风是完整的马列主义学说的一个部份，要是有人离开了马列主义的科学人生观，而在党内外关系上去□外追求什么孤立的新大陆，应即使他是好意（更不用说坏意），他也就会一无所得的。

（《解放日报》二十四日社论）

（原载一九四二年十月十日《晋察冀日报》第一版社论）

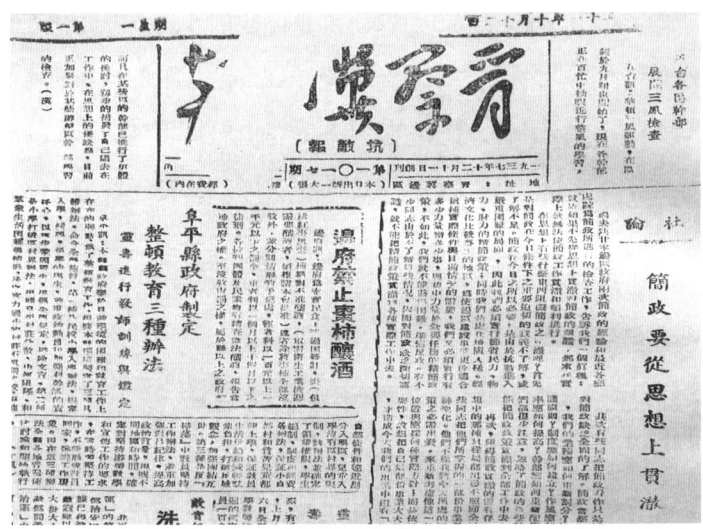

简政要从思想上贯澈

过去陕甘宁边区政府两次简政的经验和最近各厅处院为简政所进行的检查工作，告诉我们一个真理，就是如果不先从思想上贯澈对简政的认识，那末在实际上就无法使简政工作贯澈和顺利进行。

在思想上有些什么东西阻碍简政之贯澈呢？首先，是对简政在今日条件下之重要迫切的意义不了解，或了解不足。简政在今日之所以必要，是由于抗战进入严重困难的局面，因此我们必须实行节省民力，物力、财力的精简政策；同时我们是处在地广人稀、经济文化比较落后的地区，为使边区建设事业更能适合这种实际条件与目前情况的需要，我们又必须实行有多少力量办多少事与集中力量于急要任务的精简政策，不如此，我们就不能熬过困难，准备反攻。有不少同志由于不了解这些情况，因而对简政缺乏深切认识，就不能把精简政策贯澈到各种实际工作中去。

其次，有些同志把简政看作只是减少一些人，这是对简政缺乏全面的了解。简政当然要减人，但减人之□，我们的业务应如何划分？机构应如何适合精简原则？制度应如何建立？作风应如何改善？行政效率应如何提高？干部应如何重新配备？这些问题，他们都很少注意，忽略了简政的这些积极的方面，就不能把简政政策贯澈到全部工作中去。

再次，阻碍简政贯澈的还有存在于一部份同志思想中的那种只从局部出发不照顾全局的片面观点。这些同志把他们所掌握的一部份事业孤立起来，并加以神圣化。他们不从我们今天所处的困难条件与精简政策之必需出发，来重新考虑他这一部份事业应占何种位置与应采何种实际方针，而是依然强调其局部的重要性，设想把自己这部份事业大大的发展。正因如此，才造成今天我们的事业中还有"百废俱兴"与缓急不分的现象。而这种现象及其思想根源，正是阻碍了简政工作之澈底执行。

还有是所谓"正规化"的问题。如果为克服我们政权工作中突击主义的残余提出正规化的问题是对的，但是一部份同志所设想的"正规化"的内容，却离这种现实的需要，忽略我们所处的落后的农村环境与抗战的困难时期，如果照这些同志所理想的"正规化"勉强做去，就要把我们的政权机构变成比现有的更为庞大而复杂的组织，变成形式主义。而这些形式主义又正是阻碍我们精简政策之贯澈的。

最后，是一部份同志的老一套的作风。这些同志只能循着旧的道路走，而不能预见新事物的发生并很快的去适应它。他们虽然知道精简可以节省人力财力，但如提到简政，他们又觉得事情很难办下去。这种以旧的工作规模与工作方法出发的保守思想，也成为贯澈简政的一种阻力。

现在党与政府都在积极准备贯澈精兵简政，根据过去经验，要贯澈精兵简政，首先必须求得全体干部在思想上有明确一致的认识，故特提出上述各点，希望大家注意与讨论。

（原载一九四二年十月十二日《晋察冀日报》第一版社论）

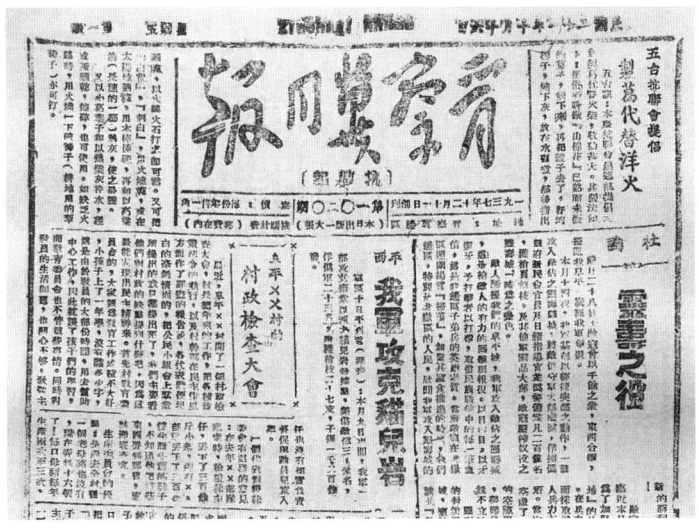

灵寿之役

  前月二十八日，敌寇曾以千余之众，东西合击，扰乱我阜平，旋经我军击退。

  本月十四夜，我军某部以轻捷突然之动作，一鼓攻入敌占之灵寿县城，将敌伪守军大部歼灭，俘虏伪县府新民会官员及日籍指导官并伪警备队凡二百余名，获枪百余枝，及其他军需品大部，敌寇压榨奴役之灵寿城一时为之变色。

  敌人骚扰我们的阜平城，我军攻入敌占之灵寿城，这是给敌人的有力的回击与报复。以目还目，以牙还牙，予打击者以打击，取偿民族战争中的每一笔血债，这是我边区子弟兵的英雄素质。当着敌寇在北岳区周围扬言"扫荡"，加紧其"蚕食"推进的时候，我们边区，特别是北岳区的人民，欣闻我军攻入灵寿城的新的胜利，仅向我子弟兵的英雄们致热诚的敬佩之意！

敌寇明知我边区根据地之不可摧毁，明知它本身临近末日的严重危机，为了□行它的新的冒险企图，为了加紧掠夺人力物力财力，阴谋实现"华北兵站基地"的计划，对我根据地着重采用着"蚕食"推进的政策。在兵力不足与分散的极端困难条件下，敌人不得已而采取这种政策，在它自以为还是得计的，然而，敌人兵力不足和分散的这一严重弱点毕竟是到处在暴露着，当它企图向前"蚕食"推进的时候，它的后路却更加空虚了。不管敌寇如何设法总弥补不了这空虚。敌后的空隙与弱点，随着斗争的展开愈加明显，顾前顾后，势难兼顾，如果对着它的空隙与弱点，稍加突击，无不立破，结果必然要使敌人两下落空。

灵寿之役不是很清楚地证明了这一点吗？在敌人的封锁沟墙层层围护和堡垒的重重密卫之中的敌占县城，应该是最"保险"不过的"安全区域"了，这应该是"敌人治安"最巩固的城池呀，然而，结果怎么样呢？事实证明这种"治安确保"的敌占城池是太空虚了，经不起一击，我们的军队可以直抵城边一鼓而下！我们在这里应该奉劝敌人：还是保住你们的老窝要紧，小心看家吧！

所谓"蚕食"推进的政策，老实说来就是敌人顾头不顾尾的政策，这应该算是敌人不得已而采用的一种下策。这种政策的实行，表面上似乎可以猖狂于一时，但它给予敌人的致命的危险却更大。这种危险，敌人自己都知道得很清楚，但是，它是明知而不能自救，敌寇末路的可怜也就在这里。

灵寿之役的胜利不但给予敌寇进扰我阜平以一个报复的回击，而且这个轻捷的一击，也顺便做了一个证明，证明给敌人看看它的后路的空虚，它所占领的一些城池事实上是极不巩固的；也证明给一些近视眼和胆小的人们看看敌人的外强内干，前后不能兼顾的困难是达到了什么样的程度！

只要我们坚持顽强的对敌斗争，随时警惕，坚决反对敌寇的"蚕食"与"扫荡"，垂死的敌人是无法实现它的毒计的。

（原载一九四二年十月十六日《晋察冀日报》第一版社论）

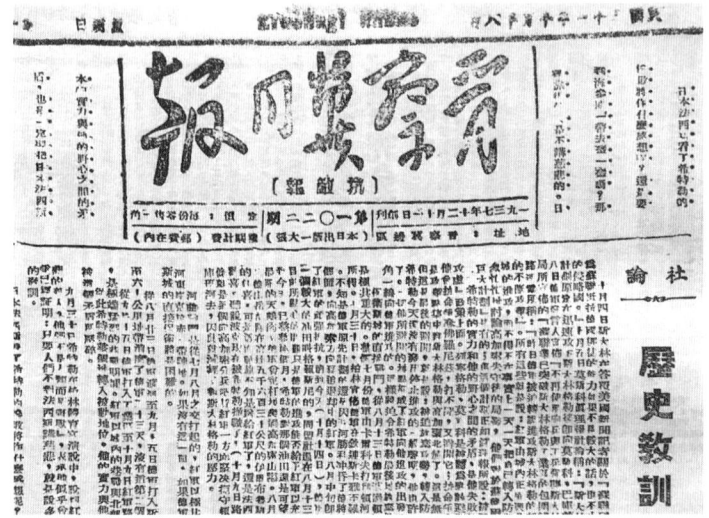

历史教训

　　十月四日斯大林在答复美国新闻记者关于"苏联所存的抵抗力量如何"的询问时称:"我认为苏联抵抗德国匪徒的能力如果不是较大的话,也不小于法西斯德或其余任何追求世界统治权的侵略国。"十月五日莫斯科真理报社论称:"斯大林格勒的抗战粉碎了希特勒的巨大计划,该计划原定在迅速攻下斯大林格勒后即向莫斯科、巴库前进。"这些话到十月八日就证明了。十月八日德军发言人宣布"不再使□炮兵与工兵强袭斯大林格勒",原因之一是如十月九日苏联情报局所宣布的"苏联业已突破斯大林格勒工业区的包围线,并据守新阵地"。原因之二是十月十日路透电所称:"昨日德军被迫转调进攻斯大林格勒的部份兵力至西北区，因该处正遭苏联解救军的不断攻击。"所有这些就是说，红军由城内正面与北部侧面两方的夹击，迫使希特勒绝望于该城的进攻，而不得不在事实上一天一天把自己转入防御地位。还在一个多月前，一些人们就在匆匆忙忙地讨论高加索失守后的局势，他们对于苏德两军的力量，都是判断错了的。希特勒的"巨大计划"是有的，但这个计划正如《真理报》所说：被斯大林格勒的抗战所粉碎了。

希特勒的实力和他的野心之间的矛盾是他失败的重要原因。这个矛盾表现在以采取"避实攻虚"政策上面。列宁格勒、莫斯科是被认为应该避开的，他就集中力量向着南线一带。七月间他曾拼命争夺佛罗尼兹，打不开，又避开它；拼命争夺克勒特斯卡雅，又打不开，又避开它，于是攻击点集中到斯大林格勒与高加索北麓了。这是无可避开的了，及至打不开，又是要避开了；但这是最后的避开，就是说被迫放弃攻势，转入防御地位。希特勒现在就是处在这样情况中。希特勒今天还没有发出停止进攻的一般声明，他也许还想最后挣扎一下，但大势已去，无可挽回了。一切他所避开的地点都成了红军向他进攻的出发点。目前红军就是从克列特斯卡雅到斯城□角一线向德军进攻的。这样将迫令希特勒最后地放弃他的一切侵略进攻。

保卫斯城的直接战斗，从八月十三日德军渡过顿河河曲开始，但河曲战斗对保卫斯城的意义是极其重大的。整个七月份德军由卡尔科夫打到顿河，这个期间，红军采取战略退却，德军毫无所得。七月三十日，柏林宣布德军在钦连斯卡雅至□斯多夫二百五十公里□线顿河下游渡过顿河。不知是德军原先计划的还是因顿河胜利冲昏了德将波克的头脑，他就将整个野战军中分出二十个师，向高加索方向猛追退却中的红军。八月中旬即进到库班河流域；但出于德军意外地遇到了纸军的顽强抵抗，直到今天（十月十四日），德军只得到迈科普一个小油田。高加索北麓还有一个较大的油田叫格罗斯尼的，同盟社还在八月十三日就说："通至格罗斯尼省进路非常平坦，目前所关心的问题只是德军的进攻能否给予红军以充分时间澈底破坏该处油田。"可是从说这话到今天，已整整两个月，希特勒对那个油田还是可望而不可及。至于为着要达到巴库一带吃这块最肥的天鹅肉，德军曾冤枉地爬过高加索山隘。八月二十三日海通社宣称"八月二十一日晨，□德出岳□隐在高□五千六百三十公尺的伊尔布鲁斯山，升起德国战旗"，表示法西斯吸血鬼们的狂喜，可是这面战旗不知是送给红军了还是法西斯们自己拖着溜下山去的，总之，是一场空欢喜。听说波克现在被希特勒撤职了（十月九日路透电），那么他的错误在那里呢？或者第一条就是这个向高加索分兵吧？红军一方面坚决扼守顿河河曲，一方面却诱使波克祸水分一股流向库班河去，因此就减轻了对斯大林格勒的压力。

河曲战斗是从七月八月之交打起的，红军以极其英勇的奋战，直打到八月二十三日才放弃顿河东岸克拉赤一带阵地。如果没有这一战，如果德军没有河曲二十三天的阻碍与极大的消耗，则斯城的直接保卫将是困难的。

从八月廿三日德军渡河至九月十五日德军打入斯城工业区，红军又在顿河与斯城间纵深五十至六十公里地带消磨了德军二十三天，没有这第二个二十三天的消磨，斯城的保卫也是困难的。是极端猛烈的巷战期间，红军以城内的巷战与北部的压力粉碎了德军的进攻。

从此希特勒整个将转入被动地位，他的实力与他的野心之间的矛盾最后的暴露出来，他将被这个矛盾所压碎。

九月三十日希特勒在格林体育宫演说中，说到红军时，他只好这样说："那是一个不知道慈悲的□□，他们不是人类，而是野兽。"表示他似乎曾经希望过红军向他讲慈悲似的。整个苏德战争已经证明：只要人们不对法西斯讲慈悲，就是说多一点勇气，法西斯就会失败的。这就是历史的教训。

日本法西斯为了希特勒的惨败将作什么感想呢？还是要到海参威一带

去碰一碰吗?那里靠得住又是不讲慈悲的。日本的实力与他的野心之间的矛盾,也是一定要把日本法西斯压得粉碎的。

(《解放日报》)

(原载一九四二年十月十八日《晋察冀日报》第一版社论)

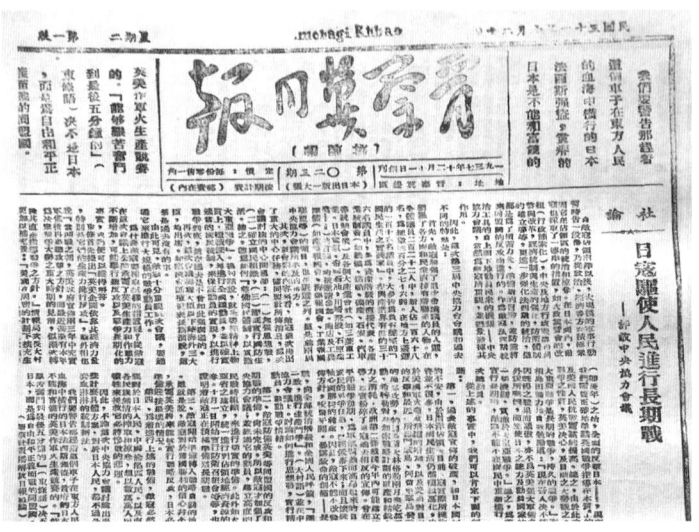

日寇驱使人民进行长期战

——评敌中央协力会议

  自敌寇占领南洋以后，大规模的军事行动暂时告一段落，乃从政治、经济等方面积极巩固它在占领区的统治和掠夺。在日本国内，敌寇也采取了一连串的措置，如大政翼赞会的改组（行政简素化）、中央及地方行政机关内调整与改革、经济统制与生产的强化、防卫体制的建立等等，更进一步强化法西斯的统治，这都是为了积蓄力量，准备新的冒险，并防备将来同盟国的反攻而进行的。作为敌寇法西斯统治工具的自上而下地动员民众的机关——中央协力会议，当然为敌寇所重视，并尽量发挥其作用。

因此，这次第三届中央协力会会议和过去不同的特点是：

首先，敌寇加强了这次会议议员的人选，网罗了各方面和民众直接有着联系的人物。在全体议员二百二十二人中，新人占一百六十八名，为总数的百分之七十六弱。在地方上遴选的一百十六名议员中，大多皆为负有声望的"国民生活之实践家"。在与产业界有关的三十六名议员中，多为资产阶级的直接代表。各产业统制会（如铁矿、造船、矿产、石炭、汽车等统制会议）及各个大产业会社（如三菱重工业、日本电气、帝国石油、川崎飞机、石原产业……）的首脑，均被邀请参加。商店及工农团体（如产业报国会、海运报国会、工业报国联盟等）的头目，也在遴选之列。这是前两届中央协力会议所不及的地方。

其次，就会议的内容来看，敌寇这次提出了重大的中心任务，据同盟社所传消息，这次会议讨论的中心问题即：（一）加强思想战；（二）确立国民组织；（三）澈底实行国防生活。总之，即为如何"整备国民体制，以贯澈大东亚战争"。换句话说，就是要从精神上、物质上，继续深入地进行全国总动员，并以确实适当的国民统制，来保证动员的实现，以进行战争到底，这在过去是不会如此强调过的。

再次，这次会议总理大臣以下陆海外三大臣，均出席。如临国会讲坛发表长篇演说，这更是过去没有的事。

由此可见，敌寇十分重视这次会议，要通过它来进行大规模的战争动员工作。

为什么敌寇要采取这样的措置呢？从敌寇在这次会议上公开承认了英美生产力和作战力不断增加，可能举行总反攻以及战争长期化的事实，我们便可以获得解答。

东条首先提出"英美企图依靠其经济力量，特别是它们的生产力进行反攻"，新外相也说"当开战之初，英美政府宣传两三年中充实军备后再□总攻击之方针，而最近甚至有本年为决定战争大势之重大时期的见解，似渐次转换其直接指导战争之方针。"情报局次长大村更加以补充说:"美国在周密的计划下扩充生产(此处文字有缺失)(即后年)之始,全面的反击日本……现在我们需要正确地认识英国战争指导在本质上的及美国人民抗战认识的提高。总之,由于此次战争之性质、英美决心及目前之大势观之,大东亚战争是长期的战争、持久的战争。"海相岛田无力地自我勉励道:"现在吾人决不能因既得之战果而骄傲,亦不为英美强大军备之外貌所吓倒,而应使日本之总力及动员国家的一切机关,贯澈于大东亚战争。"总之,为着实行长期战,敌寇不能不在国民中重新进行一次总动员。

从上述的事实中,我们可以肯定下面的判断:

第一,过去敌寇宣传的破产,和日本国民的不安,由于南洋占领后目前敌寇实际所获物资并不很多,日本国民生活仍然继续恶化,由于美国军火产业飞跃的增加,以及美国对日本的反击和最近的所罗门群岛、阿留甲群岛发动的局部攻势,特别是斯大林格勒两月来屹然不动,希特勒对毕加索战略计划的破产和精锐主力之消耗,欧洲第二条战线今年内可能建立等等,事实粉碎了敌寇过去相反的宣传。曾在太平洋战争初期,为军部煽动而高昂起来的日本国民的战争狂热,已经低落下来;而且怀疑着轴心国胜利的前途。因此,敌寇不能不改变宣传方针,咬紧牙关,暴露致命的创痛——长期战,向全部统治阶级和全国人民呼吁"团结一致,进行生产斗争"(大村语),并在中央协力会议上讨论如何进行思想战,实行精神动员,鼓动战争情绪。

第二,敌寇防备英美等同盟国的反攻和长期战的准备尚未完成,所以敌寇才加强了中央协力会议,并经过它的动员,建立高度的国民战时组织,来进行切实的准备。此外如大东亚省之建立,统一进行对占领地经济资源的掠夺。十月一日开始实行防卫召集会等等,也都证明着敌寇正在积极准备着长期战。

第三,敌寇开始准备转入战略自动的地位。这就是说,敌寇对于德国胜利的信心并不高，承认英美将来能够实行战略反攻，日本必须准备迎接最坏的情况。

第四，为着进行上述的战备，敌寇必然加强对于日本人民、中国沦陷区人民，以及南洋各民族无情的榨取和掠夺，想以数万万人民的牺牲来挽救它必将惨败的悲运。

因此，不论这次中央协力会议讨论出来一些什么具体方案，对于日本人民都不过是一套血淋淋的统制办法。

我们要警告那赶着这个车子在东方人民的血海中横行的日本法西斯强盗，贫瘠的日本是不能和富饶的英美作军火生产竞赛的。"能够艰苦奋斗到最后五分钟的"（东条语）决不是日本，而是为自由和平正义而战的同盟国。

（新华社广播，《解放日报》社论）

（原载一九四二年十月二十日《晋察冀日报》第一版社论）

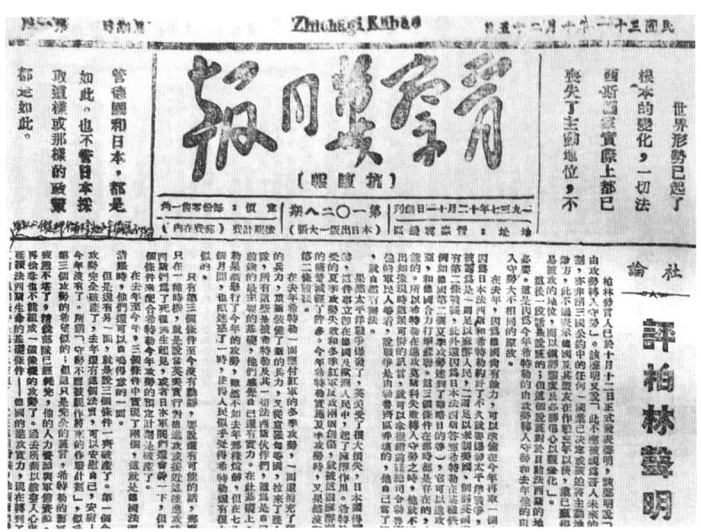

评柏林声明

柏林发言人已于十月十二日正式发表声明，该声明说"德军已由攻势转入守势"。该声明又说"此不应被视为吾人未来的作战计划，亦非谓三国公约中的任何一国业已决定或被迫将主动地位给予敌方，此不过表示德国及其盟友在作战三年以后，业已赢得一个不易被攻的地位，而以镇静态度及必胜信心以观变化"。

这后一段话是说谎的，但这个说谎对于目前法西斯的地位极其必要——这是因为今年希特勒的由攻势转入守势和去年他的由攻势转入守势大不相同的原故。

在去年，因为德国尚有余力，可以准备在今年再取一个攻势。因为日本法西斯和希特勒约好了不久就要爆发太平洋战争，而这就被认为是一则足以麻醉人民，二则足以牵制美国、削弱英国而不致有第二条战线，此外还因为日本法西斯答应希特勒在某种条件下（例如德国第二个夏季攻势达到了战略目的等），它可以进攻西伯利亚，和德国合力打击苏联。这三个条件在那时都是存在的，或是可能的。所以希特勒在进攻莫斯科失败转入守势之时，他就不需要说出如像现时这类可怜的谎言，就可以拿撤销前线总司令勃鲁齐区给他的军民人等看，说战争是由勃鲁齐区弄坏的，他自己当了总司令，就自然有办法。

果然太平洋战争爆发了，英美受了很大损失，日本闹得声势煊赫，这件事立即在德国及欧洲人民中，起了麻醉作用。希特勒所遭受的夏季攻势失败和冬季红军反攻两个创作，就被这副麻醉剂把他的痛楚减轻了许多。今年希特勒实施夏季攻势时，又果然没有发生第二条战线。

在去年希特勒一面应付红军的冬季攻势，一面还补充了旧部队的兵力，重新装备了新的兵力，又从意、罗、匈等国，拉来了几十师军队，所有这些是被希特勒及其一切法西斯伙伴们，认为是自己还有前途的最主要的基础，他们感觉自己还有实力。在此基础上，希特勒果然举行了今年的攻势，虽然不如去年那样煊赫，但在七八九三个月间，也颇迷惑了一时，使得人民似乎觉得希特勒还有很大气力似的。

只有第三个条件至今没有动静，要说还有可能的话，那么似乎只在一种时机，就是说当英美实行对德进攻或接近这种进攻时，法西斯们为了死里逃生起见，或者日本军阀们还会干一下，但是拿这个条件来配合希特勒今年攻势的预定计划是破产了。

在去年至今年，三个条件中实现了两个，这就是德国法西斯们清账时，他们还可以自鸣得意的一面。

但是还有另一面，就是说三个条件一齐破产了。第一个今年的攻势完全破产了，去年还有这个法宝，可以安慰自己，安慰人民，今年没有了。所谓"守势不应被视作将来的作战计划"，似乎还有第三个攻势的希望似的；

但这只是完全的谎言，希特勒的旧军队是疲惫不堪了，精锐部队已经耗完，他的人力资源与军备资源，即使再抢夺也不能组成一个像样的攻势了。过去所借以维系人心与借以延续法西斯生命的基础条件——德国的进攻实力，现在转到了他的维系人心，但是□□上没有不拿□□而拿撒谎□□维系人心的。斯大林谦虚地说"苏联力量不说较大，也不小于法西斯"，在希特勒攻势破产后，红军的力量是强大于法西斯的，在这种情况下，法西斯内部将发生分裂的危机。过去那样的团结不可能了。法西斯与人民间的矛盾，一定要扩大，民心军心都很难维系了。德国与意、罗、匈、芬以及日本间的关系，有大闹蹩扭的趋势，意大利甚至有倒戈的危险。欧洲几个中立国的态度，也将起变化，某些国家或有加入同盟国之可能。

　　讲到第二个条件，今年也是去年的反面。日本的胜利促起了美国的整军，美国以一年时间，不但补偿了夏威夷一役的损失，而且正在积极准备□□。和柏林宣布守势的同一天，罗斯福说道："关于开辟第二战场吾人对于战略已有若干重大决定，其中之一为世人所共表同意者，即为要向德日发动新攻势以分散苏联与中国境内的一部敌人至其他战场。"日本是畏美如虎的。八月二十八日日本海军情报部发言人谈道："自英国韦尔斯太子号沉没后，美国即追加空军预算四十万万元，将战舰改进为航空母舰，或改变其设计者共十四艘，又改造商船二十艘及设计中之商船七十艘，均改为航空母舰。这说明美国多么重视航空母舰，我国不能坐视美国建舰，要在美国建舰未成前，采先发制人办法击灭之。"九月二十六日东条说道："英国逐渐整备了战略路线，美国反攻企图日益明显，两国依靠其丰富资源急速增强其战斗力，待时进行总反攻，大东亚战争的正规发展还在今后。"总之，日本在美国面前，吓得全身发抖了。德国呢？也是一样。十月十二日柏林发言人也说到"美国业已开始大规模的军备计划，但无论其如何强大，若欲谋收复欧洲非洲及亚洲，则非其力之所能及"，这一句也是撒谎，实际上法西斯们清楚地觉到第二战场的魔影已一天一天的接近了他们的后门。

八月二十八日法西斯党卫军首领希姆莱的机关报，竟至于借了红军的威风，去恐吓英国，鼓舞轴心，这个报纸说："曾在东线举行空前剧烈战争的人员与武器，投予英国以最后的清算，我们应该问一问在东线战争严格考验后调至西方应付第二条战线的德国武装人员，他们之中每一人都迫切希望向英国或者还可说向美国这两个敌人，试验他们在东线'无限的大'的力量，当英国一九三九年宣传时，他就不知道战争是什么，但我们更好的知道战争是什么。而我们现在完全知道战争是什么。"这就是向英美说：我们是红军的学生，你们敢来么？这就是向德国士兵说：我们是和红军交过手的，还怕二条战线么？法西斯们知道战争是什么呢？他们知道战争就是失败。

十月四日戈林恐吓人民说："如果我们在这次战争中失败，则德国的命运将是悲惨的。德国人民将被国际犹太人的毒牙咬断，并被消灭。德国将在地图上被抹掉"。总之，法西斯们现在是将靠撒谎与恐吓吃饭，而不能靠实力吃饭了。他们的进攻实力已经完结，他们的生命也就完结了。

日本的情况有不同，他的实力还可以举行一个进攻，这是因为过去的战争，还没有动用他的主力的原故。但日本是否还要向北或向南举行一个大的冒险，此时还不能作断定。但有一件事是确定了的：日本面前摆着一个美国反攻的大危险，拿日本现存实力和这个将来危险作比较，那简直是不能设想的。日本军部对于美国飞机军舰的生产表示那样澈骨的惊慌，就是从这件事实发生的。日本目前就站在这样的分歧点面前，还是照德国今年攻势那样来一个一定失败的冒险进攻呢，还是以德国作殷鉴保存这点力量，以期在防御战中侥幸取胜呢？假定日本法西斯采取第一条路，那在德国说来，其意义是为了援助德国的防御，而使用日本的进攻，就是说为了牵□□□援助德国的进攻而使用日本的太平洋战争及希望日本进攻西伯利亚大不相同。假定日本采取第二条路，那对日本当然有利些，但对德国就完全不利。也许在这个问题上，东西两个法西斯国家要闹起蹩扭来。德国在今天以前利用了日本的进攻英美，但没有能够利用日本进攻苏联。今后呢？德日情况都有了很大不同，日本究竟采取什么政策，还要等一下才能看清楚。

但是不论怎么样，世界形势已起了根本的变化，一切法西斯国家实际上都已丧失了主动地位，不管德国和日本，都是如此。也不管日本采取这样或那样的政策，都是如此。

法西斯的命运是决定了，只有十分怯懦的人们，还在害怕法西斯。

（《解放日报》）

（原载一九四二年十月二十五日《晋察冀日报》第一版社论）

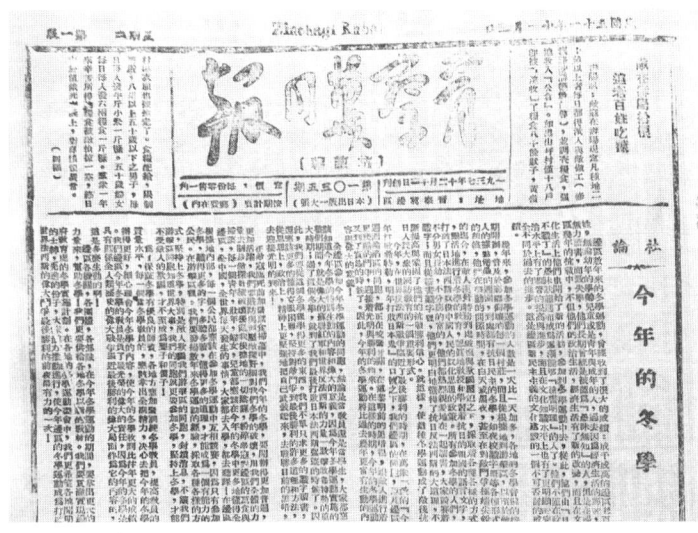

今年的冬学

　　边区数年来的冬学运动，曾经收到了很大的成绩：成千成万的边区老百姓，无论幼年的学龄儿童或是青年与成年的人，过去因为经济生活的穷苦，无力读书，而致失学，他们长期曾经是被认为"愚昧无知"的人，但是在边区几年的抗战中，不但他们的政治生活、经济生活有了新的改变，而且在文化生活上他们也开始了新的活动，参加到冬学运动中去，从此，他们由"目不识丁"的愚昧状态进而成为逐渐能够"读书明理"的人了。他们不仅在政治水平上有了显著的提高与进步，而且在文化知识水平上也有了更明显的完全不同于过去的进步，这是边区新民主主义的文化建设的一个不可否认的成绩。

几年来，参加冬学运动的人数是一天比一天加多，各地的冬学普遍的按期开办，普及于穷乡僻壤的每一个村庄，而且从根据地到游击区，以至于敌人的据点堡垒的周围，到处都有抗日民主的冬学，如夜校识字班等各种形式的组织，他们在劳动的闲隙时间，在白天或黑夜，甚至在对敌斗争极端尖锐的场合，在敌人汉奸特务到处破坏与欺骗压迫之下，采取着各种各样的方式，灵活地进行着冬学的教育，认真地教授和学习着抗日的祖国的语言文字，打破了日本法西斯奴役中国人民的奴化思想的政策。所有参加冬学的人们，不分男女长幼、不分穷的富的，他们都热烈亲爱地在一起读书，大家竞赛着识字；而且从读书识字里，他们更明白地懂得了抗日反法西斯的大道理，不断提高与巩固了他们的抗战胜利信心。就这样，使这种冬学运动成了敌后抗日人民大众的国防教育的一个重要形式。

今年，在世界反法西斯战争临近了最后胜利的时期，在万众一致的"今年打败希特勒，明年打败日本鬼"的口号之下，我们边区的同胞以及边区周围沦陷区的同胞，都正在咬紧牙关，在这黎明前的黑暗里，跟敌人进行着更残酷的斗争，迎接着光明与胜利的到来。在这样的时期，今年的冬学运动又到了实施的时候了。因此，今年的冬学运动将比过去几年更富有生动的内容与伟大的意义！

全边区参加今年冬学运动的同胞，无论是当教员还是当学生，大家都应该知道今年冬学的特别生动的内容和伟大的意义，因为今年冬学运动实施的整个期间，就是伟大的苏联红军和世界反法西斯的力量一致击败希特勒的重大时期，过了这个冬学，就到了我们最后打败日本法西斯强盗的时候了。因此，我们要从这个冬学里学得更多的东西。我们不单只求更多的识字读书，还应该更多的懂得克服困难，坚持对敌斗争到最后胜利的许多道理和方法，从思想上、政治上、精神上更坚强地把自己武装起来，去战胜目前的黑暗，去迎接光明的到来！

在敌寇临死前加紧"蚕食""扫荡"中，我们今年的冬学，要开办得更加普遍，更加活跃，我们要严防与镇压敌探奸细对我们冬学的破坏，用我们全体的力量去制裁敌探奸细破坏扰乱我根据地的一切阴谋，粉碎敌寇对边区的"蚕食"与"扫荡"，每一个青年、壮年、妇女、儿童都应该在今年的冬学中更多地懂得全边区、全中国、全世界每天发生的事情，大家都去入学，都去听课！在边区根据地内部，每一个公民都应该在参加冬学运动中互相竞赛，因为只有参加冬学，识得更多的字，多听多读，懂得更多的道理，才能成为一个有能力的公民。在游击区里，我们要发扬数年来冬学运动的经验，采取各种各样的方式，坚持上冬学，特别是敌人欺骗我们游击区的同胞，封锁消息，不让我们游击区同胞知道世界大事，我们的同胞就更要参加冬学，坚持上冬学，才能不受敌人的欺骗，才不至成为聋子和傻子！

为了保证冬学有优良的师资，各地方应加紧训练冬学教员，提高教员的质量水平，每一个当冬学教员的，应该拿出全副精力，决心去把今年的冬学办得更好，细心理会今年冬学的内容，使今年的冬学收到比往年更大的成绩。我们边区今年冬学的教员是负了最光荣的伟大的责任，因为今年的冬学是具有关系全人类历史的伟大战争逼近最后胜利的伟大局面作为它的内容的，这是多么生动的啊！

边区各机关，各团体，各部队，在今年冬学运动的期间，要拿出更大的力量来，帮助冬学！我们更要供给各地冬学以新的教材。我们要贯澈实现边府教育处的冬学实施计划。在各地的冬学运动委会中，我们更希望各地开明的士绅，先进的分子，大家协力推动进行，使今年边区的冬学运动成为打败世界法西斯的伟大斗争最后胜利的前夜最有力的一次！

（原载一九四二年十一月三日《晋察冀日报》第一版社论）

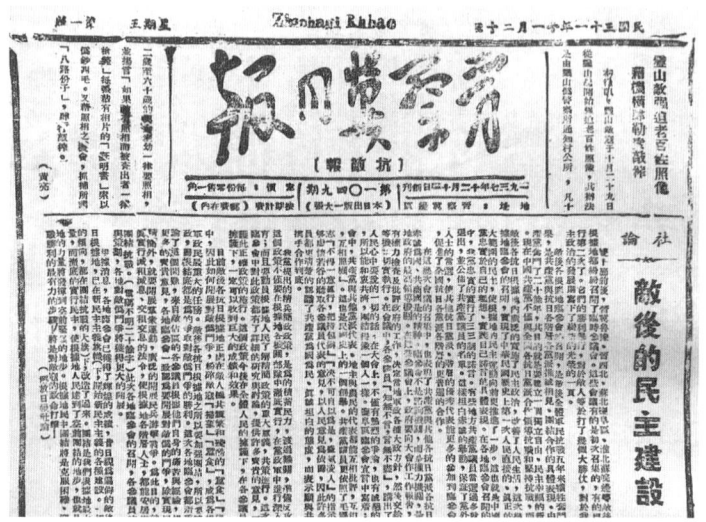

敌后的民主建设

双十节前后，晋冀鲁豫、晋西北、苏北盐阜区、淮北苏皖边等敌后抗日根据地都纷纷召开了临时参议会。这些会议有的是初次召集的，有的已是举行第二次了。它们的胜利举行，对于敌人等于打了几个大胜仗，对于我国民主政治的发展，则写下了崭新的光荣的一页。

敌后各根据地临参会的召开，是敌后全体军民抗战五年来牺牲奋斗的结果，是共产党与抗日各阶层各党派推诚相见、团结合作的具体表现。中国共产党奋斗了二十余年，其目的就是要建立一个独立自由、民主幸福的新中国。现在中国共产党不仅与全国各抗日党派合作领导抗战和坚持抗战，而且在敌后各抗日根据地内广泛的实施了民主政治，改善了人民生活，这次几个根据地临参会的召开，实现了中华民国历史上第一次人民直接的、真正的、广大范围的民主，使根据地内民主运动向前更推进了一步。这也就是中国共产党忠实于自己的理想、实践自己诺言的具体表现。在各地临参会召开的过程中，我党忠实的实行了三三制的诺言。有些地方共产党议员当选过多就自动退出，并公布了共产党议员的名单。这样坦白赤诚的举动，保证了党外开明人士的当选，使其他抗日党派、阶层的优秀代表能更多的参加到临参会中来，促进了全国抗日各党派各阶层的更普遍的合作。

在这几次会议的召集中，也表现了共产党与其他各抗日党派各抗日阶层赤诚为国、共商国是的精神。临参会不是咨询机关，而是权力机关，是各该地政府的最高领导机关。在这些参议会上，政府要向大会作工作报告，大会有权力检查及批评政府的工作，决定当地军政各种大政方针，然后交给军政等机关切实执行。在会议中，各参议员"知无不言，言无不尽"，讲出了各界人民心中要说的一切的话，在大会上，不仅有热烈的争论，也有诚恳的批评，所以能和衷共济，团结得像一个人一样。盐阜区临参会宣言中写着："在会中，共产党与其他党派代表、地主与农民的代表都能互相批评，互相原谅，互相照顾。"这也是民国史上的一个创举。共产党议员更依照了毛泽东同志"不得一意孤行，把持包办""决不可自以为是，盛气凌人"的指示，能够虚怀若谷的听取各参议员代表的意见，以人民意见为依□，因此许多参议员都更清楚的认识了共产党为国为民、真诚坦白的态度，而表示愿与共产党携手合作到底。

我党提出的精兵简政政策，是为的积蓄民力，渡过难关，准备反攻的。这个政策不仅要在根据地各机关部队中澈底实行，在党政军中进行深入的教育；而且要动员根据地人民了解精简政策的重大意义，共策进行。这次各地临参会中对此政策都有了详细的研究与讨论，提供许多宝贵的意见，一致拥护此正确政策的施行。这个政策今后在全体人民的拥护下，在各参议员倡导拥护下，一下可以收到巨大的成绩和效果。

目前敌后各抗日根据地正处在敌人极其频繁和残酷的"蚕食""扫荡"中，因此如何开展对敌伪斗争，粉碎敌寇"扫荡""蚕食"，成为各根据地军政民最重大的任务。敌后各抗日根据地之所以要加强团结，所以要精兵简政，归根结底都是为的争取对敌伪斗争的胜利。这次各地临参会都着重的讨论了这个问题，来自敌占区的各参议员根据他们自身的痛苦与经验，提供了更多的宝贵意见，各地临参会一致认为要开展对敌伪的斗争，除实现民主与精简外，就要开展群众运动，广泛的开展民兵游击战争。为此目的，就应认真实行减租减息、交租交息的法令，使根据地各阶层人士，都能安居乐业，团结抗战。（电码不明二十余字）此次各地临参会的召开，各参议员的讨论与策划，各地对敌伪斗争将获得更大的开展。

根据消息，各地临参会已获得了辉煌的成绩，昔日视为偏僻的敌后各抗日根据地，已在新民主主义旗帜下，开始新民主主义的各种建设。一切不良的倾向，都在团结抗战的大旗下，改造了过来。团结是我们根据地最大的力量，而澈底的实行民主，使根据地人民达到了空前团结的地步，也就是根据地的力量将发挥到空前坚强的地步。根据地民主团结将是克服困难、迎接抗战胜利的最有力的步骤，将是对敌寇的致命打击！

（《解放日报》社论）

（原载一九四二年十一月二十日《晋察冀日报》第一版社论）

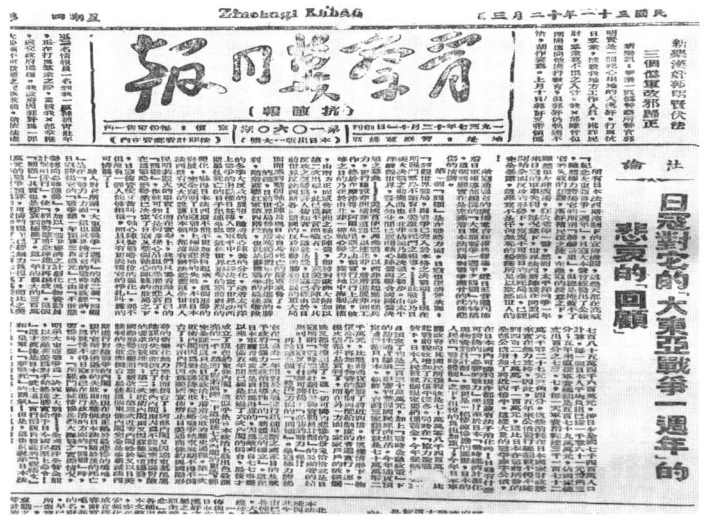

日寇对它的"大东亚战争一周年"的悲哀的"回顾"

所有日本法西斯控制下的宣传机关，这几天都在高喊"纪念大东亚战争一周年"，日寇大本营曾经发出了公报，虽然极力夸扬它的所谓"赫赫战果"，但总是掩盖不了它的失败的悲观，汉奸褚民谊之流，在敌寇的授意之下，虽然也大肆广播，狂吹滥捧一番，然而，太平洋战争一年来日寇的军事失利，每况愈下，世界法西斯阵线在同盟国开始全面反攻的形势下，岌岌不可终日的垂死局面已经完全暴露，这毕竟不是任何无耻的粉饰所足以欺惑世人的！

敌寇通过它的广播电台和报纸杂志，近日正普遍刊布着日军报导部编撰的《大东亚战争一周年之回顾》的特稿，这个回顾实在是充满着日本法西斯对战争彻骨的沉痛悲伤的情调。

第一个"回顾"是在战略方面，日寇也很清楚承认："静观世界战局，则战争已突入于本格之决战期……现在所罗门群岛不断有日美激战死斗之报导……此战争乃日美大决战之前奏曲也。北非占领乃总决战之初步。由太平洋纵观世界，吾人知世间已展开轴心阵营与联合国阵营决战之幕矣……美国首使巴西参战，以西非为起点增强兵力，更行建设非洲横断道路，以达北非，着着进展非洲工作，终于在摩洛哥、阿尔及尼亚之法领实行强行上陆，彼等之目的乃在于由北非一扫轴心势力，获得地中海制海权，由南方正面威胁欧洲之轴心阵营，即将对欧洲大陆加以第二次出击，此已为不言而喻者……英美联合阵营，其反攻之气势为吾人皆知者。"这就是说，日寇已经由于目前世界反法西斯各同盟国的反攻形势与胜利进展的重大局面而感到整个轴心阵营与日本自身死亡的严重威胁了。

的确，目前世界局势随着英美同盟军在北非进攻的胜利，随着苏联红军第四阶段，也就是苏德战争的最后阶段的冬季大反攻的展开，随着轴心阵营的分化，随着太平洋上战争的主动权日益转入盟军手中，已经决定了世界法西斯最后死亡的日子迅速来临。这个世界形势的空前剧烈的变化，吓得日本法西斯不能不更加发抖起来。这个形势的发展，完全证明了日寇战略上极端悲惨的失败，不怕日本法西斯有天大的说谎的本领，都没有办法遮盖这全世界人民明若观火的事实！而在实际上，我们只要看敌人自己的"回顾"，也就可知它是何等提心吊胆的恐惧而悲哀了。在这战略形势业已决定了日寇及整个轴心阵线的败局之下，日寇尽管咬牙苦叫"轴心阵营战略地位的强化"，那不但没有一个人能够相信，而且只有更表现它的挣扎叫嚣的可怜罢了！

敌人对它所谓"大东亚战争一周年"的第二个"回顾"是在"战力"方面，这也就是检讨它的战时财政经济。日寇夸扬它的"战争第一年预算三百亿元"已由"不败态势转向必胜态势"，加以"战争经济之计划化与物资动员计划相并行"，使"经济势态亦急速进行再编成"。这个"回顾"其实也是悲哀到极点了。这一年的庞大的三百万万元的战争预算，可怜到现在已经无力负担了，而比之美国今年已经支出的战费和拨款二千二百七十万万美金以及明年度预算一千万万美金的巨大数目，那简直是小巫见大巫，不屑一顾的了。

日本的财政在战争中谁都知道已经是完全陷进了绝境的，从日寇侵略中国的战争开始到现在，根据日本官方报纸杂志所披露的数字计算起来，五年来国家支出的总额是七百八十五万四千六百万元，按日本全国七千四百万人口计算，每一个日本人平均负担已达一千零六十一元四角三分；五年来直接军费总额是五百七十九万万元，占国家总支出百分之七三点七，每一天军费消耗达三千一百七十二万六千零二十七元三角四分。这些消耗在日本国家财政说来实在无力支持，因此，五年来公债发行总额就不得不达到四百二十七万万一千一百万元，这比日本在战前所发的全部公债增加了将近四倍半。这样大量的战争赤字公债，在日本国内可怜到现在都还没有法子消化呵！日寇有什么可夸扬的"必胜的战力"呢？！至于日本"战时经济计划化与物资动员计划"，那更是一幅凄凉惨淡的图画，日本的人民在"战时体制"之下，租税的负担加重了，今年日本军阀政府向其国民所征税收是七十万万零八千四百万元，比起战前税收增加了五倍半还多。同时在"协力圣战"的口号下，日本人民被强制规定要纳备蓄金，今年强制□□□□预定了的是二百三十万万元，加上"战时金融政策"下的恶性通货膨胀，影响到整个国民经济生活。今年通货预定发行额只日本、朝鲜、台湾三家银行就是七十万万零二千万元，比战前通货膨胀了将近四倍。在这样情形下，物价高昂，再加上物资的统制与配给制度的普遍实行，连一根火柴都不易买到了，而在另一方面，家家户户的破铜烂铁又都被搜刮走了。这一切可怜的悲惨的景象恰恰就是日寇所谓"战时经济计划化□物资动员计划"的最显著的结果呵！日寇又有什么可夸扬的"必胜的战力"

呢？！

　　再说第三个，"政治"方面的"回顾"。敌寇极力夸扬它在"过去一年间对于大战推行迅速果断之国家目的及赋予政府以强力之政治指导性"的"新体制的确立"。这在日本军阀看来当然是自以为得意的，因为敌国自七七事变以来，仅仅五年间已经是经过了六次内阁的倒台，最后才成立了现在的东条内阁，这似乎是日本政治上最出色最漂亮的一手。然而，假若回溯一下这前后七次内阁的更迭，那完全证明这只是日寇政治上着着失败的历史过程。第一次近卫内阁因为对华诱降失败，侵略战争结束无期不得不倒台了；平沼内阁因为美国宣布废止日美通商条约与国际形势的新变化无力应付而倒台了；阿部内阁又因远东慕尼黑阴谋的失败而倒台了；米内内阁则因为不能适应南进冒险的要求而被推倒；第二次近卫内阁则又因苏德战争爆发，国际形势急变而重新改组；第三次近卫内阁终于又以日美谈判的失败而倒台；最后这个东条内阁完全是革新派法西斯进行冒险战争的内阁，而现在却正陷于最悲惨的境地，现在它所要遭遇到的失败则是整个日本法西斯最后的死亡。这就怪不得日寇自己在进行政治的方面的"回顾"时，要惨叫一声："所罗门海域凄惨激烈大海战之实际情况，明示大东亚战争为一决死之大战争……全国须注全智全能，以强敌英美为对手始终获胜实给予日本国民至上命令！"这才真像是日本"武士道"实行剖腹自杀前的"祝寿文"和"皇军""祈战死"的语气！但是，这也正表示日本法西斯战争政治的前途与日本军阀命运的归宿！

　　好了，日寇所谓"大东亚战争一周年的回顾"，在主要的战略、经济、政治三方面都有了，这不是很够了吗？是的，很够了！但这"回顾"实在是太过悲哀了！过这一周年，日本法西斯军阀就要永远带着这悲哀的"回顾"走进它的墓穴去了！

（原载一九四二年十二月三日《晋察冀日报》第一版社论）

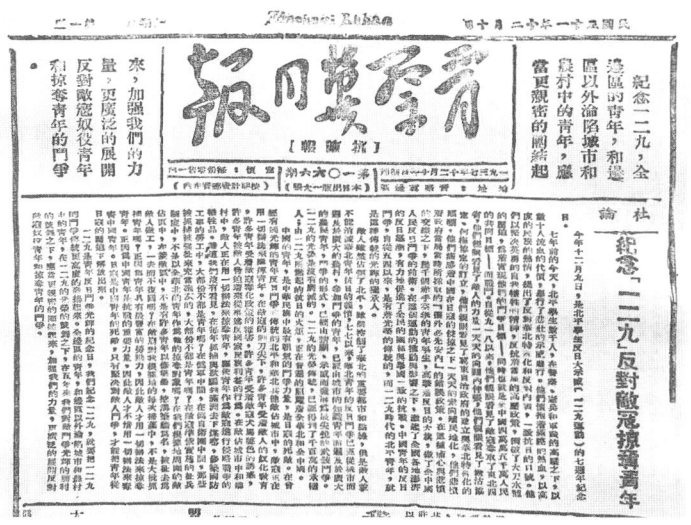

纪念"一二·九" 反对敌寇掠夺青年

今年十二月九日,是北平学生反日大示威(一二·九运动)的七周年纪念日。

七年前的今天,北平学生数千人,在警察、宪兵和军队的高压之下,以数十人流血的代价,举行了悲壮的示威游行。他们怀抱着满腔的热血,以高度的民族的热情,提出了反对华北特殊化和反对内战、一致抗日的口号。他们以坚决英勇的自我牺牲的精神,反抗着当局的高压政策,冲破了大刀水龙的压迫,为着实现他们的斗争目标——同时也就是全中国四万万五千万人民的共同目标——而战斗。自从九一八以来,他们亲眼看见了敌寇夺取了东北四省,他们亲眼看见了敌人的力量一天天的向关内伸张,他们亲眼看见了塘沽协定、何梅协定的订立,他们亲眼看见了冀东自治政府的建立与华北特殊化的酝酿,他们痛感着中国在日寇的侵掠之下一天天的走向殖民地化,他们悲愤着政府当局当时所采取的"攘外必先安内"的错误政策。在这种痛心与悲愤的交织之下,几千个赤手空拳的青年学生,高擎着反日的大旗,做了全中国人民反日斗争的前卫。在这个运动的推动与影响之下,激起了全国各地澎湃的反日怒潮,有力地促进了全民的团结与举国一致的抗战。中国青年的反日斗争,自从五四以来,是有着光荣的传统的,而一二·九时代的北平青年,就是这种传统的光辉的继承人。

敌人虽然占领了北平,虽然控制了华北的重要都市和点线,但是敌人并不能消灭华北青年抗日的义愤,七七以来,华北青年的反日斗争已经从城市而遍及于广大的农村,参加斗争的青年,已经由城市的知识青年而遍及于广大的农民青年,斗争的形式已经由请愿、示威而发展为最尖锐的武装斗争。一二·九的光荣是没有磨灭的。一二·九的光荣传统,已经得到了千百万的承继人;由一二·九所燃起的抗日的火炬,正在普遍的照耀着全华北和全中国。

中国的青年,是中华民族中最有朝气的斗争力量,是日寇的死敌。在曾经有过光辉的青年反日斗争的传统的北平和华北其他敌占城市中,敌寇正在用一切办法来麻痹青年。在敌寇的刺刀尖下,许多青年受着敌人的奴化教育,许多青年受着敌寇毒化政策的毒害,许多青年受着敌寇犬马声色的诱惑,许多青年被敌人胁迫着来从事违反国家民族利益的行为。在敌占城市中和乡村中,敌人正在用一切办法来掠夺青年,驱使青年作为敌寇进行侵略战争的牺牲品。难道我们没有看见,在每年抓捕与欺骗到满洲去下煤窑,修筑国防工事的劳工中,大部分不都是青年吗?在伪军中间、在伪自卫团中间,那些被抓捕被强征来充当炮灰的,大部分不都是青年吗?在敌寇准备实施的征兵制度中,不是以全华北的青年作为他的掠夺对象吗?在我们根据地周围的敌占区中,在接敌区中,不是有许多青年以修堡垒,挖沟筑墙为名，被征去为敌人做工，一去而不复回吗？在敌寇对我根据地的每次"扫荡"中，不是大批抓捕青年吗？正因为青年具有最丰富的劳动力，因此敌人才用一切办法来掠夺青年。正因为中国青年是抗战的重要力量，因此敌人才不惜用一切办法来毒害中国青年。日寇是中国青年的死敌，只有坚决对敌人斗争，才能把青年从日寇的压迫下解放出来。

一二·九是青年反日斗争光辉的纪念日，我们纪念一二·九，就要把一二·九的斗争传统更高度的发扬起来。全边区的青年和边区以外沦陷城市和农村中的青年，在一二·九的光荣的鼓舞之下，在五年来我们对敌斗争光辉的胜利的鼓舞之下，应当更亲密的团结起来，加强我们的力量，更广泛的展开反对敌寇奴役青年和掠夺青年的斗争。

（原载一九四二年十二月十日《晋察冀日报》第一版社论）

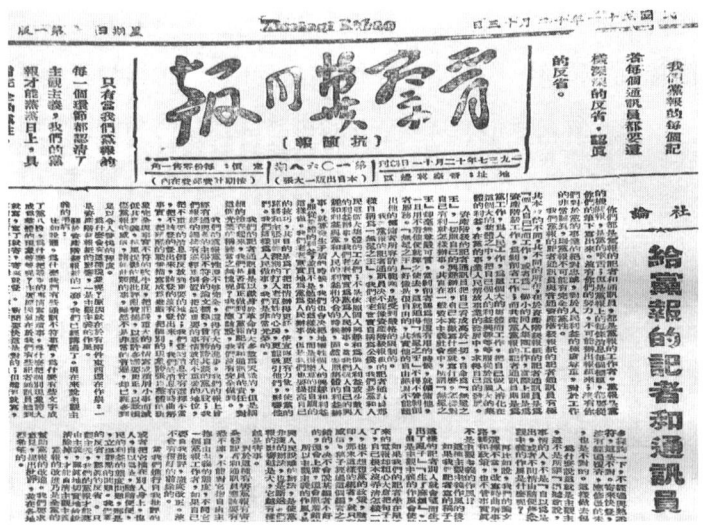

给党报的记者和通讯员

你们都是党报的记者和通讯员，都是党报的工作者。党报是党的机关报，是党的喉舌，但是党报上的每条消息每个标题，都要从你们的笔下写出来。没有你们的努力，不可能办出报纸来；没有你们对于党的事业的绝对忠诚、对于人民利益的极度尊重、对于工作的非常认真，则党报不可能有完全的党性。

我们党报的记者通讯员与普通资产阶级报纸的记者通讯员有极其本质的不同，其不同的所在在于资产阶级报纸的记者通讯员是为"个人自己"而工作，或者为一个小的同人集团工作，实际上则是为资产阶级工作，为剥削者工作；而共产党党报的记者通讯员则是为党工作，为人民工作，为这个大的集体而工作，把自己个人溶化在这个大的集体之中，把自己个人的利益兴趣等等服从于这个大的集体的利益，在党的事业人民解放事业的发展中，求得自己的发展。

资产阶级的记者通讯员把自己看成高于一切，自命为"无冕之王"，一切照自己的兴趣办事，自己喜欢写什么就写什么，怎样对自己有利就怎样办事。其实在一般资本主义社会中，所谓"无冕之王"却毫无尊严可言，当剥削者认为他还有用的时候，就雇佣他，一旦用不着他便就挥之使去，这就迫得"无冕之王"不得不替剥削者服务。"无冕之王"好像是很自由的，其实他的自由绝对不能超出他的雇佣者所容许的范围，是受到严格的限制的。

我们党报的记者通讯员决不能像资产阶级报纸的记者通讯员那样自称为"无冕之王"，我们老老实实自称为公仆，我们是党和人民这个大集体的工友们，不是依照个人兴趣和为个人利益或少数人的利益办事，我们老老实实为党为人民办事。当我们个人自己的兴趣和利益与党和人民的利益相符合的时候，固然要照集体的利益办事，就算发生矛盾的时候，我们也会决绝地牺牲个人的兴趣和利益，服从集体的利益，并且不是勉强的这样做，而是很乐意的很自愿的这样做。我们老老实实地为党为人民办事，但是我们也要提高自己的技巧，其目的是为了把事情办得更好，使宣传更有力量，使党的路线和主张更能深刻的打入老百姓的心房，更能吸引他们，影响他们。我们这样为人民做事，我们是非常光荣的。

我们的记者通讯员是以献身于革命的大多数为天职的，但是细细的检查起来，我们是否真正做到了党报记者和通讯员的责任，对这个光荣的称号当之无愧呢？我们应该说，我们没有完全做到。

我们的党报党性还不够完全，还得有大的进步，我们的报上曾经有过与党的主张不符合的论文标题，曾有夸夸其谈的党八股；我们报纸的编排有过轻重倒置，把最重要的事情放在不重要的地位，把不重要的消息倒反放到重要的地位；我们登的消息曾有选择不当，把不该登的登出来，该登的没有登出来；我们的消息有时曲解事实，把残酷的战争描写成为游戏，把个别的现象夸张为整体的现象完全与事实不符的吹牛皮，把庄严重大的事情写成琐屑小事而减低其意义，捕风捉影的乱批评乱赞扬，以致许多需要更正，以致损伤党报的威信，诸如此类的事，虽然不是非常的普遍，却已经多到足以令人警惕的程度。

为什么会有这种现象呢？原因就在于有两件东西还在作祟：一是资产阶级报纸的影响，一是主观主义的作风。

关于资产阶级报纸的一套，我们已经讲过了。现在来说主观主义的毛病：比如说罢，为什么我们有些通讯不符事实，为什么有些文字成为党八股，为什么把严重的事情写成琐事，为什么把个别现象夸大成为整体的现象等等呢？主要原因就在于我们有些记者通讯员听到就写，写了就寄，寄来就登。新闻要快这是对的，但听到就写，事情没有弄明白就不对。写了要快寄，这是对的，但如不从各方面多探询一下，不经过与熟悉情形的人商酌，以致与事实有出入或不符，这是不对。寄来快登，这也是对的，但未经细看，必要覆查的没有经过覆查，应修改的未经修改，不该改的却草率改掉就此登出，也是不对的。这样做去包出岔子。

为什么说这就是主观主义的作风呢？试问听到就写，不问事实，这不是所谓"道听途说，东张西望"么？写了就寄，不问问熟悉事情的人，不是"自以为是"么？编者接到这种通讯或文章随便登出，或者不问情由随便□□，岂不也是"自以为是"么？这不是主观主义的作风是什么呢？

再比如说，我们的论文标题与党的政策不符，编排等轻重倒置，选择不当，改写时曲解事实，闹出笑话，这岂不是因为不管党的路线和政策，也不管事实真相自以为是、自作主张的缘故么？这岂不是主观主义的作风？

这种主观主义作风的后果，一定是非常之坏的。

如果我们记者写的稿子常常不符事实，常常需要更正，那么，这样的记者别人就会望而生畏，不敢同他谈话，生怕一说话，又"出了乱子""生了麻烦"。采访记者和通讯员一定要深入社会才行，但是主观主义的作风会使他脱离社会，会拒人千里之外。

如果我们的记者坐在屋子里拿着一枝笔接到人家寄来的稿件拍来的电报却粗心大意把句子也点错了，把文章与电报的意义也弄错了，自己根本没弄清怎样一回事，却贪省事、图便宜，不肯问问旁人，也不想想党的政策，随便删改、随便添加，自作主张，就去付印，那末这样的编者，就只有糟塌党报，曲解党的主张，损害党的威信。稿子经过这个编者之手登了出来，读者看到了如果知道这是错的，决不会说某编者不好，而会说党的不是。如果不知道这是错的，还会上当，还会照着错的去办事，还会以讹传讹，弄出大错。

所以主观主义的作风，是使党报丧失威信的有害办法，是使党报与人民脱离的办法，是使党的工作受损失的办法，是流毒无穷害人非浅的办法，也是断送我们记者通讯员和编者自身的有效办法。党报的影响越是大，它越有权威，就越不能犯错误，犯起错误来，党越是害事。

对于这种有害党报有害革命事业的主观主义作风，我们党报的全体记者和通讯员应该要有义愤，应该加以深恶痛绝，应该去之惟恐不速，不能对它抱自由主义的放任态度。对于这种主观主义作风抱自由主义的态度，不同它坚决斗争，那是只有害处没有好处。每一个党报工作者，如果自己身上有这种主观主义作风或其残余，就要自我批评，澈底改正。没有这种自我批评，勇于改过的精神，就不会有很好的前途的。

当我们进行自我批评的时候，如果把这种作风看作技术问题，或者把它推在别人身上，也是无法改正错误的。必须知道，不去问人，自以为是，随随便便，任性作事，那是党性的问题，那是对人民的利益的态度问题，那是自己品质的问题，那是思想方法的问题、立场观点的问题。我们党报的每个记者、每个通讯员都要这样深深的反省，认真的反省。只有当我们党报的每一个环节都认清了主观主义,我们的党报才能蒸蒸日上,具备完全的党性。只有反对自由主义,认真地切实地敏锐地发掘每一个主观主义的表现,而把它清除掉,才能自清主观主义。

党报的改进乃是全党的工作,全党的组织有责任来积极领导和帮助党报的改进。我们要求全党的组织和全党的同志,对我们提出意见、提出批评,并在各地帮助我们的记者和通讯员。这是我们热烈希望的。

(新华社延安十日电)

(原载一九四二年十二月十三日《晋察冀日报》第一版社论)

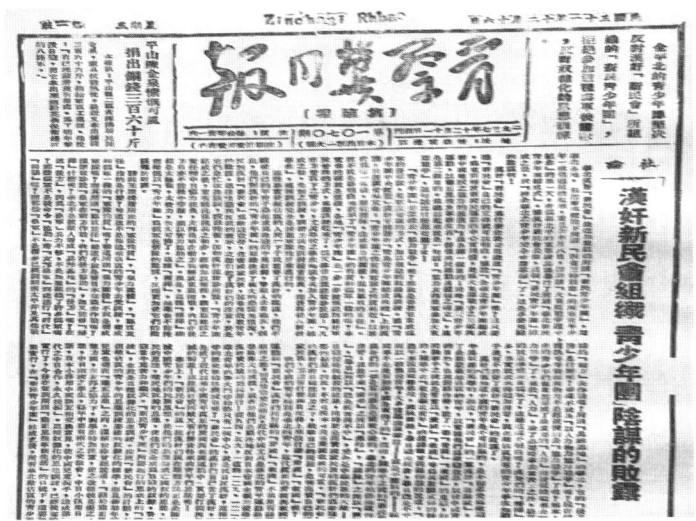

汉奸新民会组织青少年团阴谋的败露

华北汉奸"新民会"最近加紧组织所谓"新民青少年团",把华北各地,包括敌伪统治下所谓"四省三特别市"的所有青年少年一律强迫组织起来,并且在本月八日,即所谓"大东亚战争周年纪念"的那一天,在伪都北平的东单练兵场举行了所谓"华北新民青少年团结成式"。据汉奸新民会公布,这个"新民青少年团"结成之后,就"将全华北之青少年完全收归掌握"了。这是多么凶险的阴谋啊!

汉奸"新民会"为什么急于要组织这"青少年团"呢?这只要听"新民会"自己的宣传就可以明白。据说"全华北青少年团编成,为东亚解放新国民运动的中心实践体,更为大东亚战争之完遂与新中国建设之强力的推进力",

这是第一个目的；同时"展开青少年运动，以肃正思想及革新生活，促进国民总动员体制之确立"，这是第二个目的。但总括起来就是一句话："协力友邦皇军参加大东亚战争"，这句话比什么都干脆了当！

"青少年团"要怎样去"协力战争"呢？那就是要把它当成伪军的后备队，用军队管理的方式，加以强迫的组织与训练。据"青少年团中央统监"汉奸王揖唐在"青岛青少年团结成典礼"上的演讲，就很露骨地宣布："青少年团之性质与军队之性质相近，以服从为唯一信条，服从指挥，造成强力的团体，担负艰巨的重任。"这不就是最明白地表示了"青少年团"的性质和伪军一样的吗？事实也的确就是这样，各地"青少年团"是一步一步被强迫加紧用军队管理的方式，逐渐训练起来了。伪天津市长温逆世珍说过，"凡市方管区下之青少年，尤其学校之学生均须令其加入青少年团。结成之初，先对之训练，训练方法先训练体育教员，而后再使其教练学生"，这种训练完全是按照军队性质来进行的。

这些事实使敌占区的人民一下子就看穿了汉奸的阴谋，他们不愿使自己的年青子弟都成为敌寇的牛马奴隶，替敌人去当炮灰，因此，他们对汉奸的"青少年团"的组织表示了极大的恐慌与愤激，反对汉奸"新民会"为敌寇效劳，危害国家民族，掠夺与戕杀青年的阴谋。这种愤懑与反抗的表示，立即引起了汉奸们的注意，于是它们急忙改换语调，设法掩盖，即如汉奸温世珍所说："青少年团结成之后，竟有谓此系挑兵之初步，经我加以解释，谓东亚建设之责任需中日协力担负，友邦皇军在前方为解放东亚而战，我们在后方自亦不能袖手旁观，须以实力协助之。"但是，这种"解释"显然是太勉强，太费力，也太可怜了。这种"解释"，丝毫也不能掩盖敌伪以"青少年团"为伪军后备队的阴谋，反而更加使它们的阴谋趋于败露。

请问王逆揖唐所说的"军队性质""强力团体""艰巨重任"指的是什么？难道这不是强迫敌占区的青少年去受训练，变成和伪军一样的"军队性质"吗？难道所谓"强力团体"不就是变成军队吗？而其所谓"艰巨重任"难道不就是替日本强盗去作战吗？温逆世珍说"皇军在前方作战，我们在后方协助"，这又能够"解释"什么呢？华北不是被敌人看成"兵站基地"的"后方"吗？在这"后方"，因为"皇军"兵力不够，不是加紧组织了许多伪军吗？那些伪军不是被命令"协助"着"友邦皇军"到处进行"讨伐""扫荡"吗？而那些"皇军"不是很多已经调到南太平洋及其他战线的"前方"去作战吗？所谓"兵站基础"的华北，它的"后方任务"是什么呢？难道不就是"以人力物力协力战争"吗？现在破铜烂铁等等资源与物力不是都被搜刮去"协力战争"了吗？那末，现在的青少年们也当然要成了最重要的"人力"而被组织起来去"协力战争"了。这批"人力"，除了必要时拿去当苦工之外，最重要的就是准备去当伪军了，这难道还不明白吗？汉奸们的"解释"越多，事实就表现得越加清楚，现在敌占区所有的青少年学生知识分子没有不看穿了汉奸"新民会"的阴谋了。

汉奸们也知道中国的青年是不可屈服的，是不能忍受为敌寇的牛马奴隶的耻辱的，因此，"新民会"的一群汉奸"理论家"，为了企图蒙蔽敌占区的青年，以实现他们为敌寇效忠，奴役中国青年的目的，也就装腔作势，说了一套"爱国""救国"的鬼话，如殷同陈宰平之流就是常常以"爱国""救国"等为其欺骗宣传的幌子的。陈宰平在《敬告华北青年》的演讲里曾猩猩作态的说道："这几年来因为国势危殆，国脉断绝，举目尽是疾苦，举目尽是不平。所以一般热情青年，大多愤怒消极悲观……这是不应该的……现在国事不是没有办法，国是救得了的。"然而，陈宰平之流的"新民会"汉奸们的一切花言巧语都是徒费心机的。华北的青年始终知道得最清楚：这几年来"国势"之所以"危殆"、"国脉"之所以"断绝"、"举目"所以"尽是疾苦与不平"，完全是中华民族的大敌——日寇侵略与奴役的结果，同时更是出卖国家民族的汉奸们为敌寇効劳的结果。因此，不抗日根本就没有爱国救国的可言。"新民会"的汉奸们在日寇指挥刀之下，戕杀自己的同胞，危害出卖自己的国家民族，那还有什么面目配得上来谈什么"爱国""救国"呢?

我们中国的青年特别是华北的青年,近代真正的爱国与救国的运动和"新民会"汉奸们所冒称的"爱国""救国"不但没有丝毫相同之点,而且恰恰完全相反。近代中国尤其是华北的青年运动最光荣最伟大的成绩,就在于他们是坚决地反对日本帝国主义的侵略和汉奸卖国贼的卖国罪行!从五四、五九,一直到一二·九、一二·一六华北青年的伟大斗争始终只有一个中心,就是抗日反汉奸,这种斗争的历史谁能够磨灭它呢?"新民会"的汉奸们自己当了汉奸,正是成了近代以来中国青年真正的爱国与救国运动中一贯要打倒与消灭的对象!这批汉奸卖国贼又有什么资格来向青年们说话呢!

事实上,"新民会"的这一批汉奸们现在想尽方法正是企图消灭中国青少年们的民族思想,使他们的思想变成亡国奴的思想、顺民的思想、殖民地奴隶的思想,使他们完全成为日寇的奴隶,替日寇当牛马苦力和炮灰。"新民青少年团"所要进行的思想上的"训练",也就是这种奴隶化的思想训练。按照"新民会"的计划,不但敌占区的青少年的思想训练要达到奴隶化的标准,而且连幼年的儿童也要在"肃正思想"之列。温逆世珍曾经说过:"关于肃正思想方面,在友邦之协力下,对学生特加注意,使之改变亲英美之思想,中日两国之学生,每年中要有两次之交欢会。中日小孩用日本语,日本小孩用中国语互相交换意见,使中国儿童携手,造成第二代之中日合作,永久提携。"这种奴隶化的思想训练,已经被强迫实行了,今后在强调所谓"肃正思想革新生活"的口号下,还要加紧实行。在"新民青少年团"结成之后,所有华北敌占区的青少年都要普遍被强迫去受这种思想训练,以期"肃正思想",造成"明了中日提携真意"而能"忠心协力友邦"的伪军后备队,这种企图是非常明显的。怪不得敌寇"华北派遣军"方面对于这一次"新民青少年团中央统监部和直辖第一团及北京特别市青少年团结成典礼"表示"极大的期待",而南京的汉奸林柏生很早就到日本考察过一次，最近华北伪教育署也派遣了一个"见学团"去日本"考察日本青少年团之组织及训练实况"，以便使"新民青少年团"完全能够按照"友邦"的标准而组织训练起来，"以副友邦军方的期待"，从此，华北敌占区的青少年就成了日寇军部管制之下的后备武装的人力来源了。

全华北的青少年，五年来已经饱受了日寇的屠戮掠夺与抓捕，无数充当了苦力与炮灰，现在更面临着普遍被迫去当伪军后备队的严重危险，稍有人心者决不能忍受此种空前暴虐的奴役！全华北敌占区的青少年今天要避免这空前的危险，保持我国近代青年抗日反汉奸的光荣传统，除了坚决反对汉奸"新民会"所组织的"新民青少年团"，拒绝参加这种伪军后备队、反对奴隶化的思想训练之外，再没有第二条路可走了！

（原载一九四二年十二月十六日《晋察冀日报》第一版社论）

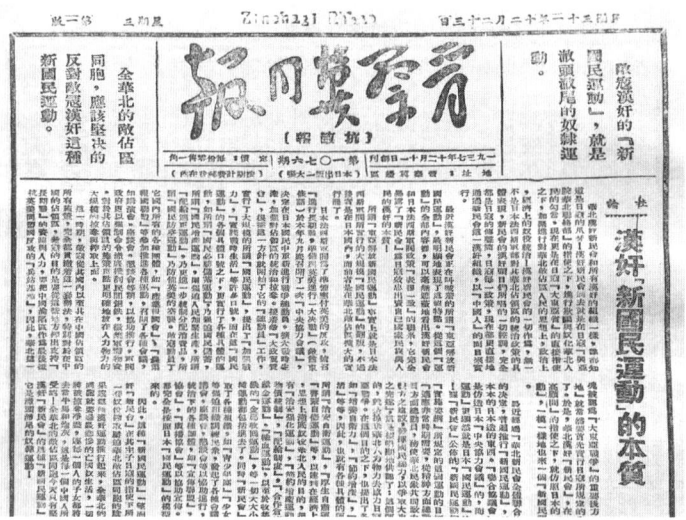

汉奸"新国民运动"的本质

华北汉奸新民会和所有汉奸的组织一样，谁都知道是日寇的爪牙！汉奸新民会过去就是在日寇"与亚院华北联络部"的指使之下，进行欺骗与奴化华北人民的勾当，现在更是在日寇"大东亚省"的直接指使之下，加紧进行对华北敌占区人民的思想上、政治上、经济上的奴役统治！汉奸新民会的一切作为，无一不是日本法西斯军部对其华北占领区的统治政策的具体表现；新民会的汉奸头目们所唱的一切腔调，完全都是日寇的传声筒；日寇每一政策，现在都更直接地通过新民会这一汉奸组织，以"中国人"的面目来实行。

最近汉奸新民会正在叫喊着的所谓"东亚解放新国民

运动"，最明显地表现了这个特点。从这个"运动"的全部内容里，可以毫无遮蔽地看出汉奸新民会和日本法西斯军阀政策"表里一致"的联系，它完全暴露了"新民会"为日寇效忠出卖自己国家民族与人民的汉奸的本质！

所谓"东亚解放新国民运动"，事实上就是日本法西斯军阀所实行的大规模"国民运动"的翻版，不过后者是在日本国内，而前者是在华北敌占区扩大的实行罢了。

日本法西斯军阀为了准备应付英美的反攻，号召"进行长期战，准备与英美进行一大决战"（敌酋东条语），于本年九月底召开了一次"中央协力会议"，决定在日本国民中重新进行战争总动员，扩大战时生产，加强对占领区的统治和掠夺。接着敌"大政翼赞会"根据这一方针就开始了它的"总动员"工作，实行了大规模的所谓"国民运动"，提出了"加强战力""实践战时生活"等许多口号，而在这"国民运动"的各个具体口号之下，更实行了各种具体的运动，如所谓"国民必胜储蓄运动"，乃强迫国民储蓄；所谓"国民增产运动"，则强迫人民加紧生产；所谓"配给适正运动"，乃更进一步统制分配消费品；所谓"国民防空运动"乃防备英美的空袭。敌寇动员了它国内所有的各种团体，如"产业报国会""农业报国联盟"等参加推进各种运动，召开了各种会议，如讲演会、座谈会、恳谈会等类，以协助推行，军阀政府更以强制命令澈底搜刮民间铜铁，征集军需物资。对于其占领区的施策重点更明确地放在人力物力的大规模的掠夺与榨取上面。

这一时期，敌寇从其国内以至其在中国占领区的所有施策，完全都贯澈着这一套办法，特别对于在中国的占领区，敌寇的目的是要从这些地方榨出支持"长期战"的资源与人力，要把中国沦陷区作为最后抵抗英美同盟国反攻的"兵站基地"，因此，华北这一块被认为"大东亚战争"的重要后方"兵站基地"就当然要首先实行日寇所规定的全套办法了。于是，华北汉奸"新民会"，在"铃木最高顾问"的指使之下，就仿照日本的"国民运动"，一模一样地也来一个"新国民运动"了。

最近经过"华北新民会全体联合协议会"的决定，普遍推行"新国民运动"，这是原原本本的日本造的东西。"联合协议会"本身就是仿造日本"中央协力会议"的，而"新国民运动"更显然就是日本"国民运动"的汉奸版！据"新民会"公布的《新国民运动纲要》和《实施要纲》所规定的这个运动的目标，就在于"适应非常时期需要，从精神方面总动员与物质方面总动员，务使华北民众共同致力于心物双方之建设，发挥国民总力，以争取大东亚战争之完遂"，这是极明显地供认了这个运动的目的，就是掠夺华北人力物力去协力日寇的大东亚战争。在这个目的之下，也提出了各种口号，如"培养自卫力，"节约增产""革新生活"等等，因此，也就有各种具体的运动，如所谓"治安自卫运动""厚生自肃运动""启蒙自修运动"等，以达到在经济上、政治上、思想上澈底奴役华北人民的目的，把过去所有"治安强化运动""节约增产运动""物价统制""配给制度"，以至于收集破铜烂铁的"金属收回运动"等一切大大小小的各种运动都包括进去了。同时"新民会"也就采取了各种组织，如"青少年团""少女团"等等强迫组织训练民众，发起了各种会议，如演讲会、座谈会、恳谈会等以协助进行，动员它统治下的各种团体，如"宣传联盟""出版协会""广播协会"等以协助宣传。这一切都完全是按照日本"国民运动"的模型翻制出来的。

因此，这种"新国民运动"一望而知是汉奸"新民会"在其主子日寇的指使下所玩弄的一套奴役榨取压迫华北敌占区同胞的阴谋，如果让这种汉奸运动推行起来，全华北的敌占区同胞就要过最悲惨的亡国奴生活，一切物资都将被掠夺净尽，连每一个人的子女都将被强迫去当牛马和炮灰，这是每一个中国人所决难忍受的！全华北的敌占区同胞今天只有坚决反对汉奸"新民会"的这种"新国民运动"，因为它是澈头澈尾的奴隶运动！

（原载一九四二年十二月二十三日《晋察冀日报》第一版社论）

一九四三

YI JIU SI SAN

《晋察冀日报》

一九四三

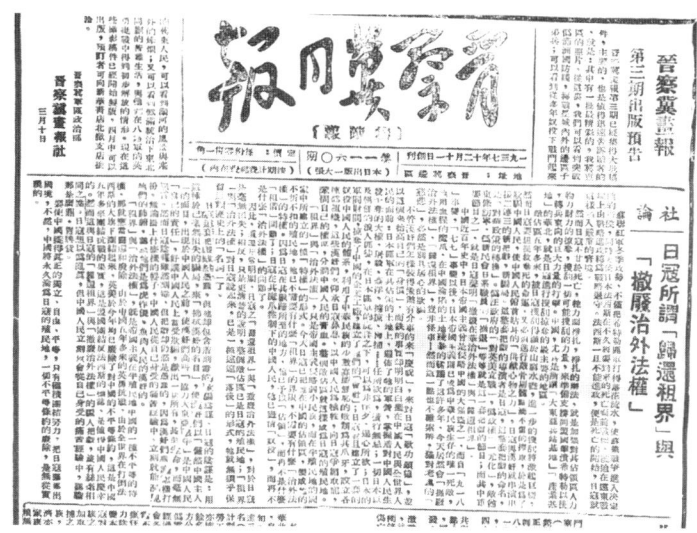

日寇所谓"归还租界"与"撤废治外法权"

　　苏联红军冬季攻势，不仅把希特勒匪军打得落花流水，使苏德战争进入决定性的阶段，同时更使日本法西斯在不久将要到来的死亡面前战□、被迫在远东战场上由战略进攻转为战略退守。法西斯一旦不能进攻，便是死亡的开始，日寇就这样陷入严重的窘境。

　　然而日寇不甘于死亡，他力图挣扎，挣扎的办法，就是加强对其占领区人力物力财力的掠夺，搜刮一切可能搜刮的力量，来准备支撑同盟国击溃希特勒以后，转兵东向的巨大力量的打击。中国，尤其是所谓"大东亚兵站基地""产业基地"的华北，就是日寇进行搜刮掠夺的最主要的地区。

　　敌占区五年多来，被日寇搜刮得濒于山穷水尽，进一步的搜刮将激起巨变,然而日寇要想挽救垂死的命运,又必须进行敲骨剔髓点滴不留的榨取,于是为了欺骗中国人民,使中国人民俯首帖耳的"供献心物之力",日寇与汉奸就串演出接二连三的新把戏,新骗局。这整套把戏的导演者是日寇,这整套把戏的命名,是"对华政策的转换"。伪汪政府的"对英美宣战"、伪政权"一元化"、敌酋东条访宁、伪新民会日系职员的"撤退"等等,就是这一套把戏的节目,而其中重要节目之一,就是日寇声明"撤废在华治外法权"与"归还租界"。

中国近百年史中,日本帝国主义曾是侵略中国的大强盗之一,而自"九一八"事变,"七七"事变以后,日本帝国主义则已或为中华民族生存的唯一死敌,他用血腥的魔爪,在中国沦陷的土地残暴的蹂躏了这许多年,今天居然会"撤废治外法权","归还租界",岂非怪事!然而这一点也不难索解,猫对老鹰的"慈悲",必然是别具居心的欺骗。

不管汉奸们怎样装得像煞有介事的来"庆祝",来对日寇"歌功颂德",并以这个来抬高自己的"身价",而铁的事实却明明白白摆在中国人民与全世界人民的面前:日本匪军在其占领的土地上,遍布了它的军营,掌握着对中国人民生杀予夺的大权,屠杀、奸淫、掳掠、拘捕……任所欲为,横行无忌;一切日本以及朝鲜的浪人匪徒,在日本匪军的庇□之下,可以为非作歹,□心所欲;日本的军阀财阀,掠夺了中国的企业工厂,建立了他们的"会社";日寇并且建立了一套的奴役中国人民的体系,利用了中华民族的少数寡廉鲜耻的败类为其爪牙,设立各种伪组织,这些汉奸们就仰承日寇鼻息,以中国人民为牺牲,向日寇争媚取宠,紧固自己的权位,分润中国人民的膏血。整个敌占区就这样成为日寇的殖民地。

"租界"与"治外法权",只是帝国主义侵略弱小民族,而在半殖民地的国家中所建立的一种"特权"的形式。今天日寇已把他在中国的占领区,变成他的不折不扣的殖民地,他已不需要有什么"租界"的界限,不需要有什么"治外法权"的特权。因为日寇在其兽蹄所至的地方,他已予以"占领",

而再不是什么"租借"问题了；日寇在其魔爪控制下的中国人民,他已尽情"奴役",而再不是什么"治外法权"的问题了。

因此,道理非常明显,日寇之"归还租界"与"撤废治外法权",对于日寇是毫无损失；相反,只是更清楚的说明,整个敌占区已是日寇的殖民地；"租界"与"治外法权"对日寇说起来,已是一种远远"落后"的形式,他就无须乎保留这类历史上的"名词"了。

日寇这套把戏虽然愚蠢,但他却包含着刻毒的欺骗阴谋,日寇的阴谋是:用这种于己毫无损失的骗局,来"拂拭汉奸的名目",使汉奸们以"俨然中国主人"的面目,出现于中国人民之前,使汉奸们高叫"协力大东亚战争"是中国人民"自己的责任",好让中国人民上当受欺骗,献出一切所有,甚至生命,而毫无怨言。然而日寇阴谋虽然刻毒,但把戏却仍然是愚蠢的,因为汉奸们无论怎样打扮,无论挂上什么样的幌子,中国人民从自己身受的痛苦经验中,立刻就能洞见他们的肺腑,认出他们是为虎作伥、鱼肉人民的汉奸的。

"租界"与"治外法权",既是帝国主义在半殖民地中国的一种不平等的特权,那就应当归还和废除,由于中国五年多来的英勇抗战,由于全世界在打倒法西斯的大旗下团结起来,英美于今年均已废除了对中国的不平等条约,这是中国五年多来团结抗战的果实,这是盟国团结反法西斯的标志,是值得中国人民庆幸的。然而这与日寇的"归还租界"与"撤废治外法权"的骗人把戏,没有丝毫相同之点。日寇想以伪乱真,但中国人民立刻就会从自己身受的痛苦经验中,认识那是膺鼎、冒牌货。

要使中国获得真正的独立、自由、平等,只有继续团结努力,把日寇驱逐出国境,不然,中国将永久沦为日寇的殖民地,一切不平等条约的废除,是无从实现的。

（原载一九四三年一月二日《晋察冀日报》第一版社论）

伪钞的"直接兑换制"及其危机

华北敌占区金融危机，目前不但毫无缓和，而且更加严重发展。当敌伪正"急谋树立全国战时体制"之时，整个敌占区经济恐慌已□如火燎原，此种恐慌既无挽救办法，金融危机自然不堪设想。伪"全国经济委员会常务委员"殷逆汝耕于三月二十四日对伪报记者谈话中曾公开承认："华北当前最重要之经济问题，如通货，物价，食粮等，为互相关联互为因果者"，并谓"华北食粮素不足用，仰给予东南及满蒙，自大东亚战争开始，东南方面之输入完全断绝，以致骤感困难"，同时更以"华中华北物资之交易流通，以前□滞"为极大遗憾，可见敌伪经济恐慌之严重，在汉奸口里也都掩盖不住了。虽然殷逆"就后方兵站基地之立场言"深感"对于经济方面应尽最大之责任",但在实际上也只能徒□□□。经济恐慌既毫无解救的办法,则与□互相关联互为因果的金融危机也就永远不能单独解决了。

然而,敌人虽明知危机之无可挽救,却总是尽力欺骗。最近敌方宣布"停止增发华中军用票",实行伪钞的"直接兑换制"就是穷极无聊的一种欺骗手段,据敌伪广播,"自四月一日起,华中方面停止增发军票,过去华北华中间以军票为单位之清算方式,遂敌伪以储备券直接对联银券为之,计储备券一百元对联银券十八元,基于联银券与日元等价及储备券百元与日元十八元之比率定之"。这就是敌伪对于金融的"霸决策"的全部内容。华北伪政权对于此事大肆宣传,以为"联银券与中储券直接兑换后,联银券价值之稳定遂益强化",汪逆时璟发表谈话,更谓"此后金融上及商贾行族益增便利",这简直是痴人说梦,自欺欺人。敌寇企图头痛医头,脚痛医脚,用这个新办法再作一番麻□与欺骗,以谋暂时缓和金融的危机,更显然是徒劳无益的!

日元之恶性膨胀,联银券之形同废纸、本报已屡次揭□事实,无庸再论,现在要论到的就是"停发华中军票""以联银券与储备券直接兑换"的办法,究竟有什么作用,能否挽救敌后的金融危机与经济恐慌?这个问题的简单答□只有一句话:完全不能!再要补足一句则是:更加不可收拾!理由就在下面。

第一,我们知道目前敌占区物价之所以膨胀,伪钞之所以狂跌的原因,根本由于敌伪的搜刮掠夺榨取破坏,物资穷竭和伪钞滥发,通货恶性膨胀所造成。这个原因绝对不是停发新"军票"和实行一下"直接兑换"所能够改变的。因为物资还是那么缺乏,伪钞还是那么多,所以物价就一定还要继续腾涨,伪钞也就一定还要继续跌价,这是决无疑问的,这一点常识,人人都懂得。敌寇汉奸也都知道骗不过人,因此,汉奸们在二十六日的广播中也只得承认说：" □直接兑换清算制之采用，对特定物资交易之输出入及□价"当无任何变更，故对华北经济方面，理论上当无何影响。"这是汉奸敌寇自己承认新办法是不能改变现在的物价与币值的关系的！但是这决不仅是"理论上"的问题，事实还要更进一步逼迫他们承认就在这新办法实行之下，物价还在继续上涨和币值继续下跌的形势。在这一点上，倒不能说"无任何变更"和"无何影响"了。

当新办法公布前，天津、青岛等地物价还不如现在之高，新办法公布后的现在，反而比以前更加上涨了，这从敌伪发表的行情中就可以看到。比如黄豆价格，上月九日为一百五十四元九角，十日为一百五十六元九角，十一日为一百五十八元五角，现在黄豆行市则达一百六十八元九角及一百七十四元二角，仍在继续上涨不已。虽然敌伪极力用强制手段在北平抑抵物价，但结果只做到"有行无市"罢了，而且他们现在也公开承认"商品市场，极不一致，北京下落，青岛等地反呈上涨"，如"青岛市场玉米、高粱等较日前均分别上涨"。这些事实使□□非常颓废，最后只得泄气地说："经济部门所受之影响均不一致，各方面旨在观察状态，而期□于□来。"但我们可以告诉他，将来是更不堪设想的！

其次，我们必须指出，敌寇企图在停发"军票"，实行"直接兑换"之下，来"促进华北华中间之交易"，并促成"金融一元化"。然而结果适得其反，将愈加深其内部的矛盾与危机。因为华北的汉奸自以为它的"联银券"与日元"等价"，以十八元对华中汉奸的"储备券"一百元，身价抬高，盛气凌人，使华中"储备券"的老板——汉奸汪精卫大失"元首"的体面，心中忿恨，于是汪逆乃强调"金融一元化"，在"直接兑换"的"新决策"下，呼喊"中央储备银行券之圆滑使用"，最近果然就把大批滥发的"储备券"推到华北占领区"圆滑使用"起来了，这样就造成了华北敌伪市场上除了原来无法消化的大量不值钱的"联银券"之外，又加上了一大批更不值钱的"储备券"，通货膨胀危机愈深，其前途正不知任于胡底——而华中、华北间的交易却并不见得有什么转机。华北的汉奸根本不愿这交易的好转，也无力使之好转，北平汉奸广屠也曾明白说过"促进华北华中间之交易，当□□物资统治宪备后方可施行"，可见还是行不通的。但其相互间的矛盾却反而加紧，危机也反而加深了。

这一点，伪"蒙疆政府"倒很聪明，他看到了华北华中的矛盾与危机日益扩大与深入，惧怕它自己也被连累遭殃，因此，它在华北华中伪政权宣布四月一日起实行"新决策"的时候就做了准备，三月三十一日的一天突然发出命令说："近来境外因有食粮困难及物价昂□等发生种种困难，实有经各种道路而波及境内之忧虑，故今后之物资物价□兑等各对策须极慎重，联银券仍一元化流通，对持有中央储备银行券及联合中储银行券者，决予没收！"好干脆！□居然对华中华北这两种伪钞都采取没收的办法，以保持它自己的"一元化"，免得被"波及"！敌寇所谓"大陆联络一体"，在这里完全证明是虚伪的骗局，而且破产了，各伪政权之间是互不相干、互相□□的，但是，伪"蒙疆政府"这个"命令"倒很可以借来说明华北华中的伪政权的矛盾与其经济金融的危机是严重到何等的程度了！

事实如此，敌伪的金融"新决策"又有什么用？"联银券"与"储备券"的"直接兑换制"有什么用？物价仍然在□涨，伪钞越来越破产了，很快会有一天，敌占区的人民要把那些烂纸般的各种伪钞一把火烧掉的！

（原载一九四三年一月四日《晋察冀日报》第一版社论）

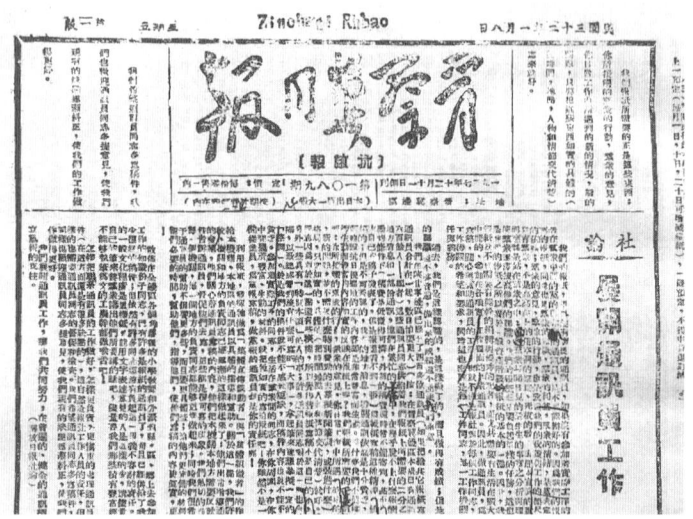

展开通讯员工作

我们的报纸,如果没有广泛的通讯员,如果没有参加着实际工作的、生活在群众中间的党的与群众的通讯员,是不可能办好的。因为我们的报纸是党的报纸,同样也是群众的报纸,群众的利益、群众的情绪,是党决定政策的依□;群众的意见、群众的行动,也是考验我们的政策与工作的标尺;党教育群众,不是高高在上的用空洞的原则、死板的教□去照本宣科的说教,而应该是站在群众之中,通过群众耳闻目见的活生生的事实之分析与理解,使群众逐渐提高他们的认识。我们的报纸正是要负起这样的任务,这也正就是我们的报纸之所以异于一般资产阶级的报纸的基本的一点。因此,我们的报纸就不会需要有能干的编辑与优秀的记者，而尤其需要有生活在广大人民中间的、参加在各项实□工作里面的群众通讯员。因此，做通讯员，为党报写稿，开心与帮助通讯员的工作，也就不仅是报社对于每个工作同志，每个工作机关的希望和要求，同时这也应该是每一工作同志，每一工作机关的责任与义务。

过去，我们是这样认识的，是这样做了的，而且做得有成绩；但是这样的认识还不够普遍，做出来的成绩远不能使我们满意。

我们在陕甘宁边区已经有了四百多位通讯员（如果把给其他报纸写稿的通讯员合计在一起，数目怕要更大）（按：在晋察冀边区本报已有通讯员约六百余人——编者），这些通讯员同志供给着我们报纸上所需要的二分之一的地方消息和一部分通讯，他们在繁忙的工作中，在几乎说不上什么报酬和鼓励的条件下（稿费是低微得可怜，外县的稿费还时常不能寄到，甚至有的同志自己的稿子发表了，但是报还看不到一张）为报纸写稿这种精神，值得发扬的。但是不可否认的，我们的地方消息，机关通讯依然是十分贫乏，而我们建设抗日根据地的工作内容却是非常丰富而生动。为什么我们不能□把这□生动而丰富的内容如实的反映在报纸上呢？我们报纸所需要的正是这些东西：你所接□的群众的行□、群众的意见，你日常工作中所遇到的新的情况、新的问题，并不需要什么特别费劲的去摹拟新闻笔调，或装进什么一定的格局，只要如实的、具体的（把时间地点人物和情节交代清楚）就好。许多同志因为对于这一点还有些模糊，所以觉得替报纸写稿不是自己的事，而是另外一些具有"特别本领"的人的事；许多通讯员同志对于这一点也有些模糊，以致总感觉到没有什么可写的"大事"，拿起笔来总想摹拟一定的现成"腔调"。于是我们的稿件就不能不感到短缺，而稿件内容也就不能不空洞贫乏。参加着实际工作的同志、生活在群众间的同志，在你周围、在你工作中间摆着丰富生动的材料。就把它如实的写给报纸吧！你虽然不是一个新闻从业员，为党报写稿、做党报的通讯员□是你的责任呢！

利用报纸，发挥它作为"集体宣传鼓动者"与"集体组织者"的作用，给本机关、本地区的通讯员以具体的指导和帮助。关于这一点，我们许多学校、机关和地方的负责同志已经逐渐的这样做起来了：他们出席指导通讯员的会议，他们关心着通讯员写稿的内容，他们把本机关本地方需要反映的□件告诉通讯员，督促他们去写，这些都是很可喜的现象。我们热切地希望每一个机关、每一个地方的负责同志都能够这样做起来；同时我们很希望给予通讯员的帮助不但要更多些，而且要更具体些；给他们更完备的材料，给他们必要的时间，帮助他们，指导他们，使他们写稿的内容更真实、更具体！

散布在全边区各个角落里的小学教师和分派到县、区、乡上去参加党政工作的知识分子同志，已有许多是报纸的通讯员了，而且已经供给了我们不少很好的稿件；但依然有许多同志还没有负起这一个义不容辞的责任。边区的一般文化程度是这样低，能用文字表达意见的人是这样的少，请尽量使用自己的笔来替群众讲出他们所要讲的话吧，尽量替我们那些积有丰富经验而不能够执笔为文的工农干部做喉舌吧！

怎样把联系通讯员的工作做好，怎样更负责、更慎重的处理通讯员的稿件（在这方面还是有很多缺点的），这自然是报社工作人员的责任，但是同样的也需要通讯员同志的督促和检查。我们希望通讯员同志多写稿件，我们同样也欢迎通讯员同志多提意见，使我们现有的缺点逐渐纠正，使我们的工作做得更好。

我们展开通讯员工作，让我们共同努力，在普遍的、健全的通讯网上建立党报的支柱。

（《解放日报》社论）

（原载一九四三年一月八日《晋察冀日报》第一版社论）

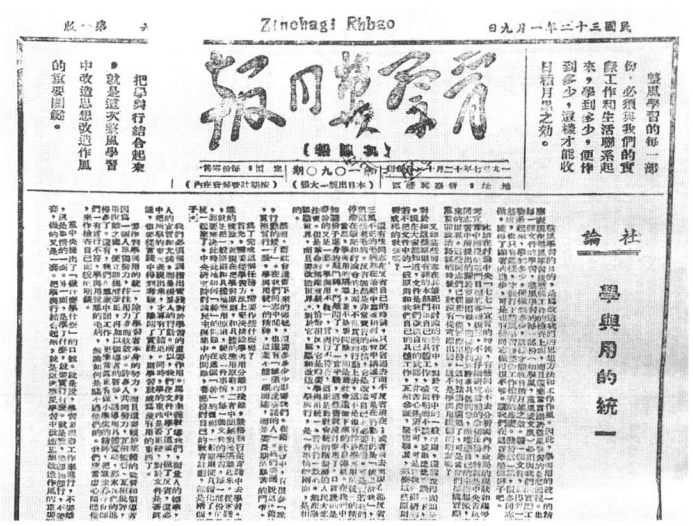

学与用的统一

整风学习的目的，是为改造我们的思想方法和工作作风。因此，学与用的统一的精神，不但应表现在整风学习后整个工作的检查上面，而且还应当贯澈于整风学习的全部过程。也就是说，每一个文件的学习、整风学习的每一部分（如学风、党风或文风），必须与我们的实际工作和生活联系起来，学到多少便做到多少，这样才能收日积月累之效。读一个文件，就得到一个文件的益处，也只有这样，才能打下整风学习后整个工作检查的基础。关于这一点，很多同志正在这样做，获得了显著的进步，可是也有些同志做得很不够。让我们在这里举几个例子吧。

比如在讨论中央"七七"宣言的时候，有些同志不去分析国内外政局的现状和趋势,不去思考宣言中所提的战斗目标的客观根据,不去仔细研究当前的急切任务,特别是中央告抗日根据地同志书中所提出的关于克服苦难,迎接胜利的许多具体问题,而唯凭自己的主观想象,来揣测未来的世界。这些同志们已经把"从实际出发"这句话讲得烂熟了,可是当他们接触实际,探讨我党当前政治路线的时候,就没有从实际出发。这不是学与用脱节的明证吗?

又如某些同志在其笔记和讨论的发言中,对于文件中的一般原则,还能说得头头是道,可是对于和这些原则有关的本部门和自己的具体工作,或则明而不谈,或则泛泛的谈一下,便算了事。现在大家都知道,文件是我们改造自己的武器,非苦心钻研不可。可是当我们钻研的时候,假若不把文件中的一般原则和我们自己的具体工作,互相参证,紧密联系,那么这些原则还不是要变成死的教条吗?

还有些同志在反省自己的时候,只反省过去而不反省现在;或者过去与现在都反省了,自己三风不正的毛病都在笔记中写过和讨论会中讲过了,可是在行动上仍是"依然故我",不断的重犯这些老毛病。反省固然是非常宝贵的事情,它是改造自己的必要开端。可是假若我们的反省,停滞在笔记和讨论会的上面,不能贯澈到行动上去,这不是也有悖于学与用的统一的精神吗?

当然,学与用的隔离,并不是新问题,而是旧社会遗留下来的不良传统。在我们中国读书是知识分子进身的敲门砖。门敲开了,得了一官半职,这些书就没什么用了。口里说的是一套,实际干的又是一套。学与用不统一、言与行不符合,这正是旧社会统治阶级压迫人民大众所需要的法宝。但是革命的无产阶级,恰恰相反,它是需要学与用同一、言与行一致的。无产阶级不仅要认识世界,而且要改造世界。对于它,认识和改造、学与行,是一件事情的两面,是相互分不开的。

然而,旧社会遗留下来的传统,还要多多少少影响我们。在旧社会中,有很多"说话的巨人，行动的矮子"。在我们同志中间，也还有"诚恳的说空话的人"。我们要摆脱这种旧的坏传统，贯澈言行一致、学与用统一的精神，这并不能一蹴而达，而是要长期的艰苦的斗争。

为了完成这个任务，需要作些什么呢？

首先，需要从学习方法上坚决排除学与用分离的残余，严格执行从实践中去学习。学与用分离的残余，表现在把学习原则和具体的应用原则，二者中间绝对地隔离起来。从实践中去学习，就是把一般原则和具体地应用原则，变成一件事情。每一个文件的学习，每一部分的整风学习，都要解决此时此地如何"干"的问题。在这个"干"的里面，一般原则便具体化了，学与用便统一起来了。中央研究院讨论民主与集中的问题，鲁艺检讨自己的教育计划，都是两个很好的例子。

我们必须强调指出实践对于学习的重要作用。马列主义教导我们，衡量人的标准，不是根据人的宣言和允诺，而是根据人的行动。所以，我们在文件中学了道理、做了反省，还必须在实践中把所学的东西表现出来，才算有了结果。同时，学的东西是否正确，对于文件是否真正融会贯通，也要从实践中得到考验，离开了实践，则学习就成为没有用的东西了。

要作到学与用的统一，除了学习者本身的努力，而且还要赖于集体的监督和领导者的帮助。因为一个人单独努力，往往用力多而收效少。许多人共同努力，互相监督，互相批评，一见学与用脱离之处，便立即提醒改正，再加以领导者的启发、诱导与具体帮助，那末我们的进步便容易得多了。还有，我们在群众中间工作，更应当真正有做小学生的精神，把观众看作良师益友。我们一有言行不符，学与用脱离的毛病，无论如何是瞒不过他们的。我们应当虚心倾听他们的意见，来作检查自己面貌的明镜。

党中央提出了"做什么学什么"的口号。就是说，学习要跟着工作来进行，不要离开了工作，这是事情的一面。另一面，是学了什么就要实行什么。就是说，要即知即行，不要学的是一套，做的又是一套。把学与行结合起来，就是这次整风学习中改造思想改造作风的重要关键。

（原载一九四三年一月九日《晋察冀日报》第一版社论）

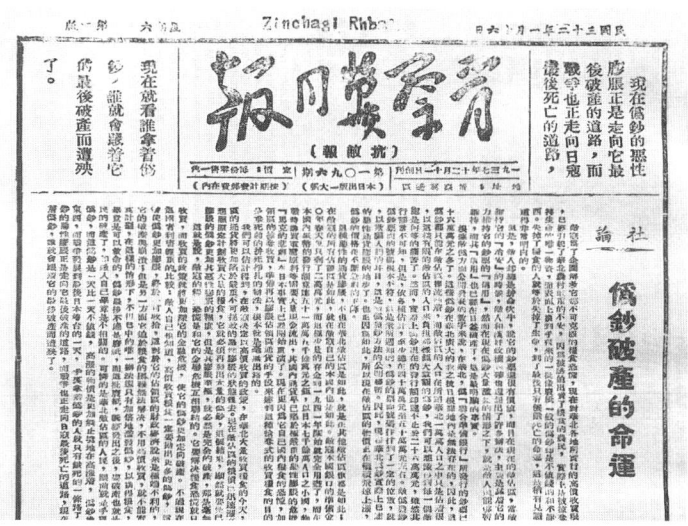

伪钞破产的命运

敌寇为了企图解救它那不可克服的粮食恐慌，现在对华北各地所实行的高价收买粮食的政策，已经引起了华北农村严重的不安，因为被诱迫出卖了粮食的农民，实际上是被掠夺了自己维持生命的唯一物资，而表面上换到手得来的一批像废纸一般的伪钞却是不值钱的和不能充饥的东西。失掉了粮食的人就等于失掉了生命，到了最后只有饥饿死亡的命运，这是稍有见识的人都知道得非常明白的。

但是，敌人却总是拼命吹牛，说它的钞票还很有价值，而且在现在的敌占区，当敌人还能够维持它的"治安"的时候，敌人和汉奸政权的确也还想出了许多办法，主要是靠着它的刺刀，竭力维持它的钞票的"信用"，然而在现在伪钞大量滥发的情形之下，就是敌人还能够暂时用武力维持，而其"信用"也已经在日益破产了，这是最明显的事实。

根据敌伪方面公开发表的数字来说，在华北，伪"联合准备银行"所发行的钞票已经达到二十六万万元之多了。这些伪钞在华北广大的我之抗日根据地内是无法存在的，因此，这样大量的伪钞都只能在敌占区里流通着，而敌占区的人口在所谓华北一万万人口之中只是占着很小的部分，以这样有限的敌占区的人口来负担那样巨大数额的伪钞，我们可以想象得到每一个敌占区的同胞是何等的痛苦了。然而，实际上伪钞现在的发行额却远不止于二十六万万元，虽然其实际的发行额当不可知，但是，依各种估计，至少总在四十万万元至五十万万元左右。敌伪发钞的数目与伪钞票面的号码根本不符，这是众所周知的，伪钞的票面号码往往到了一定的位数，就反覆一次，以欺骗人们的耳目，这是敌伪发钞方法的公开秘密。因此，现在华北伪钞实际上已达到了惊人的恶性通货膨胀的地步了。也正因为如此，所以现在敌占区的物价正在继续飞速上涨，也就是说伪钞的价格在不断急剧的下降。

这种恶性的通货膨胀，不但在华北敌占区是如此，就是在其他敌占区也都是如此；而且不但在敌寇的所有占领区是如此，就在敌寇自己的本国内也是如此。敌寇本国银行的准备金当一九四〇年春天□只剩了二万万元，而这极少量的存金到一九四一年开始就完全用尽了，而在同期间日本国内纸币的发行额竟达五十一万万五千余万元之巨，以日本七千余万人口之小国，物资缺乏，战时购买军需原料等需要大量现金流出，其国内通货早已陷于极严重的恶性膨胀的危机之中了。"马克的悲剧"在日本事实上已经开始重演了。现在更因为它自己的国内粮食的恐慌，加紧在其占领区的掠夺收买，准备再以膨胀占领区通货的手段来达到这种抢夺式的收买粮食的目的，这完全是垂死前的拼死挣扎的办法，根本就是毫无出路的。

我们可以估计得到，在敌寇决定以高价收买的政策，在华北大量收买粮食的今天，华北敌占区的通货将更加陷于严重不可挽救的恶性膨胀的状态里去。现在敌占区的粮价已迅速涨高，敌人要想照原定计划收买大量的粮食，它就必须再发出大量的伪钞，这个结果，显然就要使已陷于恶性膨胀的伪钞更加其恶性膨胀的程度，但是其膨胀至极，就必然是完全的破产，那是毫无疑义的！

　　这就是说，敌寇的粮食恐慌是和它的金融危机互相联结的。它要解决粮食恐慌就只有掠夺的收买，而收买的政策就将更加深它的金融危机，使它的伪钞更加走向破产。不过现在的问题是这两者利害轻重的比较：敌人自己也知道，高价收买粮食一定要抛出更多的伪钞，这结果一定会使伪钞更加膨胀，终于不可收拾，这对于它的占领区的财政经济说来是极端不利的，这将加速它的破产与崩溃；但是另一方面，它迫于粮食的困难无法解决，不用高价收买，就不能实现它的粮食计划，在这样的情形下，不得已中的唯一办法还只有加倍地滥发伪钞，以换得粮食，好在粮食毕竟是可以救命的，伪钞最后不过是废纸，而这批废纸，既经发出之后，要破产也就是占领区人民的破产了，和敌人自己毕竟是不相关的。可怜的是华北敌占区的人民，眼前就是手里拿着一批伪钞，而这伪钞是一天比一天不值钱，高涨的物价是更加无止境地在高涨着，伪钞换不到多少东西，而战争发展到最后日本垮台的一天，手里拿着伪钞的人就只有饿死的一条路了。现在伪钞的恶性膨胀正是走向它最后破产的道路，而战争也正走向日寇最后死亡的道路，现在就看谁拿着伪钞，谁就会跟着它的最后破产而遭殃了。

　　　　　　　　　　（原载一九四三年一月十六日《晋察冀日报》第一版社论）

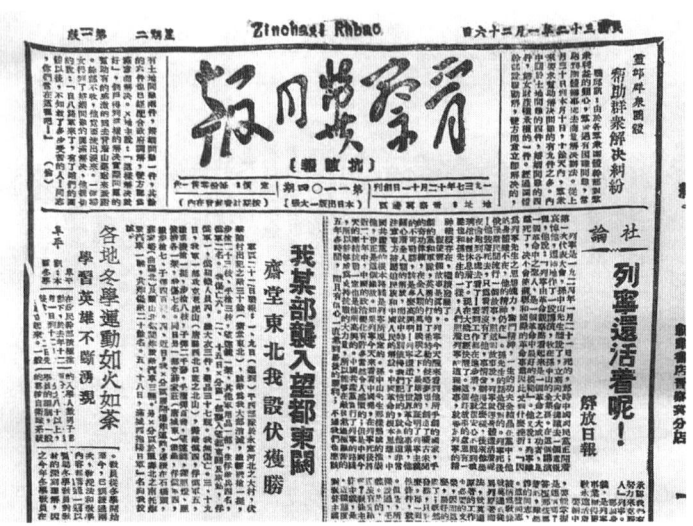

列宁还活着呢!

列宁是一九二四年一月二十一日死的，那时中国国民党正开着第一次代表大会，孙中山先生听说了，立刻向大会提□去一个电报哀悼他，还特地作了一段讲演，收在孙中山的全集里。在这个讲演里，他说："列宁由革命观察点看起来是一个革命之大成功者，是一个革命中之圣人，是一个革命中最好的模范。"他又说，列宁虽然死了，绝不会使苏联和国际的革命事业因此受到什么挫折，"因为列宁先生之思想魄力，奋斗精神，一生的功夫全结晶在党中；他的身体虽不在，他的精神仍在"。孙先生的话是很对的。列宁死后俄罗斯民间流行一个故事，照这个故事说，列宁就连身体还活着呢！他装着死去，只为看看没有了他，事情会办得怎么样，后来他几夜偷跑到各处去看了！看到工作都在进步着，他就很安心的回到玻璃棺材里休息着了。现在大概已经快醒了。这个好故事的意思有一点也和孙先生的一样，人们照着列宁的道理办事，就等于列宁的精神继续存在，继续发展了。

假使那个故事是真的，列宁今天醒来看到他所手创的国家，手创的党和军队，英勇的打垮了希特勒的侵略梦想，创造了旷古未闻的奇功伟绩，在全人类的万目睽睽之下，最雄辩的证明了列宁主义的不可战胜，该是多么高兴啊！列宁还遗下了世界革命的事业，他关心着全人类的解放，而就中特别值得我们记忆的，就是他还非常注意东方被压迫民族和中国人民的解放。中国革命的根本思想，中国共产党的根本路线是列宁所规定的。孙中山先生那样热诚的推崇他，也正是这个缘故。如果列宁今天来看看中国呢，在列宁死后将近二十年中，中国的政治变化有许多当然令人感慨的，但是中国今天的团结抗战一定也是他所高兴的。中国共产党实行了列宁的路线，所以能够成为支持抗战的大力量，所以能够在敌后熬过极艰苦的五年多时间，而且有信心一直熬到最后的胜利。不过我们也应该承认我们有许多事情还办得不太好，中国人民和中国共产党还需要努力来克服自己的许多缺点，我们应多多去请教那位革命中的"圣人"列宁。列宁活着呢！但是应该到哪里去找他？

那个身在玻璃棺里的列宁是永远死了！永远不死的是列宁的主义，是列宁和他的先驱马克思留给我们的方向和方法。要把我们的事业办得更好些，就得更好的去学习马克思列宁主义，这就是去请教永远活着的列宁。

要办中国今天的事情，却去请教外国的死人，而要去请教他们，要能掌握他们的方向和方法，就少不了要读他们的书。这不是迷信吗？这不是教条主义吗？完全不是的。我们在这里不打算去答复那些马克思列宁主义的怀疑者（这不可能在一篇短文里谈清楚的，虽然这是很重要的工作），但是有一部分相当马克思列宁主义的同志，由于反对教条主义而发生的一些误解，却有扫除的必要。这些同志以为既然过去曾有人读了马列的书而不用，而乱用，而被构为教条主义者，那么，最好的避免传染教条主义瘟疫的办法，就莫过于从此根本不读这些教条了，既然过去曾有人只限于介绍马列原著而被误称为理论家，那么，最好的成为真正理论家的办法，就莫过于从此根本停止和拒绝翻译、传布、解释、通俗化这些原著的工作了；既然过去曾有人缺少实际的社会政治经验，或者缺少必要的文化程度，而不相称的以硬啃自己所不会理解的理论为光荣，因而这些理沦落□他们的手里也只能成为莫名其妙的东西，那么，最好的改过自新的办法，就莫过于从此根本不要理论，只要实际了；既然没有调查没有发言权，既然实际是一切理论的最初的出发点，只有有了丰富的"党性知识"才能成为完全的知识分子，那么，每一个亲身参加过多年的生产斗争和阶级斗争的人不怕没有其他条件，就都有十足的发言权，就都是十足的理论家或知识分子了。但是，所有这些想法都是不对的。共产党的整风文件从来没有这样说过，毛泽东同志从来没有这样说过，这完全不是马克思列宁主义。是的，我们是鄙视、嘲笑教条主义的，我们跟教条主义的斗争还没有完结，而且也不会很容易的完结。但是到底什么是教条主义呢？教条主义并不在马列主义的□属□，而恰好是他的反对。犯教条主义，是一种对待马列主义的有的放矢，或生吞活剥的错误态度，这种态度，会使得马列主义变成一种滑稽的丑恶的东西。我们反对教条主义，提倡调查研究，提倡从实际出发，就正是提倡和实行马列主义，就是要恢复马列主义的科学面目和历史信用，就是要大家不和它来开玩笑，而要认真的学习它，负责的运用它，就是说拿它从被侮辱的地位提高到被尊重的地位。试问这样的反对教条主义有没有把□□、介绍马列主义著作看作教条主义的丝毫暗示呢？自然，读随便什么书，都要读者有适当的条件和方法，不然，就会无益而反有害。读马列主义的书，也是这样。但这只是要我们不要乱学罢了，决不是要我们不学。大家都知道介绍马列主义的通俗小册子，曾帮助了中国成千成万没有足够实际经验的知识青年开始确定他们的人生观，而另一方面列宁和马克思本人都曾向没有足够文化程度的工人群众讲解过剩余价值的秘密，可见马列主义只要学得对，虽然所得的少不同，方面不同，却是个个人可以学的。要是根本不学呢？要是光靠经验吃饭就以为万事大吉了呢？那就是经验主义，那就一定不能够万事大吉。实际在理论之先，这是从根本上说的。因此解决中国的问题，就必须根据中国的实际，读马列的书只是要取得他们的方向和方法，并不是要机械的□□他们书上的字母。假如无限制的利用这个真理，以为任何人在任何时候任何地方所遇到的任何实际都在任何理论之先，那就是天大的荒唐。无论什么个人总不能完全独立的依靠自己的"实际"来创造什么理论，相反的，他从最小的时候起，就已经不能不凭前人的"理论"来联系自己的"实际"，否则他便连坐行都很困难。而马列主义的理论就正是全部人类历史，尤其是世界无产阶级斗争全能经验的精华，因此马列主义又是个个革命家所必须学的。

我们要求大家去请教列宁，并不是要求大家都□□列宁，这就是说人人都可以都必须学习理论，但是并不能希望人人都成为理论家，世界上用不了也容不了这么多理论家。世界上需要的旁的人、旁的家还多得很；但是有一部分人是必须成为一定水平的马列主义理论家的。中国的抗战和革命迫切的需要这一部分人出现，这就是我们的抗战和革命事业中各方面和各级的主要领导者，他们是决定中国命运的人，他们联系着最大的实际，他们如果既懂得实际又懂得理论，他们就一定能够正确的认识实际，总结实际，指导和改造实际，因而中国就一定能够很快的赶走日本侵略者，中国人民就一定能够很快的得到解放。这样，列宁就是在中国活着，列宁要是醒来也一定和中国人一样说：我们的事情办得很好。

（《解放日报》，新新社延安二十二日电）

（原载一九四三年一月二十六日《晋察冀日报》第一版社论）

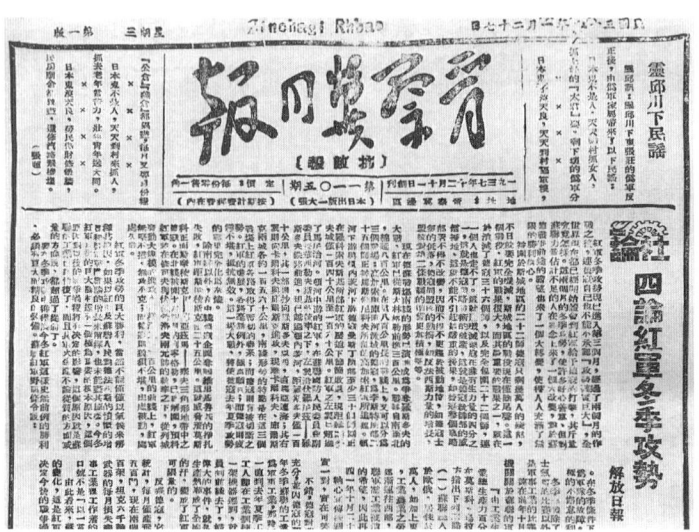

四论红军冬季攻势

红军冬季攻势现已进入第三个月,经过了两个月的作战之后,连德寇自己也不能不承认"攻势确实巨大",全世界现在都已经开始体会到红军给予德寇的打击,其斤量究竟怎样。这两个月的冬季攻势,使许多好心善意、但对苏联力量估计不足的人在观念上来了一个大改变,对于苏德战争前途的瞻望也来了一个大转变,使得人人充满了无限的胜利信心。

被围于斯城地区的二十二师德寇只剩几万人的残部,不日就要完全歼灭,斯城地区的战役现在仅余尾声。这一个战役,红军的战果很大,而其最重要的战果之一,就在于消灭了德寇三十六个师,以及完全包围二十二个师,连一个人也走不了。这就是歼灭德寇在苏有生力量的四分之一，这就是德寇战略战术的破产，这就是德寇统帅部的威信扫地，这就不能不引起最严重的后果，如德寇整个战略部署不得不改变，因而不得不更趋于被动地位，如德寇士气的低落，德寇同盟国的动摇，如反法西斯力量的增长，盟军对第二条战线的准备更加积极等等。

现在苏战场南线的形势已演进成为争夺罗斯多夫的大战，红军已从斯大林格勒前进三百公里。战事自南至北，绵延八百公里。在这八百公里长的战线上，又可以分为三个战场：高加索与库珀河流域的德寇，为李斯特所部二十五个师正被马斯连尼科夫所部的高加索红军所追逐。顿河下游与顿内茨河下游德寇曼斯丁所部至少三十个师团正在罗科索夫斯基所部红军的压迫下节节败退，现距离□□夫城仅一百四十公里至一百六十公里。红军之左翼已超过了马尼治河。顿河中游的红军，在苏联国防人民委员会副委员长华西勒夫斯基的统率之下，左翼沿伏罗尼兹——罗斯多夫铁路前进，现已越过顿内茨河，距罗斯多夫仅一百十公里，其一部则抄向罗斯多夫以西，直逼亚达海；其右翼则向卡尔科夫与库尔斯克进攻，现离卡尔科夫、库尔斯克两城各约一百五六十公里。南线形势的特点是在这三个战场上红军各路取得了密切的联系；而德寇则有被切断之势。红军的进展，各路毫无例外，极□顺□；而德寇则疲惫不堪，抵抗无效。这一场大战，将使德寇去年夏季攻势的战果完全化为灰烬。

除南线以外，在中线，德寇企图夺回维里基卢基的挣扎失败，红军距斯□□斯克□二十五公里。这就威胁着莫斯科正面斯摩棱斯克——□亚兹马——□夫三角形地带中之德寇。在北线被围十五个月的列宁格勒，已经解围，预料红军将在修可夫与伏罗希洛夫两元帅的统率之下，从列城发动大规模的进攻，□□□□□□百公里的前线上，红军无坚不摧，无攻不克；而德寇则狼狈不堪，处处被动，处处失败。

红军冬季攻势的巨大胜利，当然不能仅仅以气候来解释其原因，如果以红军及苏联人民对德法西斯的愤慨的增多和红军战斗经验的增长来解释，也未能尽其原因。今冬红军取得的巨大胜利还有一个极为重要的根本原因，这个原因对以后的战争过程将有决定的影响，这个原因就是苏联的工业已经恢复了，而且其军火生产不论从质的方面或量的方面说，都超过了从前了。

要在冬季攻击中获得像今冬红军这样史无前例的胜利，必须有巨大而精良的装备。苏联红军野战条令说：

"军队在冬季的运动力和机动性，全靠他们平日的锻炼、适合于冬季的运战的装备、以及作战地区的性质而决定。军队若无冬季动作的教育和锻炼，若无适当的装备上的保证，则很快即失掉其战斗能力。在冬季条件下，对战斗技术的使用无准备时，即可成为军队的故障。当敌人存在有以上诸点时，我们应积极的不懈怠的利用其弱点，使之失败。"

冬季作战除了有气候影响，除了是指挥能力、训练、士气等的比赛之外，还有装备的质与量的比赛，亦即是军事工业的比赛。苏红军在各方面都证明超过了德寇。

远在前年十月，即德寇进攻苏联四个月后，轴心宣传机关关于苏联的军事工业即说：

"由工业生产力方面观之……估计苏联最少损失工业总生产力百分之七十至八十。……英国方面希望红军在莫斯科、乌拉尔以东恢复工业力量，继续抗战；而德方指出下列二点，证明上述希望完全没有实现的可能。（一）苏联总人口一亿七千万人中，有百分之八十五居于欧俄，居住亚细亚者仅占百分之十五，即二千五百万人，如加上东□者只有三千五百万人，但动员之结果，工业农业之劳动者非常缺乏。（二）远东红军之武器逐渐运往西部，由此观之，苏联显然没有对战武器，苏联军需工业被消灭，而由外国输入大批武器又没有很大的希望，因此再准备近代的军备是不可能的。"（一九四一年十月二十一日同盟军柏林电）

轴心宣传□□这种狂妄无耻的解说，今天拿出来与事实一对，实在可笑之至。

不错，德寇对苏联的突然进攻，曾使苏联事前未能准备充分，并因德寇的深入，有百分之五十的工业需要迁移，前年冬季苏联的工业正在变迁，有的则正在由和平工业转变为军事工业，那时军事工业的生产曾经一度降到最低限度，一直到去年夏季工业的迁移和安置才相当就绪；但苏联的工人即在工业训练的过程中也不失时机的进行生产，只要一架机器运到，就什么也不等待，立即开起工来。男子动员到前线去了，妇女立即起来代替他们的位置。工厂里最伟大的事件，就是出现了无数"以一当十"的英雄。这种生产热潮成了全国的运动。现在在冬季攻势中劳动英雄们的汗，变成了红军进攻的实力；而这个实力之巨大，是不可限量的。

反观德寇，它与附庸国的全部军事工业，据去年五月统计，每月仅产飞机三千五百架、坦克二千辆、大炮三千五百门，现在两个月中仅战斗中的损失，却是飞机三千五百架、坦克六千辆、大炮一万二千门，这就是说德寇重要武器的每月损失率，要超过它的生产率了，何况在德国军事工业里工作着的乃是大批"俘虏""劣种"，他们的口号不是"以一当十"，而是慢慢来。

由此看来，苏德两国力量的对比，现在已经起了根本的变化，这是红军冬季攻势大胜利的原因所在，这并且要决定今后的战争过程。

（新华社延安二十四日电）

（原载一九四三年一月二十七日《晋察冀日报》第一版社论）

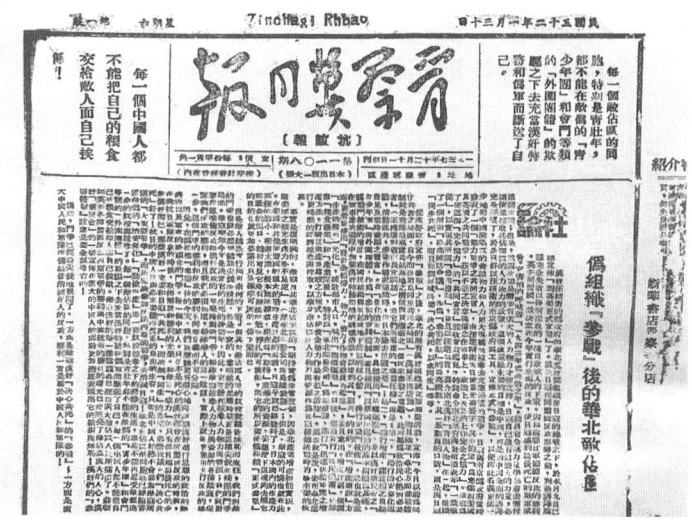

伪组织"参战"后的华北敌占区

汉奸汪精卫的伪政府和华北汉奸伪组织在日寇的操纵之下，于本月九日已经宣布"对英美正式宣战"了。这是日寇在同盟国反攻形势之前，对华诱降阴谋完全失败以后所采取的一种自欺欺人的下策。因为苏联红军节节反攻的胜利，英美同盟国一致决定在今年实行全面的反攻，使日寇感到最后死亡的严重威胁，它害怕的呼喊着"一九四三年为决战之年"，动员它全部力量准备着去应付这个决战；但是，这个决战是需要有广大的人力物力才能支持，日寇自己没有这么大的力量，必须依靠掠取其占领区的人力物力的政策，这个政策最主要的目标是中国，可是对中国全面的诱降完全绝望了，于是只好以汪精卫的南京伪政府为工具，宣布正式"参战"，以便藉此名义更进一步地把中国沦陷区的资源物力和人力更大规模地掠夺去支应绝望的战争。日寇与南京伪政府当时发表了一个《协力斗争之共同宣言》，由汪逆精卫与日使军光葵签字，其中约定"为□遂对美国及英国之共同战争，兹以不动之决意与信念在军事上、政治上及经济上作完全之协力"。敌寇为了使这个"完全协力"的"共同宣言"能收实效起见，特别命令南北所有汉奸组织表示"一致服从"，以实现其所谓"参战体制"，并且以汪逆为首，混合南北汉奸"首脑人物"在一起，组织了一个所谓"最高国防会议"，作为"参战体制"的最高机关，其一致动员的口号，则是与日寇"同生共死"，而且强调地喊叫要"决心共死，以求同生"等等。

从汉奸政府宣布"参战"之后，华北的所有汉奸组织就立即加紧活动，宣传"今日以前为同甘共苦之局面，自今而后则为同生共死之局面"（汉奸王揖唐语），而且确定"华北方面参战体质就是发挥最高度兵站基地之机能与贯澈华北一亿民众参战之意识，此两点为收拾民心绝对必要者"（王揖唐对省市长官训话），而它们所着重的"参战任务"则是：第一，"励行治安强化运动，清□匪共，清除作战前途障碍，使日本除去后顾之忧"；第二，"励行增产，谋食粮之自给自足及战时资源之丰富"。在"强化治安"方面，具体提出"清乡运动"，并以汉奸新民会之"青少年团"与外国团体，作为"参战的实践体制"并且提出"以新国民运动的基本组织为基础，谋战斗技术的增进，在国民组织阶层结成地下活动的核心体，专行使战斗技术"。这也就是说在军事进攻过程中加强汉奸特务组织的破坏活动，以达到其"剿共"的目的。在"增产建设"方面，更着重提出"发动全体劳力、物力、资力，作物资动员的起点"，并且定出增产计划，强调"生产机构的一元化"，疏散都市人口，喊出"回乡运动"的口号，强迫实行"国民储蓄"，加紧"粮食征集"和"产业开发"，特别以"华北开发公司"为总组织，进行"迅速供给军需之增产方法，打破从来产业建设之方程式，使资金劳力作最有效之活跃"，这也就是说，要在华北进行更残酷的经济掠夺与榨取，以华北敌占区的人力物力与资源作为日寇被迫决战时的最主要的依靠。

事实是很明显的，敌寇□其华北占领区的"期待实为非常殷切，因华北产业增产如能实现，则美国之扩充生产力亦不足虑"（敌华北亚发公司津岛总裁语）。但是，敌寇的可怜也就在此。在美国和其他同盟国的庞大的战时生产计划的面前，日寇早就已经发抖了，日本国内的生产力那样的渺小，相差太远，根本无法补救，现在却"期待"着华北的资源，妄想挖下这块肉去补它那致命的伤口，越发可见它没有办法的勉强挣扎的可怜相，而它的所以要使伪组织"正式参战"的目的也就更加暴露出只是极端可怜的一条下策而已。

但是敌人越是实行无可奈何的下策，则其对敌占区人民的奴役就越是无耻而疯狂，我们对敌的斗争也就必然要越加尖锐而残酷，那是一定的，黎明前的黑暗时期正是这种尖锐而残酷的斗争局面。敌寇明知今年是决定它的生死的决战年，因此，它要拼死掠夺人力物力与资源；我们就更要在这准备反攻和进行反攻的一年坚持对敌斗争，粉碎敌寇掠夺人力物力与资源的各种阴谋，保证我们反攻的胜利，而且我们必须知道，粉碎敌人的这一阴谋，实际上就是准备和进行反攻的进一步，这个斗争的胜利和反攻的胜利有同等意义而不可分开。

因此，在伪组织"参战"后的今天，我们就应该更有信心地向敌寇汉奸进行思想的政治的经济的以及军事的最顽强的斗争。每一个中国人，只要不是死心的汉奸都会在同盟国反攻的时候，在我抗日军队反攻的时候，取得解放和胜利的光荣。和敌寇"协力"的只有那日寇最后死亡的少数汉奸而已，那些汉奸一定要和日寇"共死"，而决无"同生"的希望，那么就让它们"决心共死"好了！抗日的中国人民则必定要获得真正的自由的生存。只要是中国人始终不会参加敌寇所谓的"大东亚战争"，而是坚决参加反法西斯的战争,去消灭日寇!华北敌占区的同胞都已经饱尝过敌伪的"治安强化""勤俭□产"那一套奴役掠夺之下的悲惨的生活,谁都不能再忍受敌伪进一步的奴役与掠夺了。每一个敌占区的同胞,特别是青壮年都不能在敌伪的"青少年团"和会门等类的"外团团体"的欺骗之下去充当汉奸特务和伪军而断送了自己。每一个中国人都不能把自己的粮食交给敌人而自己挨饿。敌寇汉奸的每一种阴谋都已经广大敌占区人民所痛恨了。苏联和英美各同盟国反法西斯战争的胜利与中国抗战的胜利的曙光已经照亮了敌占区广大的人心,汉奸"新民会"的一切宣传在广大的中国人的面前更加澈底表现出它的狼狈与无耻!汉奸们的"参战体制"注定是要全部垮台的!

现在,斗争已经最尖锐地展开了,一方面是敌寇汉奸"决心共死"的"参战",一方面是广大中国人民和军队准备最后消灭敌人的反攻,胜利一定是属于中国人民和军队的!

(原载一九四三年一月三十日《晋察冀日报》第一版社论)

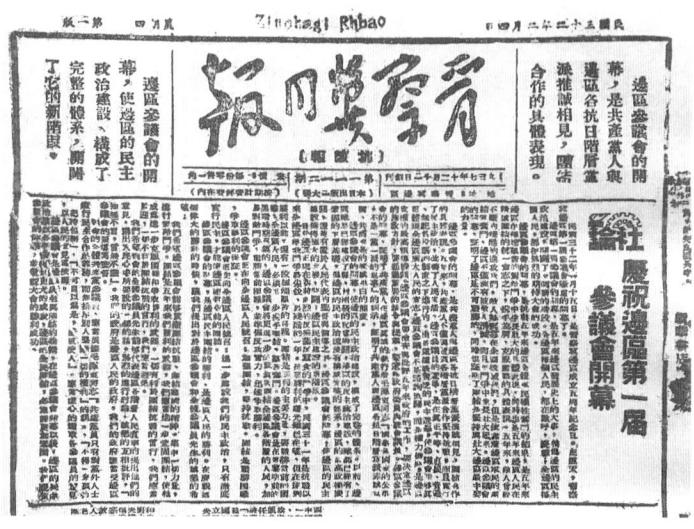

庆祝边区第一届参议会开幕

民国三十二年一月十五日，是晋察冀边区成立五周年纪念日。在这天，晋察冀边区第一届参议会隆重的开幕了。

边区第一届参议会的开幕，是五年来边区发展史上的大事，□为边区的民主政治建设，开辟了一个新的阶段。全边区每个人民，都在欢呼，庆祝；全边区每个人民，都在热烈的期待大会的成功。

边区参议会的开幕，是抗战五年来边区全体军民牺牲奋斗的结果，是五年来边区在种种痛苦的对敌斗争中生长壮大的具体表现，同时也是五年来边区人民在精诚团结的统一意志之下，携手并肩，克服困难的具体表现。五年来，敌人曾经不断的残酷的进攻我们，敌人每都在企图消灭我们，但是依靠着边区军民的团结与奋斗，边区不仅没有被敌人消灭，而且在斗争中生长壮大起来。边区参议会的开幕，证明了边区是不可战胜的，同时也证明了团结是坚持与壮大边区最主要的力量。

边区参议会的开幕，是共产党人与边区各抗日阶层党派□□相见，团结携作的具体表现。五年来，共产党人不仅与边区各阶层党派合作坚持抗战，而且实行了民主政治，改善了人民生活。边区参议员的选举，是在真正平等、直接、普遍、无记名投票的制度之下进行的。由于这种最广泛的民主选举，使参议会能够真正体现全边区广大人民的意志。边区参议会不是咨询机关，而是权力机关，是边区政权的最高领导机关。边区参议会要检查与批评五年来政府的工作，要决定边区的施政方针，要通过重要的法令与提案，要选举政府委员与驻会议员。边区参议会的开幕，证明了共产党人在边区真诚的执行着毛泽东同志"国事是国家的公事，不是一党一派的私事"的训示，证明了共产党人与边区各抗日阶层党派赤诚□□、共商国是的真诚坦白的态度。

边区参议会的开幕，使边区的民主政治建设，构成了完整的体系。以前，边区虽然已经建设了县、村两级的民意机关，边区的民主政治建设，虽然已经有了巩固的下层基础，但边区的民主政治还没有构成完整的体系，边区的最高政权机关，还没有置于人民代表的监督与领导之下。边区参议会的开幕，使边区的民主建设获得极大的发展，开辟了边区民主建设的新阶段。

目前边区正处在空前热烈的反"扫荡"反"蚕食"的斗争中，民国三十一年是抗战以来全边区敌我斗争最尖锐、最残酷的一年。抗战胜利的曙光虽已在望，但在达到胜利以前，还有一段极端艰苦的路程。团结是胜利的主要力量，要战胜当前的困难，全边区人民，必须进一步携手团结，艰苦奋斗。边区参议会是在这黎明前的黑暗时期召集的，边区参议会将更进一步的鼓舞与团结全边区各阶层的人民，加强对敌斗争，战胜当前困难，并准备反攻实力，迅速争取胜利。

边区参议会正在向全边区人民号召：加强团结，坚持抗战。团结是战胜困难，争取胜利的保证。

边区参议会正在向全边区人民号召：进一步建设我们的民主政治，只有澈底实行民主，才能使边区□□空前的团结。

边区参议会的开幕，是边区民主团结的胜利，是边区人民的胜利。在庆祝这个伟大的胜利的时候，让我们提出对于边区参议会和全体参议员先生的真诚的希望！

我们希望边区参议会能够贯澈团结抗战、团结建国的精神，集中一切力量，进行对敌斗争。团结是五年来我们胜利的武器，我们应当进一步巩固团结，使他成为进一步克服困难和争取胜利的武器。一切有利于团结抗战的言行，我们应当欢迎，一切不利于团结抗战的言行，我们应当避免。

我们希望到会的全体参议员先生能够代表边区各阶层人民直率的提出他们的意见，讲出人民心中所要说的一切的话。热烈的进行讨论，诚恳的互相批评，"知无不言，言无不尽"。我们的政府是边区人民的政府，我们的政府应当受边区参议会的领导与监督。

到会的全体共产党参议员、应当根据毛泽东同志"共产党员只有对党外人士实行民主合作的义务，而无排斥别人一切的权利"的训□，"不得一意孤行把持包办"，"不可自以为是，盛气凌人"。应当虚心的听取各参议员的意见，以人民的意见为依据。

边区参议会是边区民主与团结的旗帜，在边区参议会开幕以后，边区的民主政治必然会更大的成就，边区的全民团结，必定能更加巩固。我们庆贺参议会的开幕，并□祝大会的胜利成功。

（原载一九四三年二月四日《晋察冀日报》第一版社论）

边区五年来的伟大成就

在边区第一届参议会上,边区行政委员会主任委员宋劭文先生代表边区行政委员会向大会做了五年来政府的工作报告,经大会热烈讨论,全体参议员代表着全边区二千万同胞,对政府的报告表示完全的信任与拥护,全体一致认为五年来边区艰苦奋斗所获得的成绩是光辉而伟大的。

的确,谁都知道边区是在历史上空前未有的敌后环境中艰难缔造的第一个抗日根据地。边委员会报告中述及抗战初起之时,敌骑□□,大军南撤,边疆沦陷,危在旦夕,赖八路军一支劲旅,在聂荣臻将军统率下,转战敌后,恢复地方,晋察冀三省边陲不愿当亡国奴之广大人民，纷起响应，在各党各派各军各界领袖与群众一致努力之下，终于创造了晋察冀边区。自二十七年一月十五日在阜平召开之军政民代表大会以民主方法产生边区行政委员会，经中央政府正式批准执行政令以来，迄今五载有余，不断收复失地，建立了十三个专区，九十八县，六百五十区，二万五千三百六十六个行政村的抗日政权，这不能不说是古今中外历史上得未曾有的一个伟大奇迹！

五年来的边区，在敌祸天灾反与危害之中，赖全民的精诚团结，始终一致，克服万难，勇往迈进，不管敌寇屡次对边区举行何等残酷的"扫荡"与"蚕食"的进攻，烧杀劫掠，惨绝人寰，但由于我边区全体党政军民，浴血苦斗，同生死共患难，英勇对敌，终使敌寇一切进攻均归失败。二十八年边区空前水灾，敌寇乘机决河，毁良田十七万顷、粮食六十万石，淹没村庄万余、人畜无数，灾民三百万，无以为生，但由于政府贷款三百万，施赈百余万，军队全力协助人民，积极修滥治水，三个月完成了往昔二十年做不了的工程；民间互助借粮，发扬了高度的民族友爱，使数百万灾民得免于饥饿与逃荒，以伟大的团结，坚持了敌后的抗战，这又不能不说是古今中外历史上从未见过的伟大奇迹！

晋察冀边区给予了人民以普通的抗日民主自由与生活的改善，五年来实行了最广泛的民主制度，建立了各级全权的民主代表机关，二十九年大选举，选民数目占全体公民一般均在百分之七十以上，重心地区竟达百分之九十以上，无论巩固区游击区，普遍实行了民主选举运动，妇女青年参政热情亦空前高涨。政府的领导与干部的作风完全废弃了官僚制度，政费开支，节省到最小限度，一扫往昔政府经费开支庞大的现象，公务人员支领最少的生活费，做了数十倍于往日的工作，真正实现了廉洁的吏治。五年来在这样民主自由的边区中，全体抗日人民的生命财产得到了法律的完全保障，春耕秋收，农时不误，生产建设，日有进步，发展了国民经济，适当改善了人民生活，废除了非法的各种剥削，男女平等，各民族一律平等，一切抗日人民均得有言论集会结社出版信仰居住之自由，巩固了各阶层人民的民主团结，这更是全边区人民有生以来想望而未曾实现的伟大奇迹！

我们回顾边区五年来所以得有如此伟大的收获，实不能不归功于边区政府五年来的辛勤努力。全边区的人民和他们的代表——第一届参议会全体参议员之所以一致信任与拥护边区政府完全是必然的，因为边区政府五年来的一切设施，完全根据着边区人民的希望与要求。边区政府五年施政的成绩，确实证明了它对于五年前边区临时军政民代表大会所赋予的任务和中央政府□□□□□所指示的方针完全忠实执行，可以无愧！边区政权干部五年来为祖国与人民所□予的艰巨任务，英勇奋斗，因而流血牺牲者，就不完全统计，区以上干部凡三千七百三十六人，这是何等重大的代价！显然的，没有边区各级政权工作人员的辛勤努力，没有边区或政府的正确领导，边区之能有今天的成就，那是完全不可想象的！

我们回顾边区五年来的伟大成就，同时更不能不归功于边区英勇的子弟兵。边区五年来在敌后的战争中所创造的纪□实在是历史上空前所未见。边区子弟兵五年来由游击队、义勇军而成为坚强常胜的正规兵团，在敌寇无数次疯狂的"扫荡"与"蚕食"的进攻之中，在沟墙如网，堡垒如林的广大战场之上，入死出生，英勇奋战，不惜牺牲，五年来伤亡六万二千余人，付出了重大的代价，坚持了敌后边区的抗战，五年以来作战一万四千三百九十余次，杀伤俘掳敌伪二十一万三千六百余名，缴获武器军需品无算。大会全体参议员听到边区子弟兵的英明领导者聂司令员的报告，没有不寄予无限的钦敬与感激的，因为边区子弟兵与边区是血肉相连，丝毫不能分开的！没有边区子弟兵就不能有边区，没有边区子弟兵，就不能有边区的抗战，没有子弟兵就不能有边区的一切建设，没有子弟兵，就不能有边区全体人民的生存！没有子弟兵，一切都是无法想像的！

因此，我们看到边区五年来伟大的成就，我们惟有竭诚拥护边区政府，竭诚拥护边区子弟兵，我们全边区二千万人民只有一颗心，向着英明的边区政府，向着英勇的边区子弟兵！

（原载一九四三年二月六日《晋察冀日报》第一版社论）

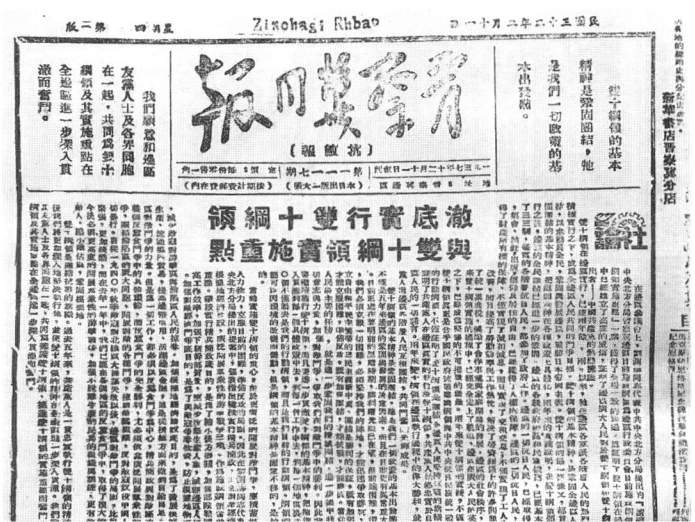

澈底实行《双十纲领》与《双十纲领》实施重点

在边区参议会上,刘□□同志代表中共中央北方分局提出的《请确定中共中央北方分局晋察冀边区目前施政纲领为边区行政委员会目前施政纲领及施政纲领实施重点》一案,获得了全场一致的通过。这证明了双十纲领在边区人民中已经建立了高度的威信,证明了边区广大人民对于《双十纲领》和《双十纲领》的提出者——中国共产党的热烈拥护。

《双十纲领》在边区实行,已达两年余,两年以来,他在边区各党派各阶层人民的热烈拥护与积极实行之下,成为全边区人民共同的斗争目标。《双十纲领》的基本精神,是巩固全边区人民的团结，以求动员全民，巩固与发展边区，战胜日本帝国主义。《双十纲领》的每一条条文，都贯澈着巩固团结的基本精神，把这个精神在各种政策上具体化，两年来的实践证明，在《双十纲领》颁布实行之后，边区的全民团结已经进一步的巩固。边区的各级政府机关和民众机关，已经基本上实现了三三□，边区的各阶层抗日人民，都参加了政府工作。边区的一切抗日人民，已经取得了言论、集会、结社、出版、信仰及居住的自由，已经获得了人权的保障。边区的一切抗日人民，已经获得了财产所有权的保障，不仅实现了减租减息，而且实现了交租交息；不仅实现了工人生活的改善，而且提高了劳动效率与工作热忱，解决了劳餐关系上的许多问题；实行了统一累进税，奖励了合作事业与家庭副业的发展。边区的社会秩序，在两年来《双十纲领》实施的过程中，已经完全走上了轨道，边区在广大人民的英勇斗争之下，已经成为坚强的不可摧毁的堡垒。两年来《双十纲领》的实践，不仅证明了《双十纲领》真正是合乎国民政府抗战建国纲领与中共中央抗日民族统一战线方针的行动纲领，不仅证明了《双十纲领》是团结全边区人民坚持抗战的旗帜，而且证明了共产党人在边区真实的执行着《双十纲领》，共产党人始终忠实于自己对边区人民的一切诺言。两年来《双十纲领》在边区执行过程中的伟大胜利，就是共产党人与边区各阶层人民互相团结、共同奋斗的光辉成果。

《双十纲领》的基本精神是巩固团结，也是我们一切政策的基本出发点。团结不仅是五年来边区的巩固与发展的决定因素，而且在目前更有异常重大的意义。目前正处在黎明前的黑暗时期，胜利曙光虽已在望，但前途困难，还很严重，我们必须克服一切困难，必须坚持我们的阵地，才能迅速争取胜利，迎接独立自由和平民主繁荣的三民主义新中国。团结是胜利的保证，只有加强团结，才能克服困难，准备反攻，只有加强团结，才能抗战，才能建国。当前全边区人民最主要的任务，就是进一步巩固我们的精诚团结，进一步集中我们的一切意志与力量，加强对敌斗争。争取我们在对敌斗争中的胜利。因此我们不仅要继续施行《双十纲领》，而且要进一步贯澈《双十纲领》的基本精神，把他进一步深入贯澈到每一个具体政策中去，到每一件工作中去，到每一个地区里去。《双十纲领》不仅过去是我们的行动纲领，而且是我们目前的行动纲领。纲领的实施细节可以因环境的改变而变动，但是纲领的基本精神是固定不移的，是始终不变的。

当前实施《双十纲领》的重心，在于更广泛的开展对敌斗争，应积蓄根据地的人力物力，克服目前的困难，准备反攻的局面。因此在刘□□同志代表中共中央北方分局提出的提案中，强调指出继续实行精兵简政、□□对敌经济斗争与根据地经济建设、广泛开展群众性的游击战争三项。作为施政纲领当前的实施重点。继续实行精兵简政底目的，是为了缩小后方机关，加强部队战斗力，提高工作效率，加强下级干部质量，应减少脱离生产人数，减轻边区人民的负担。加强对敌经济斗争底目的，是为了与敌寇争夺物资，防止根据地物资的流出，减少敌寇对游击区与沦陷区人民的掠夺。加强根据地经济建设底目的，是为了发展根据地内部生产，流通境内贸易，提高边币信用，活跃边区金融，这是从积极方面来做到自给自足，加强边区对敌斗争的力量。但是这一切工作，都必须以反"蚕食"斗争为中心，精兵简政与对敌经济斗争是整个反"蚕食"斗争中的具体环节，而反"蚕食"斗争的完全胜利，尤必须依靠广泛开展群众性的游击战争，团结沦陷区的广大同胞，开展对敌的各种斗争，摧毁敌伪组织，反对敌寇奴役中国人民的一切暴行。自从一九四〇年秋季敌寇对北□区大"扫荡"失败以后，边区对敌斗争的局面，比以前更加紧张，更加残酷，而在去年一年中，我们已经在各个地区的反"蚕食"斗争中，取得了很大的胜利，今后必须更高度的开展群众性的游击战争，加强不脱离生产的民兵的组织与训练，更有效的打击敌人，缩小敌占区，巩固根据地。

《双十纲领》是团结抗战的旗帜。过去五年来，共产党人是一贯忠实执行《双十纲领》的精神的，今后我们将更加深入地坚决执行他，并使《双十纲领》的精神在全边区进一步深入贯澈。我们愿意和边区友党人士及各界同胞在一起，共同为拥护《双十纲领》、拥护《双十纲领》的实施重点而奋斗，为《双十纲领》及其实施重点在全边区进一步深入贯澈而奋斗。

　　　　　　　　　　（原载一九四三年二月十一日《晋察冀日报》第一版社论）

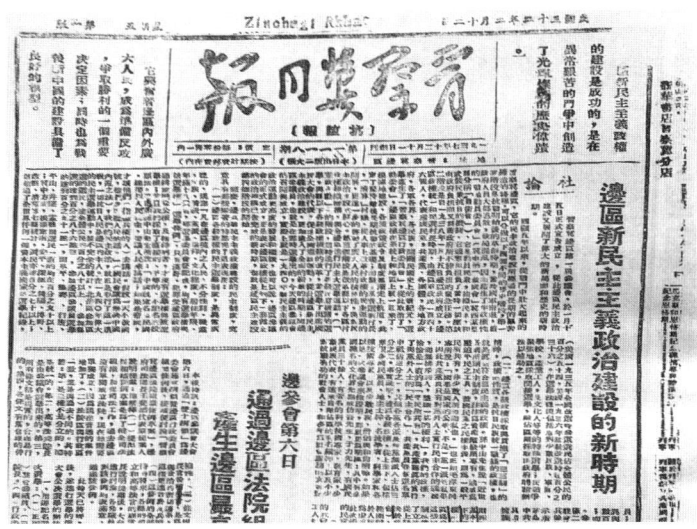

边区新民主主义政治建设的新时期

晋察冀边区第一届参议会，于一月十五日正式宣告成立，从此边区民主政治建设又展开了伟大的新局面和历史的新时期。

回顾五年以来，从战斗中壮大起来的晋察冀边区，它的民主政治建设所经过的长期的艰苦缔造的路程，可以分做以下四个不同的历史阶段，第一个阶段是抗战开始后的草创时期，当时国军南退，旧政府人员大部逃散，政局混乱，因而产生了半政权性的"战地动员委员会"（冀中称"救国会"，冀西某些县分称"自卫会"），它是动员民众、组织民众和武装民众抗日的机关，它适应和担负了当时一切应该由政府负担而又为旧政府所不能负担的紧急任务。

第二阶段是自一九三八年一月十五日边区政府成立，边区政权统一和民选村长时期，由边区军政民一百四十六个人，代表着国民党、共产党、各团体、各地方政府、各军各界、各民族，开辟民国史上的新纪元，选举产生了"晋察冀边区行政委员会"，从此取消了"动委会"，边区政权在系统上和地区上统一起来了，根据地建设，各种政策政令及制度逐渐走上轨道，奠定了坚持敌后长期抗战的基础；而紧接着普选新村长，"清算"村账，从人事上改革村政权的民主选动的开展，更进一步的启发了广大人民的积极性，与对民主政治建设的关心。第三个阶段是改革县以下各区村政权组织机构，与全边区进行民主大选举运动。（"宪政运动"）的阶段，这时进行了各级民意机关的选举，与县以下各级政权机关的改革，并选举了出席国民大会的代表，促进全国宪政运动，从此边区新民主主义政治建设，更加进入了全面的崭新的时期；而边区参议员，也就是在那时选举出的，今天边区参议会的召开与成立，实际上就是一九四〇年新民主主义的政治运动更高度的发展和继续，也可以说，边区参议会的正式成立正是表示边区政权从上到下一套健全的政治机构已告完成的新时期，也就是边区民主建设第四个阶段的开始。

那么，边区新民主主义政权建设的民主制度，究竟具有那些显著的特点呢？这表现在：

（一）边区各级政权的民主选举制度，是异常广泛的，规定"凡在边区境内之人民，不分性别、职业、民族、阶级、党派、信仰、文化程度、居住年限，年满十八岁，经选举委员会登记后，均有选举权与被选举权"（《选举条例》），只有汉奸、犯罪受边区政府通缉或褫夺公权及精神病者，才没有选举权与被选举权；并且我们采取了直接的、平等的、不记名的投票法。正如孙中山先生所说："中国既定名为民国，总要以人民为主，要让人民来讲话；如果是帝国，才让他们（指褫兵权的人）去讲话。假设一天不改国号，他们就要听人民的话。"（《国民会议为解决中国内乱之法》），我们的民主政治，就正是执行了这一教，一切抗日人民是边区的主人。在一九四〇年伟大的民主选举运动中，据不完全统计，北岳区参加区选的选民，达全体公民的百分之八十以上，参加县选的达到百分之八十六点三，参加边区参议员选举的达到百分之九十一点一，而阜平、□□、行唐、平山、井陉、盂县则选民一直的均在百分之九十以上；冀中方面，根据定南、安平、深□、饶阳、博野、□县、清苑等七县统计，选民亦达百分之七十以上；这超过了全世界任何一个资本主义国家的选举记录，（美国一九三五年全国改选时参选选民占全体公民的百分之五十四，美国一九三六年继续改选时达百分之三十六）。在选举法里还包括着对少数民族、军队、学校、产业工人及文化人等等的特种选举；在战争紧张地区采取间接选举，敌占区则采取由政府聘请办法以补助之。

（二）边区各级政权采取与贯彻了"三三制"的精神，政权的性质，是抗日民族统一战线的政权，也就是真正符合三民主义的政权。孙中山先生说："近世各国所谓民主制度，往往为资产阶级所专有，适成为压迫平民之工具。盖国民党之民权主义，则为一般平民所共有，非少数人所得而私也。"也正如毛泽东同志所说："国事是国家的公事，不是一党一派的私事，因此共产党员只有对党外人士实行民主合作的义务，而无排斥别人，垄断一切的权力。"我们的政权，恰恰是一直的为"平民所共有"，共产党认真的实行了与党外人士的"民主合作"，共产党员在候选名单中只占三分之一，其他各党各派及无党无派人士占三分之二。事实证明，边区各级政权，从上至下，包括着很多国民党员、地主士绅、名流学者、科学家和各种技术专家，以及少数民族、僧侣与和尚喇嘛。如果以这一次参议会来做证明，那就更为明显：其中有全国驰名的文化界先驱成仿吾先生、于力先生、有国民党员三十余人，有著名的科学技术专家、教育家、少数民族代表，有远来自敌占区的有名缙绅，以及不少对抗战有功的社会人士和多年为社会服务的女□□；边区的妇女参政已引起国□人士极大的惊异与赞许，据班威廉先生称英国实行民主政治数百年以来，仅仅在十五年以前才有妇女参政；而我们在短短的几年过程中，就已经实现了。参议会选举结果，七个驻会代表中共产党员仅二人，国民党联办主任郭飞大先生亦被选为驻会代表，九个政府委员中共产党员仅三人，其余皆为友党及无党派人士。这些都充分的显示着在边区新民主主义政治体制中，一切抗日革命阶级和阶层的地位是完全平等的，显示着中共中央所提出的"三三制"政策，我们早已具体的付诸实现，并且得到了边区广大人民的拥护。

（三）边区抗日民主政权组织机构及其原则采取了民主集中制。边区政权的组织机构基本上是三级：村、县和边区（专区及县以下的区为政府督察及辅助机关），各级均有全权的民意机关，村为代表会，县为县议会，边区为参议会，均由人民直接选出自己的代表。这些民意机关具有选举与罢免政府公务人员创制法律与复决法令四大民权。政府的组织采取了立法、司法、行政统一的原则，下级政府服从上级政府，同级政府内部一切重大事项取决于会议（村务会议、县务会议和边府委员会），少数服从多数，下级服从上级，民主的范围越大，集中的效率也越强。这与"政权属于人民，治权属于政府"互相牵制，变议会为虚设的旧式民主政治，是有原则的区别的。此次边区参议会的成功，正是边区最高的全权的民意机关民主集中制度澈底的实现。

（四）规定了保障人民的法令及各种进行的社会政策，保证一切地主、资本家、农民、工人等的人权、政权、财权、地权及言论、出版、集会、结社、信仰、居住、迁徙的自由权，不受任何非法侵犯；对于一切破坏边区的敌探、奸细特务反动分子则采取坚决的镇压。因而，我们的社会秩序是安全的，人民是团结的，过去某些不了解共产党八路军空怀畏惧而逃亡的敌占区的少数地主资本家，现在几乎扫数都回来了，并且相反的，敌占区很多青年知识分子、名流士绅及各阶层人士，他们基于对敌仇恨与对边区的羡慕，而大批的移到根据地里面来。在边区，共产党国民党都是公开合法的，边区国共亲密合作，创造了模范的晋察冀抗日根据地，边区广大人民各有自己的组织，同时获得了"人民自动武装"的权利，建立了义务性的广大的民兵自卫队，他们和边区子弟兵并肩作战，有力的支持与保卫了边区抗日民主政权。

最后，新政权的作风是民主的、战斗的、廉洁的和反对官僚主义与文牍主义的，它绝不容许任何贪污腐化的现象发生与存在，我们的公务人员完全不同于站在人民头上压迫和鱼肉乡民的旧官吏。相反的，他们和人民站在一起，他们站在一切对敌斗争和一切艰苦工作的最前线，而他们的待遇却远低于一般工人生活的水平，"精兵简政"政策实行之后，又涌现出大批不脱离生产的干部，这些都是我们忠于人民事业的表现和最光荣的特色！

总之，边区新民主主义政权的建设是成功的，是在异常艰苦的斗争中创造了光辉灿烂的历史伟绩，它兴奋着边区以及周围敌占区与全国广大人民，成为加强国内团结渡过当前困难、准备反攻、争取胜利的一个重要决定因素，同时也为战后新中国的建设具备了良好的模型。

（原载一九四三年二月十二日《晋察冀日报》第一版社论）

论《晋察冀边区租佃债息条例》

晋察冀边区第一届参议会第七日通过了边区租佃债息条例，边区行政委员会已于本月四日公布施行，这一条例之公布，对于进一步巩固边区人民的团结以及经济之发展上，均有其重大的意义。

当边区抗战开始，为了动员广大人民参战，适当改善农民生活，以提高其抗战之积极性，即实行了减租减息，边区行政委员会于民国二十七年，颁布了减租减息单行条例，二十九年三十年先后加以修正，实施以来，不但广大农民的生活得到了适当的改善，更重要的是动员了广大人民积极的参战，地主与农民间的纠纷，得到了适当的调节，巩固了农村的团结；坚持了抗战。如果没有减租减息政策之施行，五年来边区抗战之坚持是不可能的。目前减租减息，在边区基本地区虽已实行，但由于根据地创建先后之不同，各地具体情况之各异，仍有不少地区尚未能贯澈实行，或明减暗不减，地主借故夺佃；而在已实行的地区则又有减租减息后，不交租息，或租额过低，出契人无法生活，契约期满，土地所有人不能依约支配其土地等□别□□□生。这次租佃债息条例之公布，对于租佃债息的关系以及所发生的纠纷，均有明确合理的规定。

首先这个条例的基本精神，是照顾出租人与承租人债权人与债务人双方利益，一方面保障人民的土地所有权与土地使用权，另一方面实行契约缔结之自由，对于今后借贷，利率双方约定，这对于活跃社会金融，发展社会生产上，尤有很大作用，同时也给日寇挑拨造谣说边区压迫地主，地权债权没有保障以一个有力的回答。

其次在条例的内容上，包括以下几个主要方面：

（一）在租佃关系上，一方面规定二五减租，减租后之最高□额，不得超过收获正产物总额千分之三百七十五，超过者应减至千分之三百七十五，不足者依其约定；同时对于若干特殊租佃关系如伴种地、菓木地，正负产物之分配，因灾□□之减租标准以及对于佃户土地使用权之保障上，均有明确规定。这样对于佃户得以安心从事耕作，以发展社会生产，对今后租佃纠纷之解决，有了更明确的标准。

另一方面条例内规定于减租后，佃户要保证交租，如力能交租而无故不交，或积欠地租达二年之总额时，以及无故荒废耕地在一年以上，或故意毁坏地产不负法律赔偿之责者，□契约不满出租人得解除租约，这样对于土地所有人之所有权及其收益权给了一个有力的保障。此外对于契约缔结自由，及契约期满，出租人可依约收地，但在抗战期间如佃户因土地被收回而无法生活者，出租人应□收一部或暂时不收等条款之规定，更是照顾了双方的利益。

（二）在债息问题上，为了恢复自抗战以来曾经一度停滞的借贷关系、使人民能借到钱，以从事于发展农工商业，条例内特规定除现扣利出斗利等高利贷加以禁止外，今后借贷利率由双方约定；而旧债之清偿，则仍按一律□至年利一分之标准行之。同时为了保障债权人之债权，特有：凡依该条例之规定成立之新债及已经依规定减息之旧债，债务人须依约偿付本息，到期不能偿还，债权人得依法追诉，或依法处理其抵押品。这些规定对于活跃边区社会金融及对于债权人与债务人均是有利的。

（三）几年来在边区关于典地（又有称当地者）与抵押地的问题，曾不断发生纠纷，这次条例内亦根据照顾双方利益的原则有明白合理之规定，使今后对这一问题之解决得有所遵循。

（四）为了解决今后租向债息的纷□，条例内特规定调解与仲裁的办法，这种办法在边区尚系创举，它不仅为当前解决租佃债息纷争上所需要，而且更是巩固农村团结，纠正与肃清在执行土地政策中一切偏向的重要措施。

最后应特别指出的是，租佃债息条例是由全边区人民自己所创制的，它与国民政府现行的民法土地法之基本精神及与边区各阶层人民的利益和抗战的利益，是完全一致的，因此边区每一个人民，均有自觉的遵守履行之义务，目前个别地区及个别土地出租人与债权人尚未依该条例实行减租减息者，应自动的实行减租减息；已实行减租减息，而承租人债务人不履行交租付债者，应主动的实行交租还债。各级政府干部人员与群众团体（特别是农会）尤应将该条例精研熟读，向边区人民广为解释宣传，并组织与领导人民对这一条例认真的澈底的贯澈执行。

（原载一九四三年二月十三日《晋察冀日报》第一版社论）

团结的力量

这几天,全国及边区各地,都在热烈地庆祝废除不平等条约的成功。各地军民为庆祝此中国人民革命运动中的一个伟大胜利,其欢欣鼓舞之情,莫可名状,在这全国同胞欢欣之际,我们愿回溯历史,把废约斗争中的一个实□经验教训贡献给大家,这个历史的教训是什么?就是团结的重要,团结的力量。

历史事实告诉我们,我国国际地位每一次的升高、中华民族解放斗争每一次的胜利,是与中国人民的团结、国共两党的合作有不可分离的联系。这一次废约的胜利,也就是全国人民团结抗战,国共两党再度合作的成功。关于这个道理,一月二十五日,中共中央发布的开始庆祝中美、中英间废除不平等条约的决定中,讲得非常明白,它说,"历史事实证明了当国内团结,国共合作时,中国是充满光明与希望的,当分裂内战时,人家便来欺侮","上一次的国共合作,曾经收回汉口、九江租界,这一次国共合作,又取消了不平等条约"。

十一年五月,中共第二次全国代表大会宣言,首先提出了"推翻帝国主义压迫,达到中华民族完全独立"的口号,同年六月,中共第一次对时局宣言中,又提出废约要求,迄国共合作,此点遂成为两党共同斗争的纲领,全国人民革命奋斗的目标;所以当时广东成了全国革命中心,全国人心莫不景从。十五年北伐军兴,全国民众踊跃响应,旌旗所指,长江流域悉告收复,及至革命政府奠都武汉,全国民众革命怒潮更趋高涨,恢复国权的要求与行动如火如荼;所以有十六年一月先后收复汉口、九江英租界之举,当时如能继续努力,废除不平等条约的目的不难早日达到,不幸以后国共分裂,大革命半途而废,弄得后来国势衰弱,日寇对我国的侵略日益加深,我国的国际地位也一日不如一日,以致中华民族的命运又蒙上了十年的惨痛历史。

七七抗战爆发,中共抗日民族统一战线的一贯主张乃得实现,国共两党从新携手,全国团结实现;所以我们能坚持抗战五年有半,□□敌寇百余万大军,由于我国军民之英勇努力,中华民族在世界上才得到了前所未有之崇敬,我国国际地位也与日增高。今后我国已成为国际反侵略阵线的中坚之一,跻于四大盟国之列,英美盟邦所以能自动宣布废除在华特权与我们订立平等互惠的新约,完全是我国全体军民,国共两党□年来团结抗战、牺牲奋斗的结果。

现在英美在华特权已告废弃,我民族身上的一个大枷锁已被粉碎;同时我们相信,加、荷、比、挪诸国,也必在最近与我换订新约,建立平等互惠的外交关系。我国目前只有一个敌人——就是穷凶极恶的日本帝国主义,只有澈底击溃日寇,消灭日本法西斯强盗,才能收回租界等一切特权,实现新约的一切规定。只有驱逐日寇出中国，收复一切失地，才能达到我国的独立自由与平等。而战胜日寇，争取抗战最后胜利的保证，□□团结；不仅如此，战后新中国的建设，经□□端，任务艰巨，也只有依赖全国四万万五千万同胞的一致努力，国共两党及各党派之继续团结合作，也才能使我国在军事、政治、经济、文化各方面与各国立于平等地位，才能完成真正独立自由民主的新中国的建设。□年七月七日，我党中央已明白的提出了"团结抗战，团结建国"的主张，且立刻得到全国人士之热烈拥护。在这举国庆祝废约之际，我们全国有关人士，更进一步了解团结合作的重大意义，牢记着历史给我们□□了的团结的重要、团结的力量。

（《解放日报》）

（原载一九四三年二月十四日《晋察冀日报》第一版社论）

贯澈统累税税则到人民中去

统一累进税在边区已实行两年，历有改进，成绩甚著。边区行政委员会总结去年实施的经验，发现较大缺点仍有五端：

一、租额在耕地正产物百分之十五以下之土地，税额过重。逃亡户地、钱租地、公地、低租地（由小块开为大块的土地）等有税额达其租额百分之八十以上者

二、工商业收入折合富力，及其经营人员除消耗，因物价在一年中多所变更，调查时之粮价与征收时之粮价悬殊至甚，致工商业的负担较之农业仍有稍重情形。

三、在除免税点方面，家中无劳动力之孤寡人家，与一般人同样除法，征税后无法生活。在统累税调查后返回

边区的逃亡户，因户按一人计算，负担过重。

四、出典（即一般所说的当）之土地，其土地税由出典人负担（另有约定者依其约定）。出典之土地其所有权未变，土地所有人纳土地税在理论上是妥当的，但与习惯不合，易滋纠纷。

五、土地产量之调查，依常年产量，在进行上较为方便，但天灾敌祸，常影响土地生产，致有某些纳税与收入脱节之弊。

边委会根据去年统累税实施的经验，在边区第一届参议会中所提出之统累税税则与施行细则，将所有缺点，悉予修正。于此，值得我们特别指出者，计有：

一、"低租地其租额在耕地总收获物百分之二十以下者，其财产税以收租每八市斗谷之土地计一富力"（税则第七条一项），以减轻低租地之土地税。

二、工商业收入及其他收入"总收入均以十市斗谷之价计一富力，纯收入均以七点五市斗谷之价计一富力，实物以市价折元"（税则第七条四项），"工商业消费以每一经营人员每年平均五十市斗谷计；谷依县政府宣布之市价折元计之"（税则第十七条），使工商业收入计富力与除消费均通□谷，这样工商业负担基本上可不受物价变更的影响。

三、在除免税点方面，"无劳动力之孤儿寡妇人家，得于统一累进税调查时，请求当地县政府，将免税点提高至二富力"（税则第十五条）"逃亡户于统一累进税调查后征收前返回边区者，得请求当地县政府改算"（细则四十七条）。这样无劳动力之孤寡人家负担当可适当减轻，逃亡户返回边区者，亦可较好的生活。

四、"出典之耕地其财产税由承典人负担之……但另有约定者，依其约定"；出典地之财产税一般均由承典人负担，约定由双方负担者，由双方负担；约定由出典人负担者由出典人负担；约定之不同情形，各县当可按具体情形根据税则规定照顾双方适当解决。

五、关于土地产量,"年产谷系依估计或根据耕地之当年产量定之"。即主要依据当年产量;但因调查时间关系,不能根据实产量时,可依据青苗估计之。这样庶可稍免征税与收入脱节之某些弊病。

统一累进税税则在参议会展开热烈讨论,足证全边区人民之关怀;大会中对税则规定之原则问题无不同意见,足证我边区政府关怀全边区各阶层人民利益,将去年税则中之缺点,悉予改正。大会对统累税之调查工作,各参议员多根据所在村之情形,指出某些缺点与纠正意见。我们希望边区各级政府于今年统累税调查中,贯澈统累税税则到人民中去,澈底纠正某些村干部本位、某些村本位、自私自利、不顾大体的不良现象。

统一累进税自边区创办以来,即为人民拥护,以其确为统一战线的最公平最合理的税收制度。今经参议会热烈讨论通过之后,我们相信其执行成绩更优于前两年,我们庆祝今年统累税实施的更大的胜利。

(原载一九四三年二月十七日《晋察冀日报》第一版社论)

庆祝红军节

苏联红军诞生的二十五周年纪念日,在红军冬季攻势获得伟大胜利的今天,降临到全世界人民的面前,使全世界反法西斯的同盟国家都感受着无限的光荣,这证明着人类历史已经走上了一个新的时代。

全世界爱好自由民主的人民,今天都在热爱着英勇的苏联红军。他们所以热爱红军,正因为他们是热爱着民主与自由。今天凡是真正爱好民主与自由的人,就一定会热爱着红军,因为红军正是今天世界上捍卫民主和平的最大力量。全世界曾经依靠了这伟大的力量,抵御着法西斯盗匪吞灭全人类的罪行。今天全世界反法西斯阵线全面进攻的号角已经吹起来了,人们更加确信击败法西斯的最后决战的胜利是有完全的保证，而且这时间是不远的，因为在世界反法西斯战争的主要战场上的主力红军每一小时都在不断获取着新的胜利。

现在红军进攻的速度更加惊人了。在斯大林格勒三十三万德寇□□□后，□着库尔斯克、罗斯多夫、卡尔科夫等南俄三大城市的克复，并且，这些新克复的地区已经都成了安全的后方。当我们在这里庆祝红军的时候，英勇的红军已经分成三路向着奥勒□、基辅和斯摩棱斯克挺进了。库尔斯克的红军向着斯摩棱斯克的铁道前进；卡尔科夫的红军向西进展，在乌克兰境内又已经克复了克拉斯诺格勒和帕夫罗格勒，沿着铁塔指向基辅；罗斯多夫的红军又沿着亚速海岸的草原向西挺进，高加索残余的德寇就要被"扫荡"肃清，而奥勒尔、基辅和斯摩棱斯克的收复也就在指顾之间了。红军已经取得了在南线的决定的胜利，现在正是走向各路全线的总攻和决战的阶段。

本月五日美总统罗斯福致电斯大林祝贺红军的胜利时曾说到："全美人民在今天庆祝这次有决定意义的胜利，将是各国人民联合起来反对纳粹主义及其鼓动者的战争中最灿烂的一页。在前线作战的□□军队的指挥官与战士，有着在工厂和田野做工的男女工人与农民帮助他们，他们已团结起来，不止是为了使本国的武装力量获得光荣，而且以自己的榜样获得联合国新的胜利，用全付精力来达到使共同敌人遭受到最后失败与投降。"在这个电文里，罗斯福总统很清楚地说了红军的胜利是各同盟国共同的无上的光荣，红军之所以能胜利是由于苏联人民最高度的团结，红军不但是为了捍卫自己的国家，而且是为了保卫世界而英勇作战为联合国的模范，而联合国一致的战斗行动一定很快会击败法西斯。

那么，我们庆祝红军节应该做些什么呢？

我们要求同盟国全体人民一致更亲密地团结起来，行动起来，以红军节为起始，立即更大规模地投入反法西斯的直接斗争中去，为了民主自由，为了战后建立真正的和平民主繁荣的新世界。

我们要求立即全部实现罗邱卡港会议的决定，拥护同盟军迅速在欧洲登陆，配合苏联红军的大反攻，迅速打败希特勒，争取今年打败日寇，消灭世界法西斯。

我们要求中国全国同胞，学习苏联红军和苏联人民的英勇战斗，实现全国范围内的真正的民主团结，准备实行反攻，迎接独立统一民主和平繁盛的三民主义的新中国。

我们要求全晋察冀边区的人民爱护我们的子弟兵，像苏联人民爱护他们的红军一样，加紧对敌斗争和根据地的生产建设，反对敌寇的"蚕食"与"扫荡"，拥护边区政府和边区参议会，加强边区的民主团结，克服一切困难，准备反攻，在聂司令员的指挥下，走上反攻的最前线。

伟大的苏联红军给全世界人民做了最好的榜样，我们要学习他们，随着他们走向最后的胜利。

（原载一九四三年二月二十三日《晋察冀日报》第一版社论）

边区妇女工作的新认识

从边区建立起抗日根据地那一天起，边区的广大妇女便积极地一同参加了这神圣伟大的民族解放战争。五年多以来，边区的妇女在根据地的各种建设上，在反"扫荡"，反"蚕食"以□对敌伪的各种斗争中，都起了很大的作用。许多妇女同胞在敌寇狠毒的威逼下宁死不辱，□柳□惨案中的六位妇女，以及不少的妇女工作者，那样顽强、坚贞，发扬了中华民族优秀儿女的光荣气节，真可谓惊天地而泣鬼神。经过五年多斗争的考验与锻炼，她们已决不是畏畏缩缩，低声下气的"贱胚"，也不是娇声滴滴、弱□胜衣的病夫了。她们在战斗中站立起来，在田园、在工场、在民校、在政府以及其他许多机关里，都有她们在活跃着。

她们为民族服役抗战勤务，在生产战线上，开荒、植林、养猪养鸡、纺纱、织布，发展家庭职业，无论在农村家庭生活上，无论在边区经济建设上，□□了很大的力量。因此，她们的社会地位提高了，她们的生活得到改善了，婚姻得以自由自主了。更由于她们有着代表自身利益的团体——妇救会的领导，使这些收获更加有着保证。她们从封建的囚笼里冲出来，沐浴在新民主主义的惠风下，过着与前迥异的生活，这不得不承认是我们五年余来妇女工作的辉煌的成就，同时这也就说明了五年余来边区妇女工作的方针基本上是正确的。

但是，我们并不是忽略我们妇女工作的弱点。实际上，在边区各种工作中，妇女工作，还是比较薄弱的一环。正如中共中央所指出的："工作一般化，组织形式化，缺乏真实的群众的基础。""没有把握动员妇女参加生产是保护妇女切身利益最中心的环节。""这种脱离妇女群众的主观主义、形式主义的倾向"是我们曾经犯过而且现在也还有某种程度的保留着的，中共中央已明确地指出这"是使妇女工作停滞不能进一步发展的基本原因"。我们必须正确接受这一指示。

现在，我们进一步追溯，为什么会有这种现象呢？所以造成这种现象的主要因素又是什么呢？我们认为主要的，是对当前妇女工作的认识问题。

当前妇女工作的中心问题是妇女解放必须跟从民族解放，妇女本身利益的斗争，必须与民族抗日斗争配合、统一起来。那么，在什么问题上是最适合也最需要而又可以统一起来的呢？我□说，在当前主要的是生产，因为在战争方面讲，生产是根据地目前三大要务之一；在妇女本身讲，经济独立是求解放的基础条件。十几年前，易卜生的"娜拉"，曾引起中国文坛上一些争论，"娜拉走后怎么办"这问题如今并未失去根本意义，问题不是娜拉应该不应该或可以不可以走出那卑污的家庭，而主要地是娜拉年代的妇女，还未在经济上取得一定的地位，还没有在社会上独立站住脚步的资本，那么纵然"走出"，也还不能根本避免先前的恶运。边区已为新民主主义社会，自非娜拉时代可比，但今天农村妇女的切身痛苦，仍以经济生活非依赖人不可，为其主要的基本的原因。因此，动员妇女参加生产，不仅是抗战胜利所需要，且为妇女本身求解放必由经途径。

只有组织妇女生产，才能使妇女切身利益与抗日斗争利益，密切地统一起来。边区妇救会自去冬曾进行普遍号召突击纺织运动的开展，从去年十二月到今年二月，三个月的时间，仅宪、唐、易、龙华、曲阳五县统计，即组织了一万零九百九十八个妇女参加了纺纱工作，宪、唐两县即组织了六百六十七个纺织小组，成为妇救会下层的基础组织，这是值得重视与表扬的！事实证明，只有组织生产才是发展妇女组织的最有效的办法，一切轻视妇女生产工作，不从妇女切身需要出发，不估计其主观力量、客观条件的作法，必然要失败的。

在边区妇女工作中曾存在过误□男女平等为男女平均的观点，认为只要男子所做的事，妇女都要去做，这才显出"平等"，于是不顾及妇女生理的特殊条件，生活的传统习惯，不问其实效，只求形式，给妇女工作徒增不少障碍。还有的农村妇女，一旦"觉醒"必以离开家庭为进步，以脱离生产为荣耀，仿佛留在家庭便是落后，不脱离生产不足为"干部"。这种小资产阶级的旧娜拉的观点，也使妇女工作遭受不小的损失。至于个别妇女干部轻视妇女工作，尤非正确。这些都需要在各方面尤其妇救会本身，进行广泛地宣传教育说服，澈底予以纠正、肃清。

把握中共中央所决定的当前妇女工作的新方针，积极动员广大农村妇女，□□生产□线，深入下层，实事求是，澈底转变工作作风与方式方法，把妇女工作推上新阶段，这是当前边区妇女运动最□迫切的要求！

（原载一九四三年三月七日《晋察冀日报》第一版社论）

华北敌占区的金融危机

全华北敌占区目前正处在金融恐慌的大风暴里。这个风暴袭击着所有敌□占据的城市，袭击着所有敌占区的市场，袭击着每一个敌占区的人民。它动摇着敌伪统治下的整个社会经济秩序，造成了岌岌不可终日的严重危机。汉奸"联合准备银行"无限制□发的伪钞，现在正临到破产的命运。

在最近的一周间，天津、北平、青岛、太原以至保定、石家庄，完全陷于金融紊乱的重大危机之中，所有商店和民家，纷纷抛出伪钞，谁也不愿意保留一张，物价空前飞涨，天津市挂牌的金价上午一千元，下午一千二百八十元，数小时之内涨高百分之二十八，而且继续在上涨着，实际上暗盘金价比公开挂牌的金价还要高涨得多，其他一切货物的价格数日之内也都已三四倍的速率在上涨着，人们拿着伪钞到处买不到东西，伪钞实际上已经成了不值钱的废纸。

这种金融的紊乱状态，使敌伪首机关感到极大的威胁、焦虑和恐惧。伪财政总署督办□联银总裁汪逆□璟和敌寇驻华北的公使□泽先后发表□别声明，大叫"银联券与日元等价，将排除万难绝对坚持"，对"银联券在各地引起之流言及□□居□现象"，表示"遗憾之至"，正是说明了敌伪金融危机的严重情况。

事实是非常的明显，一切"流言"的发生，都不是没有根据的。本报早在一月十六日的社论中就指出了伪钞破产的命运是不可避免的。我们曾经说过：在华北，伪"联合准备银行"所发行的钞票，依各种估计，至少总在四十万万元至五十万万元左右。因此华北伪钞实际上已达到了惊人的恶性通货膨胀的地步了。也正因为如此，所以敌占区的物价飞速上涨，伪钞的价格在不断□剧的下降。而且这种恶性的通货通胀，不但在华北，就在其他敌占区也是普遍的现象，而且不但在其所有占领区是如此，就在日本国内也是如此。这是敌伪不可克服的金融危机必然□发的根本原因。

同时汉奸汪精卫的南京伪政权，最近在"参战"的义名之下，企图实现"一元化"的汉奸统治，首先要从经济上□成以汪逆伪政权为中心的所谓"战时经济体制"，而统一金融，则是最重要的一着，因此，汪逆近来极力要把华中伪"中央储蓄银行"的钞票来并吞与代替华北的伪"联银券"，这就引起了汉奸内部的利害冲突。现在这一冲突还没有解决，即使它们彼此间的冲突暂时勉强缓和一下，但并不能完全消除这个矛盾，伪中储票与伪联银券之间的互相排挤与倾轧一定要更加深敌伪统治下金融的紊乱，敌占区目前的"流言"之所以发生，在这一点上说，的确不是没有原因的。

再则，敌寇企图实现其所谓"大东亚共荣圈金融一元化"的计划，也是造成目前华北敌占区金融紊乱的原因之一。敌寇自太平洋战争以来，高喊其"大东亚共荣圈经济",为了实现这个目的,敌寇曾经企图以日元为中心发行统一的通货,以便更直接地掌握与垄断各殖民地的经济,进行最大规模的掠夺。不久以前,敌占区宣传有"大东亚中央银行"的成立,决不是没有根据的,敌寇也确有过这样的计划,而且它总要想法实现它那"大东亚一元化金融"的目的,它所考虑的只是方式方法的问题罢了。

以上这些都是造成目前敌占区金融紊乱的原因。为了抢救当前严重的危机,敌伪不得不用强力和欺骗的各种手段,以谋暂时稳定伪钞的市场。一方面由敌寇华北派遣军当局发出布告,用拘捕屠杀的暴力方法来维持伪钞;另一方面由汪逆璟和□□公使双料声明,用所谓"日本金票"为后台的欺骗方法来维持伪钞。但是这一切都是无济于事的!

谁都看见伪钞从来就是靠着日寇的刺刀尖而存在的,但是刺刀尖并没有救得了它的必然崩溃的命运,而所谓"日本金票"更那里能够维持得住呢?以日本七千余万人口的小国,据一九四一年的统计,就已经发行了□十□万万五千余万元的钞票,一九四〇年日本全国银行剩下的最可怜的二万万元的准备金,早在一九四一年初就用完了,所谓"日本金票"也只是一堆烂纸。本报早已指出过,□在恶通货膨胀下,"马克的悲剧"在日本事实上已经开始重演了。这样破烂不堪的"金票"和"联银券"摆在一起,"声明"一下"等价",的确也是应该的,不算什么稀奇,但是也正说明了它们是同样的命运!

现在"日本金票"和伪钞"联银券"注定了要在一起烂下去,垮下去,这是谁也无法替它挽救的!因为正如本报一月十六日社论中所指出的,"敌寇的经济恐慌,特别是粮食恐慌是和它的金融危机互相联结着的。它要解决物资的困难与粮食的恐慌只有掠夺和收买,而收买的政策就将更加深其恶性通货膨胀与金融危机"。目前敌伪的经济恐慌金融危机完全表现了这样互为因果的循环发展的关系,敌人为了解决其物资困难,曾经用大量滥发伪钞的方法,高价收买粮食,而其直的结果就是伪钞更加陷于恶性膨胀的深渊，发生严重的金融危机，物价更加速的高涨，伪钞更猛烈的跌价，一堆烂票收买不到东西，现在敌人在许多地方因收买失败又不得不实行大规模的劫掠了，这样，金融危机又翻转来加深了敌伪的经济危机。随着战争的发展，这种经济危机与金融危机继续循环加深，很快就会走到最后崩溃的道路，这是决无疑问的！

　　但是敌人在今天还有刺刀在手里的时候，它毕竟是可以不花本钱，只要有一堆纸就可以大量印发伪钞，毫无限制，事情就要看最后吃亏的是谁，如果敌占区的同胞现在不能采取澈底的办法拒绝使用伪钞，保存实物，而让敌人把实物骗走抢走，自己只留下一堆伪钞在手里，那末当伪钞随着敌伪的死亡而溃灭的时候，拿着伪钞的人也就难免要倒霉了！

　　　　　　　（原载一九四三年三月九日《晋察冀日报》第一版社论）

论通讯工作

本报的通讯网，从去冬整理以来，是有了不少的成绩。今年一月份寄来稿件三四六件，二月份则增至六〇四件。不仅在数量上有了大量的增加，就是在质量上也一般的提高了。而一般通讯员大部份都能直稿。这些都不能不说是显著的进步。

特别值得提出的，本报的通讯员都是有着他们本身的各种工作岗位，在今天敌后残酷的斗争环境中，他们本身的工作，已将绞尽他们的脑汁，耗尽他们的体力，然而他们能够自动的在本报周围组织起来，在紧张的战斗中，在繁重的工作中抽出时间来为本报撰稿，甚至有为了采访新闻，深入敌占区而不幸牺牲的。这些通讯员的忠诚英勇，都为敌□新闻事业写下光辉特出的伟绩。

然而严格检讨起来,边区的通讯工作还是相当薄弱的。也就是说边区今天的通讯工作,无论在其通讯组织的广泛性上、新闻通讯的计划性与组织性上,新闻通讯的内容与质量都还远不足以反映今天边区的伟大斗争场面。

晋察冀边区及其周围敌占区,呈现着两幅迥异而突出的、相互比照而益鲜明的图画。一幅是边区抗日根据地的图画,边区人民在五年多的抗日战争的严练中,在五年多的民主建设民生改善的洗礼中,开始是汹涌的站立起来,现在是更坚定的站立着斗争,为着新民主主义新中国。在今天接近胜利之时,困难更多,斗争益残酷,然而由于苏联红军的伟大胜利,国际形势的巨大变化;由于日寇困难严重,到处呈露着死亡的征兆;由于日寇垂死前的疯狂所加于人民的仇恨。更主要的,由于中国共产党与人民同生死共患难,血肉结合在一起,并且正确的领导着人民战胜敌人,排除困难,这样就大大的鼓舞起边区广大人民的斗争热情和勇气,使他们咬紧牙关,以无限的胜利信心顽强的与日本强盗搏斗下去,向着即将到来的黎明前进。这幅图画与抗战初期是有着显著□不同,抗战初期,是人民的激于民族义愤、蜂涌而起,他们尚不能了解这是一个长期的百倍艰苦的斗争过程,虽然到处呈现着新生的蓬勃的气象,但对于前途,还只是模糊的景象;而今天,则是长期的残酷的斗争教育了他们,锻炼了他们,牺牲、流血、困难、残酷再不能动摇他们的斗志,朝霞灿烂的黎明在引导着他们前进。因此,今天的斗争场面□□初期是更壮伟、更坚实、更可歌可泣。其所以如此,是有其巩固的物资基础的。因为今天,斗争环境决不是单纯的情绪鼓励,能使人民坚持这残酷的斗争,而是中共的正确的领导与正确政策的实施,取得对敌斗争的胜利,建设了抗日民主根据地,使得边区人民获得了自由与幸福,所以他们为了迎接更光明的前途,不惜付予巨大代价,在困难中咬紧牙关,在残酷中流血牺牲,坚持着这一伟大斗争。

　　这一幅灿烂而生动的图画，应当是，也必须是通讯员的写作题材中心之一，也就是要将边区各种对敌斗争——在斗争中部队与人民亦壮亦烈可歌可泣的故事以及根据地的建设——在建设中与困难斗争的经历，用生动的事例、用统计数字，根据一个时期的中心，无遗憾的全面的把这一副灿烂而生动的图画烘托出来，以此教育读者，指出边区广大人民的努力与斗争的方向。只有这样来充实报纸，才能使报纸成为教育、指导与组织群众的有力的工具。

　　另一幅是敌占区的图画，这是一幅凶暴荒淫与惨绝人寰组织起的地狱图画。由日寇的刺刀，建立起一整套的奴役中国人民的组织，在这组织下，成千万的中国人民被榨取与剥夺了一切所有，甚至生命，而日寇则在干着中国人民的血酒，汉奸则在分润着余□。敌占区人民五年多来（东北与察□则为时更久）是死者已矣，活着的受尽苦难，而这种苦难□今天是□甚了。对于粮食由"配给""收买"到公开的掠夺，对于青壮年，由"招工"，"征募伪军"到公开的抽捕，对于人民由"宣□"欺骗到公开的屠杀，日寇的凶残已随着它所受死亡的威胁与困难的严重而变本加厉了，不仅敌占区人民是处在水深火热的绝境中，就是伪军伪组织也开始了它们的厄运。日寇为了"强化参战体制"，更有效的进行敲骨剔髓的凶残掠夺，以挽救经济的危机。为了使得伪军伪组织以及特务爪牙更忠诚地听受□策，它正在进行着全面的所谓"肃军""□政""□特"的工作，于是大批的伪军、汉奸、特务，不管从前是否是忠实的鹰犬，在"不□""无能""贪污"等罪名下，轻则驱逐，甚则捕杀。然而日寇也正在自食着恶果，由于世界反法西斯力量的空前团结与壮大，由于苏联红军取得了决定性的胜利，由于中国五年多来对于抗战的坚持，由于中共成为中国人民争取自由幸福的旗帜，由于敌后的根据地取得了千百次的反"扫荡"胜利，与辉煌的反"蚕食"斗争胜利，敌占区人民的心中在波动着一种有力的□□，在闪耀着强烈的希望，自觉的想一切可能的方法，阻挠着日寇的各种阴谋设施的实现，有的甚至公开站立起来进行反抗了。伪军伪组织□更加动摇，他们恐惧、忧虑、犹疑，有的甚至决心的回到祖国的怀抱。日本士兵的厌战反战情绪，也在普遍的增涨着，自杀投诚反抗长官的事件显然在增加着。

这一幅悲惨、荒淫、动乱而孕育着新的突变的图画，应当是也必须是通讯员的写作题材中心之一。也就是要将日寇的狰狞面目、万恶罪行与其不可克服的困难和必死的命运、汉奸的无耻与其下场、伪军的动摇与其毅然反正杀敌、敌占区人民生活的悲惨，与其由积压的仇恨所燃起的反抗，作全面有组织的报道，以此来教育边区人民，使他们对这两幅迥异的图画有着鲜明的比照，而更加爱护边区，坚定斗志，同时以这种对敌占区的暴露，来向日寇攻击，解除它的政治武装，并教育敌占区人民来依靠边区，鼓励他们去千方百计的打击敌人。只有这样来充实报纸，才能使报纸成为教育的有力工具，与对敌斗争的锋利宣传武器。

通讯员一定会说，这要求我们太苛刻了，这是一个多么大的工程，我们的文化水准、写作技巧以及精力，远不能够担负这一工作，爽利连小消息也不写了吧！

是的，这确是一个伟大的工程，而正是因为它是一个伟大的工程，它所以不是少数人的事业，而是集体的事业。小消息仍然要积极的写，每一条小消息，都将是伟大工程不可缺乏的砖石。

因此，首先必须更广泛的建立通讯组织，吸收每一个爱护革命工作爱护报纸的人为通讯员，鼓励他们把所有知道的一点一滴写出来，他们倘使不会写，那采用通讯小组集体口述、推人执笔记录都可以。这样，采集丰富的材料即可产生出色的集体通讯。过去对于通讯工作的两种不正确的观点，在这里必须获得纠正。第一是认为只有文化程度高写得好的人才能当通讯员，然而从过去的事实中得到相反的答案，去年四专区有通讯员一百四十七人，其中中学程度以上的占百分之六十至七十，而来稿人数仅占百分之十七；三专区通讯员中中学程度以上者尚不及百分之二十，而来稿人数则达百分之五十一，其中妇女通讯员来稿人数在八十以上。一般说妇女通讯员的写稿非常积极，所以发展通讯员中，一方面固应吸收与积极鼓励写作能力高的来担负通讯工作，但另一面则应广泛的吸收，只要他对于这一革命工作有高度的热忱，那怕他不能写，他能经常向通讯组中能写的口述也可以。第二是有些通讯员尚存在着，如投稿未被登载，就逐渐减低写作情绪的现象。这固然是人情所难免，但是一定要指出，这是对通讯工作是一个集体的革命事业一点尚缺乏深刻认识的缘故。事实上任何大篇幅的报纸都不能有稿必登，同时今后的报纸对新闻通讯，尤必须加强它的组织性，使每一条新闻、每一篇通讯都能提高到精炼充实的水准。向这样的方向努力，这就必然要在很多的时候采集来稿中一点一滴的材料来加以重新组织，所以要求通讯员来改变自己的观点，在原稿未登而所提供的新闻材料被吸收时，即应愉□的来继续自己的写作。

其次，必须选拔写作能力强而对通讯工作有高度热忱、有组织能力的来担任、组织通讯网，组织通讯写作的工作。他们的任务，应当是不厌烦的培养通讯员的写作能力，督促与指导通讯员写作，并从一般通讯员所提供的材料与自己所采访的材料中来组织自己的通讯写作。任何官僚主义与个人风头主义，都会妨害通讯工作的广泛开展。是有这样一些人的，他担负了组织通讯网的工作，而对于通讯员的来稿存在着顽固成见和不耐烦，一看文字不通，不管里面有无丰富生动的内容（那怕就只有一丁点）可以摘出、可以改写，就往旁边一扔，这样怎能广泛开展通讯工作呢？！

最后，在采访工作的指导上，应当根据各地区的具体情况、各时期不同地区不同的中心工作来加以布置，同时对于采访那一类消息，应注意各点以及如何进行采访，每一个通讯工作的组织者是须要详细加以研究和指导的。

在五年来的通讯组织工作的基础上，特别在最近经过整理后的显著进步的基础上，通讯工作更广泛的展开，组织性、计划性以及质量的提高是可以预期的，这也正是本报与一切通讯员所应共同努力的方向。

（原载一九四三年三月十日《晋察冀日报》第一版社论）

为刘庄惨案而控诉

　　日本法西斯强盗在我们国土上的滔天罪行真是□□难数，我们晋察冀的人民永远忘不了像望都的柳□惨案，曲阳的沟里惨案，易县的东□山惨案，平山东黄泥一带、冀中北坦村、冀东潘家□的大屠杀……我们无辜的同胞，我们晋察冀和平的居民，一次又一次成千成百的被枪杀、毒杀、烧杀。五年多以来，我们无数父母兄弟姐妹的血，洒遍了这一块国土，洒遍了这些两脚兽足迹所到的地方，而这个东方的法西斯强盗，也正和西方的希特勒匪徒一模一样，已经习惯于以屠杀手无寸铁的和平居民作为它们"赫赫的战果"了。

　　三月一日，灵丘北泉敌寇四十余，将刘庄村于拂晓包围，天明后强迫伪组织的人员鸣锣"开会";当二百多人被集合在屋子里以后,日寇即纵火焚烧,我们二百一十五名男女同胞,就这样凄惨地葬送了性命,全家被杀者二十二户之多。而敌寇犹以为未足,第二天又前来将前往收尸探亲的群众七名枪杀,造成不忍卒闻的惨案。

我们向全世界一切正义的人类控诉:日本法西斯这样对于我们和平居民的大批屠杀,实在是世界上最野蛮最无耻的行径;一切文明的,稍有起码道德观念的人类,都不会干出这样灭绝人性的暴行;只有那些全世界文明与□步、和平与自由的公敌——德日意法西斯匪帮,才会以惨杀无辜的居民当作自己得意的杰作!

日本法西斯军阀是拿我们同胞的生命作游戏惯了的,它愈接近死亡,它就愈加疯狂和无耻。和这些两脚兽是不能和平共居的。灵丘的刘庄,不是在敌寇刺刀下建立了伪组织支应□□人么?但是,这只有使我们二百二十多父母姐妹兄弟死得更凄惨些!血债只有血来还!摆在我们面前的只有更英勇的战斗!父老们!兄弟们!姐妹们!记住这句话:"以眼还眼,以牙还牙!"我们无数同胞的血不能白流,我们无数诸姑姐妹遭受的侮辱不能白受,我们温暖的家园、我们秀丽的河山,不能白让这些野蛮的海盗蹂躏!我们要复仇!要为我们的死者和被辱者复仇!日寇法西斯的子弹是朝着一切中国人放的,它不分地主和农民、雇主和雇工,也不分居民和士兵;此次刘庄村牺牲的二百二十多人和潘家峪、北坦、东黄泥……的流血一样,里边有男有女,有老年也有青年,有贫民也有富绅,他们的魂魄是凝聚在一起了。我们全体同胞,必须不分阶级、党派、年龄和性别,更亲密的团结起来,拿更英勇的斗争,迎接抗日战争的最后胜利!

法西斯的命运是不会长了,苏联红军反攻的胜利,使希特勒匪军得不到片刻喘息的机会,盟军在北非的战争亦逐步进展着,全世界一切正义人民都在紧张的战斗着,为迅速打败希特勒而斗争。日寇法西斯在东方还能横行几天,它自己是懂得的;正因为它一天天的接近了坟墓,它才更加残暴的作绝望的挣扎，企图以大烧大杀以对我敌后抗日根据地更残酷的进攻，挽救它垂死的命运。灵丘刘庄的惨案，不过是日寇新的更多的暴行的开头而已，今后更加骇人听闻的暴行，还会不断的出现。抗战六年，胜利不远，但是胜利决不会从天上掉下来的，我们还必须付出更多的流血代价。今后的战争将更频繁、斗争将更残酷，全边区人民必须高度的紧张起来，加紧生产加紧战斗，反抗敌人的勒索掠夺，给野蛮的日本法西斯以严重的制裁！给我们死难的同胞复仇！

（原载一九四三年三月十一日《晋察冀日报》第一版社论）

华北敌占区的经济恐慌

从"五次治强运动以来",华北的敌伪就提出了"勤俭增产""减低物价""安定民生"之类的口号,那些口号已经是澈底地暴露了敌占区经济的严重危机,引起了敌占区人民严重的恐慌。敌伪虽然想尽了一切法□企图挽救,不但丝毫没有成效,而且自从伪政权宣布"参战"之后,这种恐慌与危机更加一天天地增长起来,迅速造成了目前敌占区经济崩溃的不可挽救的局面。

由于敌寇冒险战争的巨大消耗、物资的奇缺、劳力的穷竭、生产的衰落,在其本国已经形成了国民经济的空前破产。为了支持绝望的战争,它就不得不在"参战"的口号之下,驱使伪政权,在中国,特别是华北敌占区,猛烈加紧疯狂的掠夺，这就使得几年来被日寇掠夺榨取已经枯竭了的华北敌占区的经济完全走上崩溃的道路。

目前在全华北的敌占区，无论是城市据点线附近的乡村，粮食的恐慌、物价的飞涨、金融的紊乱、人口的逃亡、死亡的加多、灾荒的严重，普遍地都在急剧发展着。就是敌伪的"首脑人物"，也都不能不一致承认当前危机的严重，而异口同声地发出了悲哀的呼喊。伪华北政委会与新民会的一群汉奸正在天天苦叫"物资来源日见缺乏，物品价格益超高腾"，敌华北使□由□泽公使，梅北财长以下人员连日发表谈话，也没有不以"□□昂腾，一般物资需给不□滑，对联券发生流言"引为最大的苦恼。然而敌占区的经济恐慌的实际情况，比起敌伪口里公开呼叫的还要严重数十倍不止。

在平静各大城市里百万的人民，现在所过的是朝不保夕的饥饿生活，豆饼、麦子、豆渣、榆皮参杂的"假粮"，已经成了普通人家难能可贵的食物了。一两金子明盘要卖一千余元，暗盘更达两千余元，但一般市民谁有金子？而金子更不能当饭吃，又有谁要金子？然而吃的粮食，就是最坏的杂粮面，三元多钱一斤，在"配给"制度之下，□□□买的□们，□了一天往往还买不到，有的人家，丈夫几天出门去买配给粮，妻子在家里已经活活地饿死了；□队□给的行列里往往挤死了□媪和儿童；抢粮、劫□普遍发生，夜里行人绝迹，道旁冻死饿死的人连续不断，舍棺材的都舍不起了。人们纷纷向西乡逃难，但是敌据点□□□的乡村却也是一目凄凉，走过平汉线两侧□人就是置身于绝无人烟的地狱和坟场之中，现在已经是春天了，但是敌占区的郊野里却看不见一点嫩绿的麦苗，看得见的只是一片僵死的黄土，唯有走进了抗日的根据地，人们才看得见春绿新□的世界。

敌占区这种经济崩溃的惨状是绝对无法挽救的，不管敌伪如何呐喊"增产""平价"，用尽一切方法去张罗支持，甚至要强迫驱使一百万青少年□生参加"增产劳动"，□将无法挽救它那"华北□战基地"或"华北产业基地"的破灭的命运。而且敌寇□华北为其"兵站基地""产业基地"这一方针，正是要向华北进行最残酷的掠夺与榨取，这个结果，就只有使华北敌占区的经济破产与崩溃的危机更加增剧，而且这一经济的危机恰恰是敌人垂死前夜的□□机的表现，也是它的致命的根本危机。在这个经济的普遍危机的基础上，就必然要引起其他的一切危机，特别是最近敌占区的金融危机，完全是由于这一经济上的根本危机所造成的。在经济危机无法挽救的情形下，它的金融危机也□有愈加严重，绝对不能克服。同时，金融危机的严重又更深刻地影响到敌占区经济的破产，这两者密切联系，互为因果，势必愈演愈剧，终至于最后的完全崩溃。

这个空前的经济危机之所以无法挽救，就因为敌寇在其占领区行着最残暴的掠夺与破坏，就因为它所进行的是最野蛮的强盗的侵略战争。在华北五年来，敌寇挖沟、修路、立碉堡，半毁了优良的土地（计已达四千□百余万）以上，实行"绝缘政策"，到处制造"无人区"，烧房、并村，造成了数百万灾民。五年来，强抓壮丁运出关外者就有五百六十余万人以上，被屠杀的不□有几千万，但是它在去年年底却实行了二千万担的抢粮计划，滥发伪□达四十万万元以上。在这样疯狂的破坏与掠夺之下，要想挽救敌占区的经济危机，那么等于从坟墓里要叫醒死去的僵尸一样的没有半点希望。敌寇所谓"增产"，完全是骗人的口号，其实它所进行的只是掠夺，目前敌占区的经济恐慌，就是它的掠夺所造成的，许多敌占区的农民事实上已经无地可耕，或有地而无人耕种，或有人有地而无力耕种。在这样的情形之下，根本无"增产"之可言。现在敌占区的经济危机还正在加速度的发展，这和我们抗日根据地的经济建设的进步恰恰成了两个极端的对比。我们根据地经济的建设和对敌经济斗争的胜利将保证着我们今后反攻的胜利，而敌占区的经济危机却要把敌人□□坟墓去！

（原载一九四三年三月十二日《晋察冀日报》第一版社论）

敌占区青年起来反抗日寇的奴化奴役

　　日寇目前正面对着两大致命危机,一个是由于日寇疯狂的掠夺和摧毁所引起的财政经济危机,另一个则是由于日寇在长期侵略战争中人力损失的浩大所引起的人力不足的严重恐慌。而今日战争胜负□□,恰恰决定于那一方面人力财力物力的充足,日寇所以感到死亡威胁与日俱增者,即在此。

　　然而决不□忽视,日寇正在与死亡作剧烈的挣扎,这个挣扎,就是对华北占领区的人力财力物力的更疯狂更凶残的掠夺。而三者之中,人力实尤占最重要的位置。

　　自事变以后五年多来,华北青年壮丁被日寇抓捕与欺骗"招募"出关的达五百六十万之惊人数字,而各地迫令参加伪军、伪青年团体及受伪青年训练的，当有更惊人巨大的数目。而今天，日寇这种掠夺是更疯狂凶残了。据敌伪方面传出，今年将在华北抓捕二百万青年壮丁，各地敌军包围村庄搜捕青壮年的事件在普遍发生着。这千百万的青壮年，将只有一个悲惨的命运，那就是在日寇的刺刀尖下，被迫当苦工、当伪军，离乡背井，流血流汗，直至丧失性命而后已！日寇在人力不足的严重威胁下，是用着这样最凶残的方法，以中国青年的牺牲，来挽救他自身的死亡的。

除此以外，日寇奴化与奴役中国青年的方法，最近更加花样翻新了。在开展所谓"新国民运动"的同时，日寇把奴化青年的工作，统一于伪特务机关"新民会"的指导之下，这是伪"新民会"所进行的"青少年运动"，以此来大量开展各种伪青年团体，进行奴化教育，用"和平反共""协力圣战""与友邦同生共死"等毒素，来毒害青年，使华北千百万青年"统一"于甘当奴隶、听凭役使的"理念"。日寇企图用这样毒辣的方法，来达到它如意鞭策中国青年为它效力送死的目的。

不仅如此，日寇更进一步把奴化与奴役青年统一的结合起来。伪华北□□会教育□□在今年二月中拟定了一个学生"协力圣战"参加食粮增产的计划。这个计划就是要华北百万学生从事奴隶劳动，粮食恐慌、经济危机与人力不足，已迫使日寇奴役及于受着奴化教育的百万学生了。今后敌占区的学校里将再也找不到一个学生，因为他们已都变成日寇鞭策下从事"增产"劳动的奴隶，而教员也就成为率领这群青年儿童奴隶的工头了。这就是敌伪教育机关教育计划的全部内容！也就是敌伪所施予中国青年儿童学生的无可复加的暴政！

华北是中国青年革命运动的策源地，"五四"以至"一二·九"，华北的青年始终□承着革命的光荣传荣，站在反日斗争的最前列。而七七事变以来，华北广大的青年，由城市的知识青年以至广大的农民青年，更参加了广泛尖锐的抗日武装斗争，成为抗日斗争中最富朝气最可珍贵的力量。

今天华北敌占区的青年，在日寇血腥魔爪下遭到最悲惨的命运，抓捕、抢杀、苦役、饥饿、充当炮灰、失业流□……□成为对华北敌占区千百万青年的一个残酷的严重的考验。崛起反抗师生，听受奴役则死，再没有第三条路可走。华北敌占区青年，必能本着传统的革命精神，广泛的燃起反抗的火炬，为挣脱奴隶的枷锁百倍顽强的斗争。在日寇正遭受着严重危机袭击的今天，这一斗争的崛起，将是对日寇的致命的打击。

华北敌占区青年起来，要用日寇的血来洗清所受奴役的奇耻大辱，来索还日寇所欠的血债！

（原载一九四三年三月十三日《晋察冀日报》第一版社论）